中公文庫

新装版

ジ　ウ　I

警視庁特殊犯捜査係

誉田哲也

中央公論新社

目次

ジウⅠ

警視庁特殊犯捜査係（SIT）

序章

都会の汚れを、たっぷりと吸い込んだ薄墨色の雲。

車窓を流れていく、同じ色合いの町並み。

《次は、世田谷代田（せたがやだいた）、世田谷代田。お出口は……》

東弘樹（あずまひろき）は左手のドアに顔を寄せ、それとなく前方を窺（うかが）った。

世田谷代田は、果たしてどんな駅だったか。周りはどんな町だったか。見張りに適した場所はあっただろうか。午後四時というこの時間帯、ホームに人はどれくらいいるのだろうか。

改めて車両内を見渡す。客は目で数えられるほどしか乗っていない。おそらく駅で待っている人数は、これよりさらに少ないのだろう。だとしたら、あまり構内に長居はできない。

目の前。角の丸い窓に、ぽつんと水滴が当たった。見る見るそれは数を増やし、隣合ったものと繋（つな）がり、次第に景色を歪（ゆが）めていく。

——参ったな……。

やがてすべり込んだ世田谷代田のホームには、工事中のためか車両一つ分ほどしか屋根がなかった。二両目に乗っていた東は慌てて隣に移り、雨の当たらなそうなドアの前に立った。

ゆっくりと人の姿が一つ、窓の正面に現われて止まる。髪を金色に染めた若い女。いや、綺麗な顔をしてはいるけれど、よく見るとそれは、まだ少年といってもいい年頃の男だった。

勢いよく空気が抜け、彼との間を隔てていたドアが開く。

上下とも、同じトーンに色落ちしたデニム。少し濡れた肩。すれ違う刹那、微かに饐えた臭いを嗅いだようにも思ったが、それ以上気にしている余裕もなく、鼻息を止めてやり過ごした。

それとなく、周囲に視線を巡らせる。

一緒に降りたのは、コートを着た中年女性が一人、ブリーフケースを持ったサラリーマンふうの男が一人、ブレザーの高校生カップルがひと組。全員が迷うことなく改札口に向かっていく。他にホームに残っている客はいない。

——やはり、ここで待つわけにはいかないか……。

走り出した小田急線に抜かれながら、東も倣って改札に向かった。

——さて、どうしたものか。

これから、ここが現場になる。

田辺春子(たなべはるこ)も、もうじきここに到着するはずだ。


東は昨夜からずっと、警視庁碑文谷(ひもんや)警察署に設置された捜査本部に詰めていた。夜中の二時の時点ですでに百名を超える捜査員が講堂に集められていたが、身代金の受け渡しに関する事柄はまだ何も決まっていなかった。

田辺家に犯人からの電話があったのは朝方、午前七時を数分過ぎた頃だった。

『九時。朝の九時。五千万持って、新宿紀伊國屋書店の前に立っとけ』

これを無線で受けた捜査本部は、指定場所及び新宿駅周辺に犯人を捕捉するための包囲網を配した。身代金の受け渡しをするのは、人質となった田辺利憲(としのり)の母親、田辺春子だ。

現場に配置した捜査員は約百人。春子の直近に四人。周囲の人込みに紛れるように二十人。前後の曲がり角と、向かいの歩道に計三十人。〝トカゲ〟と呼ばれるオートバイ追跡班が七人。また、次の場所を指定された場合も考慮に入れ、駅構内に二十人、タクシー乗り場に十五人を待機させた。さらに捜査本部には九十人ほどの待機要員がおり、この時点ではまだ、東もその中の一人だった。

午前九時七分。案の定、春子の携帯電話に、次の場所に移動しろとの指示が入った。

『JR田町駅の山手線ホームだ。東京方面の、先頭に立ってろ』

春子のコートには隠しマイクと送信機が仕掛けてある。電話のやりとりは無線に乗って飛び、移動指揮車両を経由して碑文谷の本部に届いた。直ちに、本部首脳陣は次の指示を現場に送った。

周囲の二十四人は現場に残し、外周の三十人のうち十人を春子と共に駅へと向かわせた。駅構内では、ティッシュ配りに変装した特殊犯捜査係の女性刑事が春子に接触を試みる。トイレに入ってください。そう書いたメモをポケットティッシュと一緒に渡す。

春子はトイレで別の女性刑事と落ち合い、待機状態になった。早くいかせてください。春子は何度もそういったという。だが、ホシのいうがままに振り回されるわけにはいかない。

次の田町駅に捜査員が到着し、周囲の状況をでき得る限り把握し、無線連絡の拠点となる指揮車両が配置に着き、現場を二重にも三重にも固め、捕捉の段取り確認を末端の捜査員にまで徹底し、それでようやく受け渡し人投入のゴーサインが出せる。それ以前にのこのこ春子が出ていけば、「金は取られてホシ捕れず」という、最悪の事態が待ち受けている。それだけは、絶対に許されない。

春子が新宿駅を出発したのは、十時を少し過ぎた頃だった。犯人の指示から約一時間。決して早くはないが、捕捉のできる受け渡し現場を作るためには必要不可欠な時間だった。

　ＪＲ田町駅の指定された場所に春子が立ったのが、午前十時三十五分。

『ずいぶん遅かったな。……まあ、それならこっちにも考えがある。次の場所をいうから、今度は急いでいけよ。息子を、五体満足で返してほしけりゃな』

　次に指定されたのはＪＲ巣鴨駅。田町からは、環状線のほぼ真反対になる。

　新宿と同じように、春子を人目につかない場所に待機させ、現場を作り、再び送り出した。春子が指定場所に到着したのは正午、十二時ちょうどだった。

『おいおい、すぐ電車に乗ったら、巣鴨まで三十分もかからねえだろうが。まったく、セガレがどうなってもいいのかよ。……いいか、次いくぞ、次』

　その次はＪＲ恵比寿駅。そこでようやく、東にも出番が回ってきた。しかも春子の直近配置。東は碑文谷の本部から、急いで恵比寿駅に向かった。

　だが結果からいえば、ここでも受け渡しは行われなかった。東は本部の指示に従い、その場に残留することになった。

　どこから犯人が見ているか分からない状況で、何十人もの捜査員を春子につけて歩かせるわけにはいかない。必然的に、その都度現場から移動させる人数は絞ることになる。残留組を、そのまた次の現場に当てる手もあるにはあるが、犯人がもし、そのうちの一人でも顔を覚えていたら大変なことになる。警察には知らせていないという前提で、田辺家は犯人と交渉している。警察の介入を察知し、犯人が逆上するような事態は避けなければならない。それで人質が殺されでもしたら、警視庁幹部の首などいくつ切っても足りはしない。結局、ほとんどの捜査員は使い捨てにせざるを得ないというのが実情だった。

東は仕方なく、誘拐専用チャンネルに合わせた警察無線を聞きながら、恵比寿で事件の成り行きを見守った。

その次の上野駅でも受け渡しは行われず、今度は東京駅にいけと指示されたようだった。この頃には、本部から補充できる捜査員の数も底をついていた。現場と碑文谷の本部を繋ぐ指揮車両も渋滞に巻き込まれ、受け渡し現場を作る目処(めど)は完全に立たなくなっていた。

そこにきての世田谷代田、初めて山手線圏内をはずれての現場だった。

春子はJR中央線の快速で新宿に出て、小田急線で指定場所に向かうという。東は、ここからなら春子より早く現場に着けると踏み、JR湘南新宿ラインの乗り場に向かった。途中で安物のジャンパーを買い込み、髪をクシャクシャに乱すことも忘れなかった。

しばらくは、迎えの車を待つような顔で改札口に立っていた。

雨がやむ気配はない。それどころか、その勢いは見る見るうちに強まっていっている。

春子は、東の乗った二つあとの電車で世田谷代田に到着した。迷う素振りもなく改札を出て踏み切りを渡り、身代金を抱えたまま最寄りのコンビニエンスストアに入っていく。東も、少し時間を置いてから踏み切りを渡った。

今回の指定場所は、駅のホームではないのか。

すでに本部からの情報は途絶えている。指揮車両が現場にこられない以上、春子のマイク音声を拾う術はない。この状況を、一体どれほどの捜査員が把握しているのだろう。それすらも、今の東には知りようがない。

もしかしたら春子は、すでに「警察と切れて」いるのかもしれない。東が本部を離れた恵比寿以降のどこかで、春子が単独行動に走った可能性は少なくない。もしそうであるならば、もはや彼女を押し止め、現場作りの時間稼ぎをさせる者はいない。春子は完全に独走状態、ホシのいいなりになっていると考えるべきか。

しかしそれは、同時に東にとってはチャンスであるともいえた。犯人側がこの状況を察知していれば、一手進めて直接の接触を試みる可能性も高くなる。

危険な勝負になるだろう。そしておそらく、最初で最後の賭けに——。

すっかり土砂降りになった駅前を、それとなく振り返った。目視で確認できた捜査員はたったの一人。顔見知りの、特殊班一係の柴井巡査部長だった。ここからは直接、携帯で連絡を取り合うしかなさそうだ。

「……もしもし。三係の、東です」

『ああ、ご無沙汰しております。どうされました。今どちらですか』

東は彼に背を向け、環状七号線に架かる宮上陸橋を小走りで渡った。並行する線路の彼方（かなた）は、雨で煙ってほとんど見えなくなっている。

「すぐ近くです。いま陸橋を渡ってるんですが、指定場所はどうなってますか」

『おや、まさに今おっしゃった通りですよ。いやいや、奇遇ってのは、あるもんですなあ』

指定場所は、この陸橋なのか。

柴井は、周囲にそれと分からないよう言葉を選んで話している。彼もまた、初めて駅を出た今回こそ犯人は動くと踏んでいるのだ。

「では、私は向こうに渡って陸橋を見張ります」

『そうしていただけると、はい、助かります』

「他には誰か」

『ええ。私も出先なもので、正確には分かりかねますが、もう三名様はいらっしゃいます』

電話を切り、陸橋を渡って右に曲がると、道は環七と合流する側道になっていた。厚く雨水に覆われた路面は、まるで川の水面（みなも）のようだった。東はすべらないよう注意しながら足を運び、張り込みに適した場所を左手の建物に探した。

一階がスーパーか何かになっているビルの脇に、梯子（はしご）と大差ない華奢（きゃしゃ）な鉄製の階段を見つけた。何食わぬ顔で上り始め、二度折り返したところで踊り場に身をひそめた。時刻は午後四時十八分。正面に見える東の空は、もう黒く暮れ始めている。

隣合うビルとビル、外壁同士の隙間は二メートルほどだった。この場所を見咎める者がいるとすれば、それは環七をはさんで向こう側からということになるが、幸いにというべきか雨で視界は悪く、実際に発見される可能性は極めて低いと思われた。

だがそれは、同時にこちら側の悪条件でもあった。

さっき渡ったばかりの宮上陸橋を、今まさに田辺春子が渡ろうとしている。だが見えるのは、コンビニで買い求めたのであろうビニール傘と、コートの肩だけだ。

春子は陸橋のちょうど真ん中辺りで立ち止まった。しかも歩道ではなく、わざわざ対向一車線の車道に立っている。

なるほど。犯人側からすれば、周囲に警察がきていないかどうかを確認できる絶好のシチュエーションだ。またきていたとしても、そもそも人が立つような場所ではないため、数十メートルは距離を置かざるを得ない。春子は否が応でも孤立することになる。そういう場所だった。

逆にこちら側は、雨という悪条件も手伝って表情は疎か、手元すらも視認できない状態に陥る。これでは、電話が架かってきたことが察知できるかどうかも定かではない。

指揮車両もない、東を含めてたったの五人というこの陣容で、果たして受け渡しを阻止し、犯人を捕捉することなどできるのだろうか。

いや、窮状を嘆いても仕方がない。現場は生き物。今はこの人数で、臨機応変にやるしかない。

再び柴井に連絡をとる。互いにイヤホンをつけ、回線をそのままにしようと申し合わせた。

春子の足下、環状七号線は雨のためかひどく動きが鈍っていた。ときおり側道に入り、宮上陸橋に上ってくる車がある。その都度、犯人が乗っているのではないか、春子と接触するのではないかと凝視するが、彼女は怯えたように避ける仕草を見せるだけで、結局、具体的な接触はないままだった。

強風が景色を掻き乱す。溶け出した整髪料が目に沁みる。

五分が過ぎた。イヤホンの柴井は沈黙を続けている。

初めて、寒いと感じた。握り込んでも、指先を暖めることはできなかった。靴の中はともかく、濡れた靴下の足首辺りがいたく冷えた。そういえば耳も、鼻も。

さらに三分が過ぎた頃、

『マル対（対象者）に架電あり……』

低く、唸るように柴井がいった。

確かにそう思って睨むと、春子の右手は上がっているように見えた。左手は傘を握っている。五千万を詰め込んだバッグは、地面に置いてあるのか。

――危険だな……。

その背後を、白い軽自動車と黄色いタクシーが通り過ぎる。

春子はかぶりを振るような、そんな仕草を見せた。

梅ヶ丘(うめがおか)方面から、パネルバンのトラックが陸橋を渡る。それをやり過ごしてから、春子は向こうの、線路側を振り返った。

「状況をいってくれ」

『……こちらも、よく見えません』

春子の後ろ姿がほんの少し遠ざかる。道を、線路側に渡ったのだ。ふいに傘ごと、その姿が欄干(らんかん)に消える。だが、春子がしゃがみ込んだのはほんの一瞬だった。

『道の端で、何か拾いました』

そう聞こえたときには、春子はこっち、梅ヶ丘方面に陸橋を走り始めていた。

「俺がいく」

東は慌てて階段を下りた。道路に出た途端、雨水に足をとられてたたらを踏んだ。眼前に黒いセダンが差しかかり、肝を冷やした。危うく地面についた左手を轢(ひ)かれるところだった。

立ち上がって走る。春子はすでに陸橋を渡りきり、そのまま赤堤(あかつつみ)通りを梅ヶ丘方面に向かおうとしていた。

あとを追う。犯人が見ているかもしれないという危惧はむろんあったが、ここで春子に独走を許したら、身代金もホシも、人質も失うという思いの方が勝っていた。

数秒遅れて、東も赤堤通りを右に曲がった。春子は歩道のない、左の線路際を走っている。東はそのまま、右手の歩道を走って追いかけた。

距離はすぐに縮まった。車道を一本はさんで並ぶと、苦しげに歪んだ横顔が見てとれた。バッグは、まだちゃんと持っている。

東はひそめた、息だけの大声で呼びかけた。

「田辺さん、田辺さん、落ち着いて」

春子は五、六歩、足を運んでから立ち止まった。

イイーとも、ウウーともつかない呻き声が聞こえた。春子は別人と見紛うほど頰を吊り上げ、力いっぱい下唇を嚙んでいた。それが唯一、己の精神の均衡を保つ方法だといわんばかりの表情だった。

激しい雨音に、ぶつりという音が、混じって聞こえた気がした。

春子の口から、鮮血があふれ出る。

「……こないで」

向き直った春子は、左手に何かを握り締めていた。縁日ですくった金魚を入れるような、小さなビニール袋。だが、水の色が違う。ちょうどロゼワインのような、透き通った赤い液体が入っている。

「お願い……もう、こないで」

春子が傘を取り落とす。ほんの少し、赤い水の袋を差し上げる。

袋の底には、何か異物が沈んでいた。

細く、短い、ひどく小さな、何か。

「お願いします……もう、もう……」

陸橋の方で物音がした。風にさらわれた春子の傘が、側道から入ってきたタクシーに踏み潰されたのだ。

ドアが開き、物いいたげな顔の運転手が降りてくる。

春子は突如、思いもよらぬ機敏な動きでタクシーに駆け寄った。

「乗せてくださいッ」

東は動けなかった。濡れてすっかり色の変わったコートの背中を、ただ言葉もなく見送った。

運転手はほんの一瞬迷惑そうな顔をしたが、すぐに黙って後部座席のドアを開け、自らも乗り込んだ。

柴井たちも駆けつけてきた。まもなくタクシーは東の前を通り過ぎ、梅ヶ丘方面へと走り去った。

「東主任、どうして」

柴井の詰問はもっともだが、あの状況でどうして、東に春子を止めることができただろう。

東は、やっとの思いで沈黙を呑み込んだ。

「……指だ」

柴井は、ハァ？　と声を裏返した。

「ホシは、利憲くんの指を切り落として、陸橋に置いたんだ。それを、春子に拾わせた」

先の電話のやりとりも、おおよそは見当がついた。

早く金を持ってこないと、もう一本を切り落とすぞ。さっさと警察を撒いてこないと、息子の指はどんどん減っていくぞ——。

「……指って、確かですか」

「どの指かは分からんが、爪が見えた。春子の取り乱し方からして、まず間違いない」

遠ざかったタクシーは道なり、右にカーブして姿を消した。

柴井が本部に連絡を入れるのを、東は黙って、片耳で聞いていた。

雨は相も変わらず、激しく地面を、東たちの肩を叩いていた。

寒さが、頭の芯まで沁み渡ってくるようだった。

第一章

1

東京都千代田区霞(かすみ)が関(せき)、警視庁本部庁舎六階。

門倉美咲(かどくらみさき)は、刑事部捜査第一課特殊犯捜査係の執務室で、巡査部長昇任試験の問題集と睨めっこをしていた。

短答式の五択問題。次に挙げる現行犯逮捕、緊急逮捕の記述で、誤りのあるものを示せ。これが、なかなかどうして、難しい。

「……美咲ちゃんさぁ、今そんな問題でつっかかってるようじゃ、三十過ぎてもデカ長になんてなれないわよ」

隣の席にいた前島景子(まえじまけいこ)巡査部長が、いつのまにかこっちの机を覗(のぞ)き込んでいた。てっきり「婦人公論」を読み耽(ふけ)っているのだとばかり思い込んでいたが。

「だって難しいんですもん。景子さん、よく受かりましたね、こんな大変なの」

前島は背もたれに体を預けて伸びをした。柔らかそうな二重顎に、本物の顎が半分ほど埋没する。

「……まあね。必死こいて勉強したもん。子供産む前に、一つくらいは階級上げとかにゃあと思ってね」

「いくつだったんですか？」

「二十……八、だったかな。ってことは、今の美咲ちゃんより、一つ上だったのか」

前島は確か、今年四十六歳。ついこの前、長男が十六になったといっていたから、なるほど。そういう勘定になるか。

「今やっても解けます？　これ」

「できるわきゃないでしょ。こんなの、ここじゃだーれもできゃしないわよ」

なんとなく室内を見回す。特殊班二係（第一特殊犯捜査第二係）の面々が顔を揃えている。麻井係長警部以下、十三人。いや、二人足りない。いないのは、伊崎基子巡査と、嶋田行宏巡査か。

「あ、俺できるよ、俺」

壁際の机で手を挙げたのは、藤田〝セクハラ大王〟幹夫巡査部長だ。

「俺がさ、カンヌの家庭教師になってやるよ。そしたらもうバッチリ、合格間違いなしだよ」

　恥ずかしながら〝カンヌ〟とは、美咲が特殊班に配属された当初からのあだ名だ。

「よしなよ。あんなのに頼んだら、あたしと逆で子供産むのが先になっちまうよ」

「ひでぇなぁ、お景さん」

　藤田がなおも「なあ、かんぬぅ」と近づいてこようとするので、美咲は「お茶淹れてきます」と席を立った。時計も、ちょうど三時を回ったところだった。

　特殊班の部屋を出て、斜め向かいの給湯室に入る――。

　別に、美咲が女だからお茶を淹れるわけではない。いまデカ部屋にいる顔ぶれの中で最も階級が低く、最も若いのが美咲だからそうするのだ。

　いや、一概にそうでもないのか。

　おそらく、同じ巡査で年下の伊崎基子がデカ部屋にいたところで、状況は変わらない。彼女は、係員全員にお茶を淹れるなどということは絶対にしない。口には出さないが、なんであたしがそんなことしなきゃならないの、と腹では思っているタイプなのだ。

　だから基子がいても、やはり美咲が淹れて、全員に配ることになる。むろん基子の分も。彼女も湯飲みを目の前に置かれれば、さすがに「すみません、いただきます」くらいはいうのだが、その目はひどく冷めていて、いつも無関心を決め込まれる。

　まあ、美咲自身はお茶汲みも嫌いではないし、向き不向きもあるだろうくらいに考えているので、特に基子にもやってほしいなどと思っているわけではない。ただ、もう少し女らしくしてもいいのではないかと、基子に対しては思うことがある。それも向き不向き、好き嫌いの問題といわれてしまえばそれまでだが。

不在は承知だが、一応、基子と嶋田の分も淹れてデカ部屋に戻る。ちなみに特殊班の部屋は、誘拐事件を扱う部署であるため、部外者は立ち入り禁止となっている。要は、記者クラブなどのマスコミでも近づけない部屋、というわけだ。

お盆を片手に持ち換えてドアを開ける。この瞬間が、意外に一番の力仕事だったりする。そしてまず、部屋の一番奥に向かう。お茶を配る順番も階級に倣う。それが警察という組織だ。最初は係長デスクに座っている麻井警部から。小さめの九谷焼が、麻井の〝マイ湯飲み〟だ。

「はい、係長。熱いですよ」

「ああ、ありがとう」

美咲は、この麻井の優しげな笑顔が好きだった。事実温厚な性格で、誠実な人柄を尊敬してもいる。ただ一方では、仏の麻井も湯飲みを割ると怒り出す、という噂がある。真偽のほどは定かでないが。

次は、主任警部補の川俣貞治だ。ちょうど同格の佐藤伸朗と将棋を指しているので好都合だ。

「はい、ここに置きますね」

「おうおう、サンキューサンキュー」

佐藤は猫舌のため、お茶はぬるめにしてある。

「はい、あんがとさん」

川俣のは〝マイこぶ茶〟だ。熱いのをひと口すすり、何か思い出したように「ああ」と美咲を見上げる。

「……そういや昨日の合同訓練、お前また、見事に泣いてみせたなぁ。久々に〝カンヌここにあり〟ってとこ、見せてもらったよ」

昨日、久しぶりに所轄署の指定捜査員を集めての合同訓練が行われた。指定捜査員とは、特殊犯事件発生時に、所轄署から捜査本部に派遣される女性警官のことである。訓練の内容は主に営利誘拐を想定したもので、美咲はそこで、手本として人質の母親役を演じた。ヒロシを出してください、声を、ヒロシの声を聞かせてください。受話器を握り締めてそう叫び、百人近い女性警官の前で号泣してみせたのだ。

「そうそう、ありゃ誰にでもできる芝居じゃねえよな。しかし、よくまあ、ああもタイミングよく涙が出るもんだぜ」

「んもう、やめてくださいよ、佐藤主任まで」

そもそも、美咲が捜査一課特殊班に取り立てられたのは、これがきっかけだった。

美咲は目白署交通課時代、昨日とは逆に指定捜査員の立場で合同訓練に参加した。そのとき見本を示したのは、あの前島景子だった。

「学芸会じゃねえんだぞ。真剣にやれッ」

上手く泣けないと、教官が後ろから思いきり頭を叩いた。何度も叩かれて、ようやくそれで涙を流す捜査員も少なくなかった。

呆気にとられているうちに、美咲にも順番が巡ってきた。私も叩かれるのか、嫌だなぁと思いながら受話器を握った。だが実際にひと声発すると、どういうわけか、自然と涙があふれてきた。

「お金は、明日、必ず用意します。ですから、その前にひと言、ひと言でいいですから、ミユキの声を……お願い、お願いします、ミユキの声を聞かせてッ」

これが予想以上に、視察に訪れていた捜査一課幹部の好評を得た。

美咲に、特別なことをしたという意識はなかった。教官役を務めた川俣主任の指示に従ったら、たまたま上手く母親の気持ちになれただけなのだと思う。もともと美咲は涙もろいタチでもある。きっとそんなこんなが、あの場では上手く噛み合ったのだ。

「門倉くんは大した女優だなぁ。こっちももらい泣きしそうになったよ。うん、カンヌ・グランプリ級の演技だな、ありゃ」

そのときの、川俣の他愛ない冗談が、のちに〝カンヌ〟というあだ名になった。そうい

えば、

「俣さん。カンヌ映画祭の最高峰は〝グランプリ〟じゃなくて、〝パルム・ドール〟だよ」

一緒にいた、映画オタクの園田巡査部長に、即刻訂正されていたっけ。

その園田から、今度は巡査部長六人に湯飲みを配って回る。しかし、その中で藤田のところだけは、若干の注意が必要だ。

配属当初は勝手が分からず、湯飲みを渡すたびに「ありがとう」と尻を撫でられていた。びっくりしてお盆ごと取り落としたのも一度や二度ではない。だが前島に「向かいから渡すんだよ」とアドバイスされてからは、それを守るようにしている。そんなときは、普段は持て余している百七十一センチの長身も役に立つ。

「はい藤田さん、どうぞ」

「かんぬぅ、もっとこう、前屈みになってくれよ」

藤田がブラウスの胸元を覗こうとする。

「これで充分届きますから。胴も腕も長いんで」

最後は、巡査長の茂木芳江。巡査長とは、長年巡査を務めると自動的になれる慰労的階級で、昇任試験の合格によってなる正式な階級とは、若干趣を異にしている。

今日の芳江はかなりの若作りをしていた。実際はもう三十二歳だが、喋らなければ二十代前半でも充分通用する出来だ。彼女はメイク次第で美人にもブスにも、ギャルにも老女にもなれる変装の名人なのだ。

「芳江さん、ここ置きます」

「うん、ありがと。……あれ？　マッチョたち、いないね」

マッチョたち、というのは、基子と嶋田のことだ。

「うん。また道場で、筋トレでもやってるんじゃないかな」

基子と嶋田が行動を共にすることは多い。だがそれは、互いに異性として意識し合ってのことではないと、係の誰もが断言する。美咲の目にも、二人は単に筋肉オタクという部分で波長が合っているだけのように見える。実際二人が交わす会話といえば、あのプロテインがよかっただの、あの器具は全然腹筋に効かないだの、そんな色気のない内容ばかりなのだ。

噂をすればなんとやら。いかにもひと汗掻いてきましたといわんばかりのスッピンで基子が戻ってきた。後ろには嶋田もいる。

「伊崎さん、今お茶淹れたの。ここ置くね」

厳密にいえば、高卒採用の基子は警官としても、特殊班捜査員としても美咲よりは先輩になる。さほどそれに気後れを感じているわけではないのだけれど、美咲はなんとなく、基子を名前で呼べずに今日まできている。

「ああ、すいません」

「はい、嶋田さんも……」

直に渡そうとすると、なぜか嶋田は不自然な動きで体の向きを変えた。左手を隠そうとしたように、美咲には見えた。

「どうしたの？」

覗き込むと、左手の中指が包帯でぐるぐる巻きになっている。

「あ、いや……ちょっと」

一つ年上だが、嶋田は美咲に対して、やけに遠慮した言葉遣いをする。

「突き指、しちゃいまして」

「オイオイ、待機中に筋トレしてて怪我しましたで、労災使われたら市民団体黙っちゃねえぞ、オイ」

藤田が下卑た声でいい、嶋田の指をつかもうとする。やめてくださいよ、ほんとに痛いんですからと、嶋田が左手を後ろに隠す。

そのとき、

『通信指令本部より各局』

天井に仕掛けられたスピーカーから大きく声が響いた。六階、刑事部フロアの隅々まで緊張がいき渡るのを、美咲は肌で感じた。

『荻窪署管内、杉並区天沼二丁目○△の◎にて、人質立てこもりの事案が発生した模様。

マル被（被疑者）は一名、刃物の所持を確認。人質は同住所住人。人数は不明。一名は主婦。職質した同署地域課警官に切りかかり、逃げ込んだ民家住人を人質に取り、立てこもった模様。繰り返す。荻窪署管内……』

美咲が向き直ったときには、もう麻井は日付を書き込んだ車両手配書類一式を持って立ち上がっていた。

「門倉」

「はいッ」

麻井から書類を受け取り、共に廊下に出る。

庶務室に向かう途中、捜査一課殺人班十係の今泉（いまいずみ）警部とすれ違った。背後で、麻井が彼と言葉を交わす。

「おたくが出ますか」

「うちと七、四も出られるかもしれない」

「助かります」

二人はすぐに、捜査一課長室に向かったようだった。

美咲は庶務室で書類と交換に捜査用ＰＣ（覆面パトカー）のキーを三つ受け取り、特殊班の機材車両「Ａ１」だけは、運転手をつけて待機してくれるよう頼んでデカ部屋に戻った。

「えっと、嶋田さん、はいこれ。それからえっと、伊崎さん……」

ＰＣのキーを渡そうとすると、基子は小さくかぶりを振り、美咲に背を向けた。

「あたし今日バイクですから、それでいきます」

あっさりと、運転手役を断られてしまった。

「あ、そうなの……じゃあ」

「いいよ、俺がもらうよ」

快く手を差し出してくれたのは藤田だった。セクハラは勘弁願いたいが、こういうところもあるので、なかなか憎めない男なのだ。

「すみません。お願いします」

「おう、任しとき。……ましかし、久々のヤマだねぇ。いっちょ特一のつけた正月の黒星、うちが金星で帳消しにしてやりますか」

正月の黒星とは、特殊班一係が大失態を演じた『利憲くん誘拐事件』のことだ。

「藤田くーん、それ禁句だよー」

前島が扇(あお)ぐように手を振る。

「そぉーだ。あんま調子に乗るんじゃねえの」

「イテッ」

川俣が、藤田の頭を叩いて廊下に出ると、

「イタッ、アッツ、アテッ……んな、なんだよもォ」

佐藤も園田も新藤(しんどう)も、通りすがりに思い思いの場所を叩いてあとに続いた。

こんなじゃれ合いも、現場に到着する頃には綺麗に消え失せる。一係がどうだかは知らないが、この割り切りのよさは二係特有のものではなかろうかと美咲は思う。そして、そんな特殊班二係というチームが、美咲はたまらなく好きなのだった。

2

基子はいったん更衣室に寄り、ヘルメットと手袋、ヒップポーチ、エルフの赤いブルゾンをつかんでエレベーター前に走った。乗り込んだ箱の中でブルゾンに着替え、それまで着ていた薄手のジャケットは腰に巻きつけた。

地下二階の駐車場に着くと、基子がバイクを停めたのとは反対方向に美咲たちが走っていくのが見えた。こっちが遅れをとるわけにはいかない。基子は足をゆるめずに走った。

愛機が視界に入る。イタリアンレッドのホンダCBR600RR。かなり目立つ色だが、事件現場に乗り入れるわけではないから別段不都合はない。走る勢いのまままたがる。携帯電話を右耳に、無線を左耳に、それぞれイヤホンを仕込んでヘルメットをかぶる。エンジン始動。すぐさまアクセルを引いて地上へと奔(はし)る。

道路に飛び出すと、容赦なく照りつける七月の陽光に目が眩(くら)んだ。

焼けただれたアスファルト。熱風と化した排気ガス。やはり、意地を張らずに運転手役を引き受けた方がよかったか。そんな弱気が一瞬頭をもたげたが、シャツのボタンを二つ余計にはずすと、襟元に入り込む風が思ったより涼しかった。やはり、こっちにしてよかったと独りごちる。

現場は杉並区天沼。新宿を過ぎて青梅(おうめ)街道に出たら、あとはずっと真っ直ぐだ。基子は道が空けばスピードを上げ、混めば車の間を縫って進んだ。

基本的に基子は、体を使うことならなんでも好きだった。中でもバイクの運転は、最高の気分転換だ。目が、運動神経に直結していく感覚を味わう。体が無駄なく動くことに悦(よろこ)びを感じる。自分が機械になっていく、心と体が分離する、快感——。

今日はなぜだか、体が運転に集中すればするほど、頭の中に、あの門倉美咲の顔がちらついてきた。

基子は彼女のことが、はっきりいって好きではなかった。自ら進んでお茶を配る女。にこにことPCのキーを配る女。愛想と涙で男たちの間を渡り歩く女。それを悪だと切り捨てるほど基子も世間知らずではないが、自分とは合わないという結論は出ている。出会ったあの日に。彼女が初めて特殊班執務室のドアを開けた、あの瞬間に。

美人というよりは、可愛い顔だと思った。口元に笑みを絶やさない、明るい表情が印象的だった。派手ではないが洒落(しゃれ)たスーツを着ていた。毛先を軽くしたセミロングがよく似合っていた。すでに面識ができていた麻井係長以下数名は、よくきたなと彼女を迎えた。初対面の藤田たちは、恥じもせずにはしゃいでみせた。

弱いな。それが基子の、彼女に対する率直な評価だった。

背は高い。自分との身長差は十センチ弱。なんとも軽そうな腰をしている。馬鹿正直に真正面からいっても、まずタックルを切られることはないだろう。胴でも足でも、思うがままにとれそうだ。あの細っこい手足では、ろくに抵抗もできないに違いない。

「門倉巡査です。よろしくお願いします」

頭の下げ方、腰の折り方。体の芯はさほどぶれてはいない。が、立ったときに足を揃えすぎるのはいかがなものか。

——あいつなら、十秒で殺(や)れる……。

そこまで思い至り、また悪い癖が出たなと、心の中で舌打ちしたのを思い出す。

あれから一年。美咲とは大小合わせて十件ほどの現場を共にした。基子が先頭を切って突入し、暴漢を取り押さえたヤマもいくつかあった。高円寺(こうえんじ)のスナックで、ママを人質に立てこもったシャブ中のヤクザ崩れなどは、基子がほとんど一人で片づけた。

「……あんたがこないなら、こっちからいくよ」

ホシは店の奥、ボックス席の壁に背中を預け、ママを羽交い締めにして震えていた。左手でママの左腕を搦(から)めとり、包丁を持った右手で残る半身を抱え込み、そのうえで切っ先を喉元(のどもと)に向けていた。

——馬鹿か、こいつ。

それでチクリとでも刺したら、誰だって身をくねらせるだろう。そうしたら、一瞬で喉を掻き斬るなんて芸当はできるはずがないだろう。

——刃は垂直に当てないと駄目なんだよ。頸動脈(けいどうみゃく)に、垂直に……。

基子は、足下に転がっていたグラスを蹴り上げると同時に跳んだ。ホシはまんまとフェイントに引っかかり、ママを刺すことも基子に刃を向けることもできないまま固まった。ツーステップ。イメージ通り、ママの胸元に右の爪先(つまさき)をすべり込ませた。ホシの手首はくの字に折れ、包丁はカウンター前のスツール下に転がっていった。

助けて。そのひと言をホシが発する前に、基子は左の靴底でその顔面を正面から踏み潰した。後頭部が壁にめり込む音と、鼻骨がひしゃげる音を足の裏で聞いた。

あのママはなかなか気丈な性格だった。一目散に出口に向かい、川俣主任に肩を抱かれながら「馬鹿にすんじゃないよッ」と啖呵(たんか)を切った。あのときは、この店になら飲みにきてみてもいいなと思った。結局、一度も顔を出してはいないが。

癪(しゃく)に障るのは、あの門倉美咲が真っ先に説得に当たったヤマだ。

ねえ、お願い、少しだけ話を聞いて。そんなことしたら、ご両親が悲しむわよ。分かるわ、あなたの気持ち。でも駄目よ。こんなことしたって、なんの解決にもなりはしないわ――。

じっくりと時間をかけ、ときには涙ながらに語りかけ、門倉美咲は何人かのホシに凶器を捨てさせ、人質を解放させ、投降させた。

ああいう現場は退屈だ。何度「あたし、先に帰っていいっすか」といおうとしたことか。見ず知らずの若い女に説得されて納得するくらいなら、最初からそんな無茶はするなとホシにいいたい。

ヤマを踏むなら、最後まで腹括って戦えよ。戦って、白黒はっきりさせようぜ。どっちが強いか、比べっこしようじゃないか。でも勝つのはあたし、負けるのはお前らだ。メタメタにしてやるよ。死なない程度にね。でも間違って殺しちまったらごめんな。あたしだって、たまには手元が狂うこともあるから――。

新中野まできた。時計を見る。午後三時四十二分。出発からちょうど十五分が経っている。

今度のホシはどんな奴だろう。所轄の地域課警官に職質されて逆ギレし、切りかかったとかいっていた。そこそこ骨のある奴なら面白いのだが。

しかしどちらにせよ、最初は説得から入ることになる。特殊班のオペレーションは、一に説得、二に説得、三、四で焦らして、五に突入といった段取りだ。いきなり踏み込んで

「コノヤロー」と取り押さえることはしない。何しろ人質の命というものは、警官が何人死んでも守らなければならないほど重たいものなのだ。

　今日辺りは誰が交渉の矢面に立つのだろう。川俣主任か、それとも園田デカ長か。麻井係長自らという線もなくはない。まあ、要は男なら誰でもいいのだが、あの門倉美咲だけは勘弁してほしい。もうあの、しみったれた泣き芝居を見せられるのはうんざりなのだ。

　あれは去年の暮れだったか。美咲が説得に成功して事件が解決したあと、係員全員で飲みにいったことがある。その席で彼女が前島デカ長に話すのを、基子は隣で聞くともなしに聞いてしまった。

「私、何かつかめた気がするんです。……そりゃ、どんな理由があるにしたって、犯罪に走っていいなんて法はないです。でも、それでも、何かしら理由はあるわけでしょう。そうせざるを得なかった、何かが……。そこをね、現場で上手く話し合えたら、理解し合えたら、事件は解決するのかなって……ちょっと、思ったんです」

　それに対して前島は、「あんた、麻井さんみたいなことというんだねぇ」といって笑った。基子は思わず吹き出してしまった。口の中にあった焼酎(しょうちゅう)のお湯割りが藤田の顔面にかかった。酔っ払っていた藤田は、なぜだかそれをひどく喜んだ。

　まったく。何がつかめただ。何が上手く話し合えたらだ。笑わせるな。偉そうにほざいておいて、突入の段になったら「怖くていけません」とか泣き出すんじゃないだろうな。

そんなの、あたしは絶対に許さない。泣こうが喚こうが、あんたに先陣を切ってもらうよ。大丈夫。しくじって死んでも、ケツはちゃんとあたしが拭いてやるから――。

かなり現場が近くなってきた。成田東四丁目信号を過ぎ、左手に杉並警察署を見た。天沼二丁目はもう少し先、荻窪駅に近い辺りだったと思う。赤信号で手早くポケット地図を確認する。思った通り、現場は荻窪駅入り口信号を右折してその先だ。

確かめた通り進んでいくと、住宅街に入った辺りで数台の覆面PCが視界に入った。直接は出向かず、辺りを一度流して奔る。ちょうど現場の裏手になるだろうか、小学校があるのを確認した。荻窪署から現場までの距離は約二キロ。やや遠い。前線本部はこの小学校になるだろうと基子は踏んだ。

ちょうどそのとき無線が鳴った。

『通信指令本部より各局。荻窪署管内で発生した立てこもり事案、関係各員はただちに、杉並区立天沼小学校に急行せよ。繰り返す。荻窪署管内で……』

やはり。改めてアクセルを吹かし、校庭側から校舎側に回り込むと、すでに所轄のパンダ（白黒PC）が二台到着していた。その後ろにバイクを停め、今度はジャケットに着替えながら玄関に走る。中には制服警官が一人立っている。

「捜査一課特殊班の伊崎巡査です」

身分証を提示すると、彼は敬礼で応えた。

「ご苦労さまです。自分は、荻窪署地域課の小林巡査長です。先ほど本部から要請がありまして、そこの体育館に捜査本部を設置することになりましたが」

「もう、入ってもいいですか」

「はい、ご案内します」

「けっこうです」

基子は手で制し、玄関を突っ切って校庭側に出た。土曜日のためか、そこに子供たちの姿はなかった。

少しいった左手にある建物が体育館だった。両開きの引き戸が開けられており、中では制服警官六名が、せっせと折り畳みの会議テーブルを並べている。

「捜査一課特殊班の伊崎巡査です」

「ああ、ご苦労さまです。本部の方は、まだどなたもお見えになっておりませんが」

基子は片手を上げて分かったと示し、校舎に戻って職員室を探した。体育館と頭をつき合わせる恰好になっているのがそれだった。所在なげに戸口から顔を覗かせているのは、急に呼び出された教員か。

「恐れ入ります、警視庁の者です。申し訳ありませんが、校庭の門を開けていただけますか」

教頭と名乗るその中年男の挨拶(あいさつ)を適当に受け流し、基子は先に校門へと走った。

二、三分待つと、本部設置用機材を積んだトラックとA1、無線担当班と特殊班二係の乗ったPC三台が到着した。体育館に横づけするよう誘導する。あとからきた移動指揮本部車両は、もう少し現場に近い車道で待機してもらうことにした。
早速、無線担当班が資機材の搬入を始める。無線機はもちろん、スピーカー、コピー・ファックス、パソコン、電話、発電機から事務用品まで。電波状況を検査した技師が壁際を示すと、下っ端の何人かが会議テーブルを並べ、そこに次々と機器を設置していく。

特殊班の面々はA1の前に集合した。川俣と佐藤、二人の主任が手早く分担を決める。

「とりあえず、うちでカメラとマイクを仕掛けて、現場を固めるよ」

川俣のいう「うち」とは、園田、藤田、新藤、美咲と基子で構成される川俣班のことだ。残りの前島、大森、堀川、茂木、嶋田は佐藤班ということになる。

「了解。じゃこっちで所轄と機捜（機動捜査隊）をまとめます。幕僚は、何時頃になりますか」

「あと十分くらいらしい」

「本部設置、それまでに終わるかな……」

佐藤が体育館を覗き込む。

「終わるだろう。十分あれば」

園田が「じゃいこう」と藤田の肩を叩いたので、基子は助手席の窓を叩き、荷室の扉を開けるよう運転担当に示した。

分厚い鋼板で覆われたパネルバンのトラック。中には拳銃、閃光弾、防弾ベスト、ヘルメット、無線機や出動服や変装用の衣装まで、特殊犯捜査に必要とされるありとあらゆる資機材が、所せましと詰め込まれている。基子はその中から、現場状況探査に使う機材一式を藤田と選り出した。

二メートルまで伸縮自在の潜望鏡、外壁に貼りつけて内部の音を拾うコンクリートマイク、暗視機能付きCCDカメラ、離れた所からマイクを仕掛ける際に使うマジックアーム、収集した情報を指揮車両に飛ばす中継器、捜査員が携帯する双方向無線機、などなどなど。

「ベストは、まだいいっすか」と藤田。

「ああ。暑いからあとにしよう」と川俣。

機材を六人で分け合って担ぎ、早速現場に走る。

基子はA1の中からずっと、コンクリートマイクを収めたアタッシェケースを抱え込んでいた。これさえ手放さずにいれば、自動的に、最も現場に近づく役にありつける。

危険は承知のうえだ。だからこそやる気になる。下手をしてホシに見つかり、たとえ襲撃を受けることになっても、それはそれでいいとすら思っている。

——むしろ、めっけもんだろ……。

そんなときは一人で突入すればいい。それを半ば望んでいる自分がいることを、基子は否定しない。

――白黒、はっきりさせようぜ。

まもなく、試合開始のホイッスルが鳴る。

3

麻井憲介（けんすけ）は、和田（わだ）捜査一課長、浜田（はまだ）管理官らと幹部用車両に乗り込んだ。

「……西脇（にしわき）部長、だいぶ鼻息を荒くしていたな」

助手席に座った途端、後ろの和田がいった。運転担当員がエンジンをかけ、静かにサイドブレーキを解除する。

「あまり無茶に張りきられるのも、考えものですな」

隣の浜田が答えた。

刑事部捜査課は課長以下、幹部全員がノンキャリアの叩き上げで固められている。刑事部長のようなキャリアに対して一線を画した物言いをするのは、もはや伝統であるとすらいえた。

「正月の黒星で、だいぶ苛（いじ）められたからな。意趣を返したくてうずうずしてるんだろう」

正月の黒星。利憲くん誘拐事件――。

だが実際、刑事部幹部であの一件を完全な黒星と考える者は一人もいなかった。確かに身代金は奪われたが、人質の田辺利憲は無事生きて解放されたのだ。マスコミは『警視庁、誘拐事件で大失態』と大々的に叩きに出たが、人質が解放された以上、警察にももう怖いものはない。西脇刑事部長は通常の刑事事件同様、全力を挙げて犯人検挙に尽力し、必ずや解決してお目にかけると大見得を切った。つまり、勝負はまだ終わっていない。白星も黒星もないというわけだ。

いや、厳密にいえば一人だけ、確実に黒星のついた人間がいる。特殊犯捜査第一係長、羽野（はの）警部だ。

現場でホシが捕れなかった時点で、事件は特殊班の手を離れ、殺人班に引き継がれるのが通例である。特殊班の任務は、あくまでも現場でのオペレーションに限られている。刑事捜査の類（たぐい）は一切しない。つまり、ホシが捕れても捕れなくても、事件が終われば本部庁舎での待機に戻らざるを得ない。それが特殊班というものなのだ。

あのヤマは、二度と特一の手が出せないところにいってしまった。同じ特殊班の係長である麻井には、羽野の心中が痛いほどよく分かる。

浜田管理官が「その」と先の話を継いだ。

「意趣というのはやはり、太田（おおた）部長に対して、ということですか」

西脇刑事部長は、自分より三期下の出世頭、太田信之（のぶゆき）警備部長を目の敵にしている。ルームミラーに、苦笑いを浮かべた和田の顔が映り込む。

「もっぱら、あっちの目は公安の篠塚部長に向いているようだがな。西脇さんじゃ、逆立ちしても敵わん相手さ……」

和田はいったん外を見やり、何か思い出したようにルームミラーを見た。鏡越しに麻井と目が合う。

「ちなみに、荻窪署長は、いま誰だったかな」

麻井は一つ、小さく頷いてみせた。

「野田彰宏警視正です」

「……ああ、野田さんか。彼とは若い頃、二機で同じ小隊だった。そうか、荻窪署長になってたのか……」

麻井にはむしろ、和田がかつて第二機動隊にいたことの方が意外だった。

道中、先に現場入りした川俣や佐藤から何度も連絡が入った。最寄りの小学校体育館を借りての前線本部設置は、まもなく完了するとのことだった。移動指揮本部車両や資機材車両Ａ１も無事着いているという。振り返れば刑事部長を乗せた車両もちゃんとついてきている。現時点での仕損じは何もない。

麻井はいくらかの安堵を覚え、前に向き直った。

校庭側の門から乗り入れ、車をＡ１の横につける。最後に降りた西脇部長を先頭に、前線本部と化した体育館に入る。幕僚団の到着。この瞬間から、捜査本部は実質的オペレーションに入ることになる。

「ご苦労さまです」

佐藤以下六名の特二係員が敬礼で迎える。張り詰めた空気が、体育館の隅々までいき渡る。すでに館内には百名を超える捜査員が待機している。その全員が、倣って西脇に敬礼をする。

荻窪署長、野田警視正が前に進み出た。

「ご苦労さまです。このたびは……」

「挨拶はいらん」

西脇は片手で制し、脱いだ上着を前島巡査部長に投げ渡した。大股で体育館中央、一番大きな机の島に向かう。

「状況を報告しろ、状況をッ」

どうやらオブザーバーの地位には甘んじず、自ら陣頭指揮を執るつもりらしい。佐藤が「はいッ」と駆け寄る。

「特二の佐藤警部補です。現況を報告いたします。……本日午後二時十五分頃、荻窪署地域課仁谷巡査部長が職務質問、身体検査をしようとしたところ、マル被はいきなり所持していた包丁で切りかかり逃走。仁谷巡査部長は左腕に軽傷を負い、本署に応援を要請。追尾したところマル被は杉並区天沼二丁目○△の◎、たまたま玄関前に出ていた同所住人主婦、江藤久子、四十四歳を人質に取り、そのまま立てこもったとのことです。
まもなく荻窪署員三十三名、機捜隊員六名が現場周辺を固め、先ほど特殊班員を現況探査に向けました。江藤家は人質の他に、夫の幸男、四十二歳、息子武、十六歳、娘敦子、十四歳が同居しておりますが、事件発生時はいずれも外出していたものと思われます。マル被は身長百八十センチ前後、痩せ型、黒い短髪。現在、仁谷巡査部長が荻窪署にて前科者リストと照合を進めております。まもなく現場映像、音声共に受信可能になります。現場建物は……」

さらに報告が続きそうだったので、麻井は和田に一礼してその場を離れ、輪になっている係員のもとに向かった。

「何か動きはあったか」

前島デカ長が、現場見取り図を差し出しながら短く頷く。

「伊崎巡査がマイク設置に潜入した模様です。……無茶しないといいんですけどね」

「誰か説得に当たっているのか」

「機捜の古田警部補が」

「川俣に替わらせよう。おい、管理官を呼んでくれ」

即座に嶋田が走る。駿足の彼は、何かと伝令に使われることが多い。浜田の背後に立ち、そっと耳打ちする。浜田が、分かったと頷くのが見えた。

「川俣と藤田は現場に残して、あとは指揮車に戻せ。前島は残って管理官と一緒にこい」

「了解」

麻井が体育館から出ると、大森、堀川、茂木、管理官のところから戻ってきた嶋田があとに続いた。茂木が耳打ちすると、嶋田はまた先行して現場に走った。

校舎の時計を見上げる。午後四時二十三分。

心なしか校庭の暑気が、少し引き始めているように感じられた。


現場の一つ手前の曲がり角に停めた、バス型の移動指揮本部車両に乗り込む。中には運転担当一名、無線担当が二名乗り込んでいた。

「ご苦労さん。どうなってる」

「はい。カメラ、マイク共に受信は良好ですが、室内の音はまだ何も拾えていません。聞こえるのは、川俣主任の呼びかけだけです」

車内後方には、ぐるりと内壁を埋め尽くすほど様々な通信機材が搭載されている。麻井は比較的機械には強い方だが、さすがにこれらは理解の範疇（はんちゅう）を超える。それを目の前で巧みに操ってみせる専門技師に対しては、ある意味、同業者以上に尊敬の念を抱いている。

「そうか」

六つ並んだ小型モニターの前に陣取る。表示されているのは、被害者宅を六方から捉えた映像だ。それぞれを突き合わせると、さほど大きくはない、ごくありふれた一戸建ての家屋であることが把握できる。

一階。道路側を向いた掃き出し窓の前は、小さな庭になっている。鉢植えに水をやっているときに襲われたのだろう。芝生の上に投げ出されたジョーロとサンダルが、当時の様子を如実に物語っている。今、庭に面した窓のカーテンはぴったり閉じられている。

玄関はその左側面になる。ドアを出て、五段ほどステップを下りたところが屋根付きのガレージになっている。シルバーのセダンが停まっている。クラウンのように見える。

奥に座った無線担当がこっちを向く。

「捜査員のメリット交換はまだです」

メリット交換とは、無線交信状況の確認作業だ。

「急いでくれ」

すぐに浜田管理官が乗り込んできた。何やら顔つきが厳しい。

「おいおい、まずいことになったぞ。松田浩司が乗り込んできやがった」

松田浩司警視正は、警備部の第一課長だ。警備一課といえば、特殊急襲部隊〝ＳＡＴ〟を所管する部署だ。

「配置を譲れということですか」

SATはテロ、ハイジャック、人質立てこもり事件への対処を任務とする強行突入専門部隊である。刑事部捜査一課特殊班とは、かなりの部分で守備範囲がかぶる。これまでは特に大きな衝突もなくやってきたが、太田警備部長がSATを実戦配備したがっているという噂は幾度となく耳にしている。今日がそれだというのか。

「いや、現段階ではまだ、SATの狙撃班をって話しか出してない。だが西脇部長が、もうすっかり目ぇ吊り上げちまってな、話にならんのよ。そんなもん要るかァーッて、パイプ椅子つかんで投げようとして……まあ、和田さんが止めたからよかったようなものの」

奥の無線担当員がメリット交換を始めた。

「指揮車両より特殊班各員。メリット良好です。メリット交換願います。川俣主任、どうぞ」

応答はスピーカーから流れた。

《こちら現場前川俣、メリット良好です。どうぞ》

「指揮車両より佐藤主任、どうぞ」

《こちらA1前佐藤、メリット良好。どうぞ》

「指揮車両より園田巡査部長、どうぞ……」

浜田管理官が隣の椅子に腰を下ろす。

「あの調子で、焦って変に、掻き回してくれなきゃいいがな」

「そうですね……」

麻井も、思わず溜め息をついた。

「管理官、和田一課長からお電話です」

手前の無線担当は受話器を示したが、浜田が「スピーカーで出せんか」と訊くと、彼は可能ですと答えた。マイクでどうぞといい直す。

「……はい、浜田です」

メリット交換の応答が和田一課長の声に切り替わる。

『ああ、今から本部の待機要員五十人を外周に回す。特殊班の準備はすんだか』

「はい。いま無線の確認中ですが、じきに」

『そうか。急いで直近配置につけろ。つき次第、こっちからマル害（被害者）宅に架電する。マル被が出たら、タイミングを見て玄関前まで詰めさせろ。いいな』

「了解しました。ちなみに、マル害の家族との連絡はとれましたか」

『いや、息子も娘もここの卒業生で、娘の方が地元の中学に通ってるところまでは分かったんだが、あいにくあっちも休みでな、誰もいないという報告を受けた。ここにあった写真を持たせて、捜査員を駅周辺の繁華街に向けたが……発見するのが先か、帰ってくるのが先か、微妙なところだな』

「亭主の勤め先は」

『まだ割れない。会社を替わったばかりらしくて手間取ってる。それと家の間取りだが、スする』

不動産屋と工務店関係を当たらせてる。これも娘の帰宅と競争だな。分かり次第ファック

「よろしくお願いします」

麻井は早速席を立ち、メリット交換のすんだ捜査員たちを車内に呼び入れた。荷物のある者は、各々網棚に乗せて手ぶらになった。これが最後のチャンスと思ったか、佐藤は手早くタバコを銜えて火を点けた。

目で人数を確認する。川俣と藤田以外は全員揃っている。麻井は備え付けのテーブルに現場見取り図を広げた。

「この道路側の庭は、路面よりどれくらい高くなってる」

園田が「一メートルほどです」と答える。

「充分に隠れられるな。ここをA班として、園田、藤田、門倉。ガレージ側の隣家の前に、隠れられる場所はあるか」

今度は佐藤が「あります」と答えた。

「そこをB班。佐藤、新藤、伊崎。できれば車の陰から、下をくぐり抜けて玄関前まで詰めたいが、伊崎、できるか」

伊崎は短く「はい」と返した。

「では合図で伊崎が進んだら、新藤が続いて、佐藤からリレーで消火器を伊崎まで回せ」

立てこもり場所から出てきた犯人に消火器を噴霧するのは、子供騙しのようでいて、実は極めて高い効果が期待できる作戦なのだ。要は犯人が驚くようなことなら、水をかけるでもジュラルミンの盾を投げるでもなんでもいいのだが、可搬性や確実性を考えると、消火器以上のものはないというのが、今のところ特殊班では通説になっている。

「裏手に前島、大森、嶋田。これをC班」

「了解」と前島。

「北側にも掃き出しの窓があるな。ここをD班。堀川、茂木」

Dは「デー」と発音する。

「では、よろしく頼む」

全員が「了解」と声を揃え、現場へと駆け出した。

通常ならば、浜田管理官か麻井が被害者宅に電話を架け、犯人との交渉ホットラインを設ける。その役を和田一課長が自ら担うと伝えてきたのは、西脇部長がそうしろと命じたからだろう。和田一課長に限って、警備部一課長、松田警視正に見栄を張ったなどということは考えられない。

前線本部から電話の音声が無線で送られてくる。だがスピーカーから流れてくるのは、今のところ長い呼び出し音ばかりだった。

「呼び出し音、確かに鳴ってます。おそらく電話は、一階の玄関付近にあるものと思われます」と奥の無線担当。

「出んな……」浜田がより強くモニター画面を睨む。

本部は二分ほど鳴らしてしばらく間を置き、また二分ほど鳴らすというのを三回、四回と繰り返した。

「動く気配はないか」

麻井が訊いても、無線担当は小首を傾げるばかりだった。

五回目の架電が始まった。三回、四回と呼び出し音が鳴る。今度こそ出てくれという祈りが通じたか、

「お」

「んっ」

ぶつりと呼び出し音は途切れ、

《……もしもし》

弱々しい女の声が答えた。

指揮車内の四人は、一斉に生唾を飲み込んだ。

《もしもしぃ、江藤さんですか》

《は、はい……》

麻井はマイクに口を近づけた。
「……指揮車からB班。前進準備、どうぞ」
《B班佐藤、了解》
さらに和田が続ける。
《江藤、久子さん、ですね？》
《はい……》
《私、警視庁の、和田と、申します。ゆっくり、話しますから、落ち着いて、聞いてください ね。質問に答えづらいときは、さあ、といってくれれば、いいですから。ね、よろしいですね》
《はい……》
《それでは、今、犯人は、近くにいますか？》
《は……はいぃ……》
《この電話は、聞いていますか？》
《いえ……あっ……さあ……》
《分かりました。けっこうですよ。今お宅には、久子さんお一人ですか？》
《はい》
《久子さんは、何か持病とかおありですか？　たとえば、心臓とか》

《いえ、特には……》
《今、体調はいかがですか？　苦しいとか、痛いとか、何かありますか？》
《いえ、だ、大丈夫、です》
《犯人に危害は、加えられていませんか？》
《はい……》
《そうですか。それでは、犯人に替わることは、できますか？》
数秒の沈黙ののち、いきなり電話は切れた。失敗だ。
「指揮車からＢ班。電話が切れた。次の架電を待て」
《Ｂ班了解。待機します》
浜田がチッと舌打ちする。
「……まあ比較的、人質が落ち着いてるのは、好材料だが」
無線担当が現場見取り図を差し出す。
「電話の場所は、玄関とこの部屋の中間辺りですね。電話の前後には、微かに物音がしました。たぶんこの辺りから移動してきて、電話が終わって、また戻った感じです」
二人は、庭に面した窓の部屋にいるということか。
「本部に報告してくれ」と浜田。
さらに五分ほど置いて、また本部は架電を始めた。

無線担当が大きく頷く。
「間違いないですね。この部屋に、ソファか何かがあるんですね。二人のうち、どちらかがそれに座っています」
向こうが電話に出た。
《もしもしぃ》
数秒の沈黙。
《もしもしぃ、先ほどお電話しました、和田ですけどもぉ》
《……なんだテメェ……》
いきなり、押し殺すような男の濁声(だみごえ)がスピーカーに響いた。ホシだ。接近のチャンスだ。
「指揮車よりB班。前進準備」
《B班、佐藤了解》
麻井は通話の空気を読もうと目を閉じた。
《ああ、私は警視庁の、和田という者ですよ。失礼だが、名前を聞かせてもらって、かまわんかね》
《俺の名前なんざ、聞いてどうすんだェ》
もう少し会話は続きそうだ。いける。
「B班、前進開始」

《B班了解……》
ガレージを映しているモニター画面。その端っこに伊崎の右肩が、ほんの一瞬だけ映った。そうと分かって見ていても、まず人間とは思えない移動速度だった。
彼女は高校時代、レスリングで全国大会を経験している。運動能力には絶対の自信を持っている。得意技は片足への低空タックル。身を屈めての移動は得意中の得意なのだ。
《B班より指揮車。伊崎が車の下にもぐりました。どうぞ》
「指揮車了解。そのまま待機」
和田と犯人の会話は続いている。
《いや、名前がないと、なんて呼びかけていいか、分からんでしょう。話しづらいでしょう、こっちが》
《だったら〝タロウ〟でいいだろがよ》
「B班、次の前進を準備」
佐藤の了解を片耳で聞く。
《そうか。じゃあ、タロウさんでいこうか。……ねえ、タロウさん。あなたどうして、そんなところに籠城(ろうじょう)してるの》
《な……なんでもクソもあるか、バ、バカヤロウ》
まずい。犯人を興奮させるのは逆効果だ。

《まあまあ、ちょっと落ち着きなさいよ》

またもや、突如電話は切られた。

麻井はB班に、次の架電を待てと告げた。

午後七時。事件発生から、五時間が経過しようとしていた。

その間の進展といえば、小学校の前線本部が娘の江藤敦子と息子の武を確保したこと。どちらかから父親の勤め先を聞き出して、連絡がとれたこと。家の間取りが分かったこと。直近B班が玄関前に消火器の配備を完了したこと。そんな程度だった。

「すっかり、暗くなったな……」

浜田が運転席を見やる。西の空にも、もう赤みはほとんど残っていない。これからは、こちらがいかに暗闇を利用するかがポイントになってくるだろう。

「何か要求しろっていわれても……ねえんだろうな、ほんとに」

和田の問いかけに対し、犯人はうるせえだの、バカヤロウ程度の答えしか返してよこさない。和田は人質の「ひ」もいい出せずにいる。今のところ、交渉と呼ぶにはあまりにも貧困な会話しか交わせていない。それもあってか、前線本部はここ三十分、架電のインターバルを多少長くとるようになっている。

そして、十九回目の呼び出しが始まった。

《もしもーし》
和田も色々と声音を工夫しながら、なんとか犯人を会話に乗せようと試みる。
《……うるせぇんだよコノヤロウ》
《まあ、そういいなさんなタロウさん。……そうだ。そんなふうじゃ、奥さんに何か作ってもらうわけにもいかんでしょう。腹も、そろそろ減ってきたんじゃないか？　こういうのはどうだろう。何か、こっちから差し入れをしようじゃないか。何か、食べたいものをいってみてくれよ》
犯人の舌打ちが聞こえる。だが言葉はない。
《なあ、タロウさん。意地を張るのは、よくないよ。実をいうとこっちもね、そろそろ何かとろうかって話が出てるくらいなんだ。この近所だとね、招華苑(しょうかえん)って中華料理屋が、けっこう美味(うま)いらしいんだ。どうだい、ラーメンなんてケチはいわんよ。海老(えび)チリでも、五目ヤキソバでも……豚の角煮なんてどうだい。かにチャーハンもつけようか。ん？　どうだい。腹が減っては戦はできんというだろう》
また舌打ちが聞こえた。少し場の空気が和らいだような、そんな印象を受ける。
《……しょうがない、特別だよ。特別に、北京ダックも頼んでやるから。だから……》
するといきなり、
《青椒肉絲(チンジャオロースー)と白い飯、そんだけ若い女に運ばせろ。男が持ってきやがったらブッ殺すか

らな。分かったか和田ァ》

犯人はいうだけいって電話を切った。

車内に、複雑な肌触りの沈黙が垂れ込めた。おそらく、前線本部も似た感じだろう。

「あいつ……タロウさん、腹減ってたんだなぁ」

麻井も苦笑いを浮かべてみせた。

「そのようですな。それにしても和田課長、なかなかやりますね」

浜田が小刻みに頷く。

「ああ。最初はどうなることかと思ったが」

「早速、潜入要員について課長と協議しましょう」

「ああ。ちなみに、料理はあっちが手配してくれるんだよなぁ」

これには、無線担当員二人も笑いを漏らした。

4

美咲は道路に面した、庭の生垣の下に身をひそませていた。

江藤邸はガレージ以外の、家屋や庭のすべてが地上一メートルの高さにある。犯人が一階にいると判明した今、捜査員が周囲に身をひそませるのはさほど難しいことではなかった。

午後七時九分。現場到着時から比べると周囲はだいぶ暗くなったが、風がないため蒸し暑さは相変わらずだった。下着もブラウスもパンツも、体に張りついたまま生乾き状態になっている。これでは、暑くても逆にジャケットは脱げない。脱げば背中は裸同然になる。隣にいるのが、あの〝セクハラ大王〟藤田となればなおさらだ。

美咲たちの左三メートル、玄関を見渡すような位置には川俣が立っている。背後には所轄の制服警官が四人、パトカーも一台停まっている。機捜の古田警部補が川俣に交替した点以外、この状況は基本的に変わっていない。犯人に状況の変化を悟らせないというのが、特殊犯捜査の基本なのだ。

玄関前には一・五メートル四方のアプローチがあり、そこからこっちに五段の階段が下りている。そのアプローチ左下には現在、伊崎基子が消火器を持って待機している。ここからは見えないが、さらに車をはさんで左手には新藤と佐藤がいるはずである。

他の捜査員は裏手に回っているので、その動きはよく分からない。突入という段になったら、北側の窓や西側の裏口を破って入るという配置だが、できることならそういう手荒な手段は避けたいところだ。できれば犯人には、説得に応じて投降してもらいたい。それが犯人にとっても警察にとっても、何より人質にとってよい落とし処なのだ。

《指揮車よりA班》

ふいに自分の配置に呼びかけがあり、美咲は緊張を覚えた。まさか、突入の準備をしろというのでは――。

「こちらA班園田、どうぞ」

《至急、門倉巡査を指揮車に下がらせてくれ》

「A班了解」

ひそめた声でいい終えると、園田はこっちを見やり、顎で促した。

なんだろう。なぜ自分だけが指揮車に戻されるのだろう。だがそんなことは、園田に訊いても分からない。美咲は目で頷き、身を屈めたまま生垣の下を離れた。

隣家の前に差しかかれば、もう江藤邸からは死角になって見えない。美咲は立ち上がり、周辺を固める数十人の私服、制服警官の間を縫って急いだ。指揮車は、一つ角を折れたところに停まっている。

「門倉巡査、入ります」

機材への電源供給は発電機で行っているため、エンジンはかかっていない。当然エアコンも入っていない。それでも扇風機が回っているだけ、現場前よりはマシではある。

「ご苦労」

麻井は美咲に運転席側のベンチシートを勧めた。表情が、いつになく険しい。

――もしかして……。

非常に、嫌な予感がした。

「本部で和田課長が犯人との交渉に当たり、食事を差し入れるところまで漕ぎ着けた。犯人が若い女性を希望したため、君にいってもらうことに決めた」

——ああ、やっぱり……。

美咲は急激に体が冷えていくのを感じた。だが、尻込みしている場合ではない。

「……それは、どういう立場で、差し入れるのでしょうか」

「それを検討していたんだが、差し入れるのは中華料理だ。変装して出前という形も考えたが、犯人は特に一般人でなければ受け容れないといっているわけではない。却って、内部に潜入できた場合はスムーズに説得に移れるだろうから、警官であることはオープンにする方針だ」

警官として潜入、状況を見て説得——。

任される役回りとしては、決して苦手な部類ではなかった。説得に関しては実績を挙げているという自負もあるし、麻井がそれを高く評価しているからこその抜擢なのだと納得もできる。

が、しかし。これまで美咲が手掛けた説得工作というのは、電話越しであったり、周囲を特殊班の人間が固めている状況下でのものだった。単独で潜入して、というのとは明らかに違う。

――どうしよう……。

断ることはできない。覚悟というほどではないが、いつかはこういう危険な任務も回ってくるであろうとは思っていた。それが今日になった。それだけのことなのだ。

――私だって、特殊班の人間なんだから……。

単独で潜入、見事犯人を投降させた前島の武勇伝は、特二では語り草になっている。茂木が交換の人質として現場に入っていく後ろ姿を、美咲は実際に自分の目で見て知っている。基子が先頭を切って現場に入っていく場面に至っては、もう何度見たのかよく分からなくなっている。

自分だけだ。自分だけが、危険な任務を経験しないまま今日に至っている。特殊犯捜査員としては半人前だった。

このまま、半人前のまま特殊班から異動できたら。そう考えたことがなかったといったら嘘（うそ）になる。だが、現実はそう甘くはなかった。ちゃんと美咲にも、危険な任務は巡ってきた。

選択の余地はない。受けるのだ。受けて、見事事件を解決してみせるのだ。

「……怖いか」

麻井の声は厳しいままだった。きっと、いつもの優しい声でいわれたら、涙があふれてしまう。

「犯人の口調は粗野で、これまでにも興奮しやすい一面を見せている。無理は禁物だが、できる限り、人質解放の説得に繋げてもらいたい。そして可能ならば、交換の人質に志願して現場に残ってくれ。隠しマイクは付けない。音は拾えているから一階にいる限りは状況の把握に問題はない。人質を解放でき次第、強行突入に作戦を切り替える。そこまで引っ張ってくれ……説明は以上だ。料理が届くまでまだ時間がある。顔を洗って化粧を直せ」

最後のひと言が、心の底に石くれとなって落ちる。

美咲は立ち上がり、「はい」と答えて網棚に乗せておいた自分のバッグに手を伸ばした。

——犯人は、若い女を希望している……。

美咲は顔の強張(こわば)りを悟られないよう頭を下げ、指揮車をあとにした。

ゆっくりと学校まで歩く。開け放たれた校門を過ぎると右手、前線基地と化した体育館の入り口が目に入った。私服警官が五、六人立っている。警視庁本部の機捜隊員たちだ。よく知った顔が一人、会釈をくれた。倣って返したつもりだったが、体は不恰好に折れ曲がっただけだった。

まだ明かりを灯(とも)している校舎の玄関へと急ぐ。誰もいない様子が見てとれる。上履きばかりを収めた下駄箱が、静かに列を作って佇(たたず)んでいる。美咲は思わず小走りし、重たいガラスの扉を開けて中に飛び込んだ。

来賓用のスリッパに履き替え、廊下を左に進むと、少し暗くなった辺りに女子トイレを見つけた。

照明のスイッチを押してドアを開ける。低い位置に設置された洗面台と化粧鏡。長身の美咲の顔は、立ったままだと顎しか映らない。屈み込み、直せといわれた化粧がどんなふうになっているのか確かめる。ほとんどスッピンだった。

ふいに、涙があふれた。

麻井が、特殊班の仲間が、自分を見殺しにするはずがない。それは信じている。チームの実力にも疑いの余地はない。だがそれでも、自分の身に降りかかる危険は誰のものでもない。自分一人のものだ。何をされるのだろう。自分は犯人に、どうされてしまうのだろう。百八十センチを超える長身の、粗野で興奮しやすい性格の持ち主に――。

ぬるい水道水で顔を洗った。怯(おび)えも洗い流せるよう、普段より激しく頬をこすった。だが素顔の自分は、やはり泣き虫の、二十七歳の、一人の無力な女にすぎなかった。

鏡の前に置いたハンドバッグより、内ポケットの携帯に手が伸びた。

「……ああ、もしもし、お母ちゃん？」

台東(たいとう)区で豆腐屋を営んでいる実家の母親は、客からの電話でないことを悟って声色を変えた。

『あら美咲ぃ、どうしたの珍しい。あんたから架けてよこすなんて。どうしたの。なんかあったの』

「んーん……お父ちゃんは？」

『うん、いま店閉めて、あと片づけしてるよ。替わろうか』

「んん、いいや」

『次、いつ帰ってくるの』

思わず、答えに詰まった。

――あのね、お母ちゃん。もしかしたら私……もう二度と、帰れないかもしれないの……。

奥歯を嚙み、美咲は唾を飲み込んだ。

「……ちょっと、分かんないや」

『そう。相変わらず忙しいのねぇ。……ああ、この前の日曜に、洋介たちがきてね。ヒロちゃん、また大きくなったのよぉ。あんたの写真見て、あーちゃん、あーちゃんて指差していうの。んもう、可愛いったらないのよぉ。ちょっと美咲も、早くいい人見つけて親孝行してちょうだいよ』

ヒロちゃんとは兄洋介の長男で、美咲にとってはたった一人の甥っ子になる、浩道のことだ。浩道はまだ「おばちゃん」と発音できず、「あーちゃん」になってしまうことは前にも聞かされた。最後に会ったのは正月だから、きっとまた見違えるほど大きくなっていることだろう。

「そうだね……いい人が、いればね……」

これ以上喋ると、本気で泣いてしまいそうだった。

美咲は上司が呼んでいると嘘をつき、中途半端に電話を切った。

もう、あまり時間はないはずだった。

震える頬に、手早くファンデーションをこすりつける。口紅はいつも二本持っている。

少し迷って、より赤が鮮やかな方を選んだ。しかしこれは、一体、誰のための化粧なのだ。なんのための赤なのだ――。

突如、耳にかけたままだったイヤホンに麻井の声が響いた。

《指揮車より門倉巡査。差し入れが届いた。至急指揮車に戻れ。どうぞ》

美咲はコードの途中にあるマイクを口に近づけた。

「……門倉、了解しました」

口紅をしまい、バッグを取り上げると、いくらか気持ちも引き締まった。皮肉なことに、鏡の中の自分は、いつもより綺麗に見えた。

「では、よろしく頼む」

指揮車前で麻井にお盆ごと手渡される。岡持ちを持ったままの中華料理店店員は、複雑な表情を浮かべて美咲と麻井を見比べた。

「了解しました」

お盆は、たぶん学校から借りた給食用のものだ。ラップのかかった青椒肉絲の皿と、ライスの丼が二つずつ載っている。美咲はそれを両手で持ち、再び江藤邸へと歩き始めた。

道の端に寄った警官たちは、みな厳しい顔つきで美咲を見送った。さっきまであった荻窪署のパトカーはすでになくなっていた。いつの段階でだったか、犯人が警官を撤退させろと要求したのは無線で聞いて知っていた。説得役だった川俣は、美咲の代わりにA班に加わり、藤田の隣にしゃがんでいる。

目が合うと、川俣は頷いてみせた。任せておけと、いわれたような気がした。

美咲も返す。お願いします、危なくなったら助けてください。そういえたら、どんなに楽だろう。いや、却って苦しくなってしまうかもしれない。いえなくて、いいのかもしれない。

江藤邸の真ん前に立つ。左にシルバーのセダンが停まっている。玄関に上がる階段と車の間には、基子が消火器を持ってひそんでいる。

ゆっくりと階段に歩いていく。基子は玄関を見上げたままだった。こっちを見たのかもしれないが、それは暗くてよく分からなかった。

一段、また一段。ゆっくり上っているつもりなのに、あっという間に、ドア前に着いてしまった。

辺りは静まり返っている。美咲はお盆を左手に持ち替え、チャイムを押した。相手はどう出るのだろう。人質が出てくるのか。それとも犯人が直接か。しかし意外にも、

《……どうぞ、開いております……》

インターホンから細い女の声が漏れ、美咲は自ら扉を開ける破目になった。

改めてお盆を右手に持ち替え、縦型のドアレバーを左手で引く。細くできた隙間(すきま)は真っ暗だった。さらに引き開けると、玄関の右手にほんの少し明かりがあるのが分かった。照明を最小にした、ナツメ球ほどの明かりだ。

ふいにそこから長い腕が伸び出て、手招きされた。太くはないが筋肉質な、男の腕だった。動かずにいると、すぐに黒い頭髪と額が半分、片目がこっちを覗いた。その片目が吟味するように美咲を見る。もう一度手招きされる。

美咲は頷き、パンプスを脱いで玄関に上がった。

そのときだ。

ふいにカチンッと音がして、部屋全体が明るくなった。大きな歓声が上がる。瞬く間にその音量は、鼓膜を圧するほどの大きさになった。犯人がテレビを点け、ボリュームを最大にまで上げたのだ。

――これじゃ、会話なんて拾えない……。

番組はナイター中継だ。

《ホームラァァァーン、逆転のスリーラァァァーン》

男の顔がはっきり見えるようになった。頬骨の張った、疲れたような二重瞼の男だった。髪は整髪料で整えていたのだろうが、今はだいぶ乱れて前髪が落ちている。ソファに投げ出した体は痩せ型といっていい。黒っぽいアロハシャツに、白いパンツを穿いている。テレビの明滅のせいか、美咲には、男がまとう空気が、強烈な負のエネルギーを帯びているように感じられてならない。

隣には江藤久子と思しき中年女性が座らされている。年相応に脂肪の乗った肩、二の腕、胸回り。縛られているのか、両手は後ろに回っている。そのためか背もたれに寄りかからず、少し前屈みになっている。

犯人は美咲の持つお盆を指し、そのまま目の前のテーブルに動かして置けと示した。二歩、三歩と近寄り、注意深くお盆をテーブルに置く。その刹那、犯人は江藤久子の喉元に包丁を突き出し、数ミリ手前で止めてみせた。

「……脱げ、お前」

耳に、嗄れた低い声が絡みついた。

生乾きの唾の臭いが、美咲の鼻先をかすめていった。

美咲の消えたドアがゆっくりと閉まる。

戸口が空っぽの闇であったこと。美咲が具体的なアクションを何も起こさなかったこと。その二点で基子は、今は動くべきではないと判断した。

まもなく、家ごと揺さぶるような大音量の野球中継が鳴り出した。

5

ガレージに面した窓がぼんやりと明るくなる。カーテンの切れ目に光が滲む。人影は映らない。だがそれをもって窓際に犯人がいないと判断するのは早計だ。窓枠ぎりぎりに立てば影は映らない。犯人はテレビの音で、外壁に仕掛けたコンクリートマイクを事実上無効にしてみせた。その判断力、冷静さを侮るべきではない。

腕時計を街灯の明かりに照らして見る。午後七時五十二分。事件発生から五時間半が経過している。

門倉美咲は、果たして説得に成功するだろうか。人質の解放を、犯人に呑み込ませることができるだろうか。外にいる基子にさえ中継の解説内容が理解できる、この狂ったような大音量の中で。

基子は江藤邸を睨み続けた。瑣末なことも見逃さぬよう、視界全体に注意を配った。

わずかに覗いた庭の芝生、ガレージに面した窓、玄関ドアの小さなステンドグラス、格子のはまったキッチンの窓。特に二階の窓は要注意だ。犯人が現場周辺の様子を見るため、いつ上がっていかないとも限らない。迂闊(うかつ)に顔を出していると、基子の位置は二階から丸見えになる恐れがある。

暑さは難なくやり過ごした。無風は相変わらずだが、音を上げるほどのものではない。もっときつい張り込みの現場は、過去にいくつも経験してきた。

雪の日、ビルの屋上に五時間待機したあと、ロープを伝って二つ下の階のベランダに下りたこともあった。逆にビルとビルの外壁の間をよじ登り、そこで十五分待機してから四階に潜入、犯人を取り押さえたこともあった。消火器を持って座っていればいいのなら、三日でも四日でも持ち堪(こた)えられる。むしろこの場合、持たないのは人質の体力や精神力であり、門倉美咲の説得能力であろう。

さらに七分が過ぎた。

いったん長いコマーシャルをはさみ、また野球中継が始まった。これが下手にバラエティ番組か何かだったら、藤田辺りは不謹慎に笑い声を上げるのではないか。基子は、特二の班員を誰一人として信用していない。自分より前に誰かが出ればサポートはするが、後ろにいる者は一切当てにしない。これまでもずっとそうしてきたし、これからもこの姿勢を変えるつもりはない。

それにしても、犯人は何を考えているのだろう。警官に職質され、逆上して刃物を振るい、この家に立てこもった。今回の要求は食事だけのようだったが、最終的な狙いは逃走のはずだ。食事の受け入れを承諾したのちに、犯人は周辺捜査員の撤退を要求した。そこに、脱出の意思は充分に読みとれる。

前線本部は撤退を了解し、部分的には実行もした。いま江藤邸の前は、玄関から見る限りはがら空きだ。それを鵜呑みにしようとしまいと、たぶん犯人は、動かざるを得ない。問題はそれがいつ、どちらにということだ。

動いて、どうする。出てきてどうする。無茶は承知でここから全力疾走するか。さすがにそれはないだろう。裏口から逃げるか。それならC班D班が確保して終わりだ。最も考えやすいのは、この車だ。玄関からできるだけ短時間で乗り込み、あとは好きに逃げる。この場合だと、人質を後部座席に押し込んで自らも乗り、門倉美咲に運転させるのがもっとも安全な方法だろう。むろん、そんなことは自分がさせない。犯人が地面に足をつける前に確保する。

幸い、玄関前の踊り場と階段を囲っているのは壁ではなく、本数も少ないステンレスパイプの柵だ。飛び込むには充分すぎるほどの隙間がある。二人が先行して階段を下り始めたら、背後の犯人の足下にすべり込み、引き倒して腕を捻り上げ、武器を取り上げる。それで事件は一件落着だ。

――消火器なんて要るもんか。あたしには、手足があればそれで充分さ。
無線が鳴った。
《指揮車より特殊班各員。現場内で何か動いている。確認できる者はいないか。A班どうぞ》
《A班、特にありません。どうぞ》
《指揮車よりB班各員》
《B班佐藤、特にありません》
《B班新藤、ありません》
基子はマイクを口に当てた。
「B班伊崎、ありません」
C班もD班も同様だった。
野球中継をよそに、重たい沈黙が捜査員たちの間に漂った。
事件は、完全に膠着状態に陥っているようだった。
美咲の潜入から十五分が経過し、時計の針は午後八時六分を指していた。指揮車から進展の報告もない。この大音量では、前線本部も電話による説得をできずにいるに違いない。
そのとき、コマーシャルのBGMに混じって、小さな物音が聞こえた気がした。いや、確かに聞こえた。しかもすぐ近くにだ。ということは、玄関か。足音か。無線交信が終わったあとでよかった。自分が喋っているときだったら、おそらく聞き逃していた。

「B班伊崎より指揮車。玄関に注意。物音がした」

《指揮車了解。各員注意》

見た目の変化は何もないが、事件が動き出す兆しだけは、肌が粟立つほど感じられた。大音量を隠れ蓑とする、気配というか、息遣いのようなものが、玄関ドアの向こうにひそんでいる。

やはり。

ドアが、微かに開いた。基子はイヤホンの耳を覆った。これを暗視カメラが捉えているならば、無線に報告が入るはず。

《指揮車より各員。玄関のドアが開いた。注意して待機》

案の定。

ドアは五センチほど開いていったん止まり、間を置いて再び動き始めた。半分まで開いたあと、残りは一気だった。

捜査員はまだ誰も動かない。基子は頭を引っ込めたため状況が分からなくなった。だが足音は聞こえる。裸足のようだ。しかも一人ではない。見上げる頭上に人影が飛び出てきた。まだ、基子は動かない。動くのは、出てきたのが誰なのかを見極めてからでいい。

——あ、バカ……。

美咲だった。口をガムテープで塞がれている。見えた上半身はブラジャーだけになっていた。下半身はショーツだけ。手は見えない。後ろ手に縛られているようだった。

美咲の体の向きが変わった。連動するように、江藤久子と思しき中年女性が飛び出てきた。下着姿でこそないが、同じように口を塞がれている。よく見ると、二人は背中合わせの状態で、腰の辺りをぐるぐる巻きに括られている。

突如、ガレージ全体が明るくなった。玄関にある明かりという明かりが灯ったようだった。つまり犯人はスイッチのある場所、玄関内部にいることになる。だが飛び込もうにも、二人が邪魔で入っていけない。

その一瞬の躊躇のあと、怒声が現場に響き渡った。

「いい、い、いるじゃねえかァァァーッ」

刃物を振りかぶる犯人の影が、江藤久子の顔を暗く覆った。

――もう待てない。

基子はワンステップ左に飛んでから、パイプ手摺りの下をくぐって玄関にすべり込んだ。美咲と人質、二人の体が絡まりながら階段の方に倒れていく。

「てめッ」

気づいた犯人が基子に刃物を振り下ろす。だがもう遅い。基子の両手は、犯人の足首をがっちりとつかんでいた。

──もらったッ。

手前に引きつける。反動で犯人が後ろに仰け反る。さらに押し込む。だが犯人が上がり框に後頭部を打ちつけたら、死んでしまう可能性がある。もう半歩押し込み、肩甲骨辺りが当たるよう前方に落とす。

「グォエッ……」

後ろ手をついた衝撃で、犯人は取り上げるまでもなく刃物を手放した。大振りの文化包丁。爪先で踏み、蹴って下駄箱の下にすべらせる。

呻き声をあげる男を捻じ伏せるのは、なんとも味気ない作業だった。

「平成〇×年七月二日、午後八時七分、いや八分。監禁と傷害未遂の現行犯で逮捕します」

振り返ると、川俣以下五、六名の特殊班員が玄関に詰めかけていた。外では「大丈夫か」「救急車」と、藤田や新藤たちがなり声を上げている。

「どうしたんすか、外」

川俣は苦い顔をしたが、短く「大丈夫だ」と答えた。

第二章

1

門倉美咲が軽傷ですんだのは、不幸中の幸いだったといっていい。

左肩から喉元にかけての切創。長さ十六センチ、深さ八ミリ。刃が下着の肩紐（かたひも）に引っかかったため、頸（くび）を切られずにすんだのだろうというのが、治療を担当した医師の見解だった。

二十針近く縫ったらしい。嫁入り前、二十代の女性が胸元に負った怪我としては重い部類に入るのかもしれないが、彼女が警官である以上、そんな基準で量られるはずもない。命があっただけありがたく思え。それが刑事部上層部の見解であった。

そう。問題は、彼女が負った怪我ではないのだ。

犯人が包丁を振り上げたのを見て、とっさに江藤久子を守ろうと体を入れ替えたのだと門倉はいう。だがそれが原因で、江藤久子は体勢を崩した。振り回されて足場を失い、顔面から階段に倒れ込んだ。両手を縛られた状態で。上から門倉美咲の全体重を負う恰好で。脳震盪、肋骨二本と鼻骨を骨折。鎖骨は複雑骨折。肩関節亜脱臼。まさしく重傷である。今後、この件がどう処理されるのかは分からない。すべては江藤久子の回復と事情聴取を待って、ということになるが、ただですむはずがない。麻井としては、門倉への処分ができる限り軽くすむよう持っていきたいのだが――。

前線本部の撤収作業をすませた捜査員の一部は、そのまま荻窪署に泊まり込んでいた。麻井が朝一番で捜査本部が設置されている講堂に顔を出すと、川俣以下八名の男性捜査員が、揃って門倉美咲を囲んでいるところだった。

「カンヌはよくやったよ。しょうがねえって」

こういうときに惜しむことなく、一番に優しい言葉をかけるのが、藤田という男だった。

「だが楽観はできんぞ。なんたって、陣頭指揮を買って出たのが、あの西脇部長だからな」と園田。

大森が後を引き継ぐ。

「なんでも、警備一課の松田警視正をどやしつけて追い返したらしいじゃないか。狙撃班なんか要るかって。むしろ、あっちが黙ってないんじゃないかな。偉そうにいっといて、ミソついてんじゃねえかって」

川俣が咳払いで割り込む。

「そんなことをお前たちが心配してどうなる。事件は解決した。カンヌは無事帰ってきた。それでいいだろう。現場は、それでいいだろうが……」

そこまでいって、川俣がこっちに気づいた。

「ああ、係長。おはようございます」

他の班員もそれに倣う。ただ、門倉の声だけは、いつになく小さなものだった。あの花のような笑顔もない。

麻井は自らの責任の重さを痛感した。

昨日、門倉を潜入説得要員に推したのは自分だ。和田一課長は茂木巡査長にしろといってきたが、麻井が押し戻した。茂木は確かにベテランだが、昨日のホシには負ける気がした。小柄な彼女を、長身で粗暴な犯人に向けるのは得策でないと判断したのだ。

さらにいえば同じ局面に立たされたとき、門倉のように身を挺して人質を守ることができたかというと、茂木にはおそらく不可能だったろうと、麻井は思うのだ。これは茂木を低く見てのことではない。むしろ門倉を高く評価しての見解だ。

「……眠れたか」

肩に、手はかけなかった。三角巾で吊った左手が痛々しい。

門倉は、自分の傷を自分で見たのだろうか。見たなら、泣きたくなっただろう。悲しかっただろう。ただでさえ、衆人環視の現場で下着姿を晒したのだ。そのうえ、肌を大きく傷つけられた。普通なら、こんなふうに職場に出てこられる状態ではない。

「はい。眠れました」

無理に笑みを作ろうとする彼女を、麻井は心から愛しいと思った。

捜査会議のあと、和田一課長は記者クラブの要請で改めて会見を開いた。

事件は無事解決。被疑者は、強盗と傷害の前科がある岡村和紀、四十二歳、無職。犯行の動機は捜査中。人質となった被害者は都内大学病院に搬送。骨折はしているが命に別状はない。

被害者の怪我は逮捕時の乱闘で負ったものといわれていますが、という質問に対しては、捜査中だとかわすに留めた。記者は、それがもし事実なら救出作戦そのものに問題があったとは考えられませんか、と食い下がったが、和田は捜査中と時間切れを繰り返して逃げ切った。

麻井は雑務を片づけ、川俣、伊崎、門倉の三名を荻窪署に残し、補充捜査を殺人犯捜査十係日下班に引き継ぎ、本部庁舎に戻った。

西脇刑事部長からの呼び出しがあったのは、午後四時を少し過ぎた頃だった。

「捜査第一課第一特殊犯捜査第二係長、麻井警部です。入ります」

部長室のドアを開けると、正面に西脇部長警視監、左に杉田参事官警視正、和田一課長警視正、右に山根理事官警視、浜田管理官警視が座っていた。

手前の一人掛けが空いていたが、勧められることはなかった。

「……キッサマァ、なんなんだこれはバカヤロウッ」

いきなり、西脇はタブロイド紙をひと束投げてよこした。それは麻井の胸に当たり、風俗欄を上にして足元に落ちた。驚異のIカップ、舞ちゃん。見覚えのない顔だった。西脇は何を怒っているのだろう。

麻井の怪訝を悟ったか、西脇は「さっさと拾え。一面を読め」とがなり立てた。

いわれた通り拾い上げ、一面に裏返す。

思わず、言葉を失った。

あろうことか、下着姿の門倉美咲が、大きく紙面を飾っていた。

『警視庁お色気捜査員！　日本のチャーリーズエンジェル？』

かろうじて目は棒線で隠れているが、写真は驚くほど鮮明だった。玄関の明かりに照らされた門倉の肢体に、しっかりとピントが合っている。カメラマンもこんなものを撮るつもりはなかったのだろうが、撮れてしまえば「売らなきゃ損」だ。そして買ったのが、記者クラブの系列からはずれた、この三流タブロイド紙だった、ということなのだろう。

「何やってんだよ、おい……どうしてこんなことになっちまうんだよオイッ」

西脇の傍らには、同じタブロイド紙が五十センチほどの高さにまで積み重ねられている。おそらく秘書に、近所の分だけでも買い占めてこいと命じたのだろう。

「説明しろよ。なんなんだよこれは」

麻井はそれをテーブルに置き、姿勢を正した。

「……門倉巡査はご存じの通り、昨日、説得要員として現場に潜入しました。電話説得で交渉した結果」

「スッ飛ばせそんなこたァ。知ってんだよ俺だってその程度のこたァ現場にいたんだからよ」

もう一部投げてよこす。

「……現場に入ると、マル被は人質に刃物を突きつけた状態で、門倉巡査に服を脱げと、命じました。そのような状況では、門倉巡査でなくとも、従わざるを得なかったのではないかと、私は」

「フザケるなッ」

また一部飛んでくる。西脇はその勢いのまま立ち上がった。

「お前ら、一度ならず二度までもこの俺に恥かかせやがって。……特殊班てのは何か、ホシが金をよこせといったらくれてやり、服を脱げといったらホイホイ脱いでみせるのか。確かに特殊だなァ、おい。だったらよォ、いっちょ俺の頼みも聞いてくれよ。ちったァ真面目に仕事して、逃がした正月のホシを逮捕してくれよオイッ」

　今度は和田一課長に投げつける。

「そのよォ、門倉とかいう恥晒しは、本部には置いとけねえからな。明日にでもどっかの所轄に飛ばすから、今のうちに荷物まとめとくようにいっとけ」

　思わず目を向けると、西脇はそれを抗議の意思ととったようだった。

「……なんだよ。なんの文句があるんだよ。文句いいてえのはこっちの方だ。……あのなァ、ホシにいわれたからってなァ、はいそうですかってマスコミの前でストリップやってやる馬鹿がどこにいるんだ。そんなデカは本部にゃ要らねえんだよ。浅草でも新宿でも好きなところに飛ばしてやっからよ、気がすむまで自慢の裸踊りでも披露してろってんだバカがッ」

　西脇はもう一部テーブルに叩きつけてから、皇居を見渡せる窓際に歩いていった。沈黙と、忙しない鼻息。どうやら、話は終わったらしい。

　麻井は「失礼します」と踵を返した。

　ドアノブに手をかけたとき、西脇は何か思い出したように「ああ」と声をあげた。

「もう一人、お前んところから抜ける奴がいるが、そっちは栄転だから心配するな。せいぜい、これまでの功を労って、送り出してやるこったな」

　それが誰かを問う雰囲気ではなかった。麻井は重ねて「失礼します」と告げ、部長室をあとにした。

一つ気づいたことがあり、麻井は捜査一課特設現場資料班の部屋を訪ねた。

担当管理官の井上警視は席を外していた。何人かが麻井を振り返り、軽く会釈をした。正面の机に座っていた、旧知の林警部補も顔をあげた。

「……どうしたんですか、血相変えて」

麻井は室内を見渡した。調書から現場写真から、ありとあらゆる捜査資料がここには保管されている。一定期間を過ぎた古い書類は別の場所に移されるが、半年前の資料がそれに当たるはずがない。

「林さん。今年の正月の、『利憲くん誘拐事件』の、あの似顔絵を出してもらえますか」

林は麻井より十期先輩で、資料畑の大ベテランだ。自分の階級が上になったからといって、おいそれと気安い口を利ける相手ではない。

「ああ、あれですか……」

林はずらりと並んだスチール書棚の前に進み、ほとんど迷うことなく一冊のファイルを抜き出した。めくりながら踵を返す。麻井の前に戻ったときには、すでに希望する似顔絵のページが開けられていた。黙ってそれを麻井に差し出す。

――やはり。似ている……。

胸が高鳴った。生唾を飲み込み、麻井はやっとの思いでその似顔絵を指差した。

「……これを一部、コピーしていただけますか」

林は何も訊かずに「本橋くん」と、近くにいた若い制服警官にファイルを渡した。

夕方六時前には荻窪署に着いた。『天沼二丁目人質籠城事件特別捜査本部』が占拠している講堂に直行する。

「ああ、係長……どうしたんですか、そんな怖い顔して」

会議テーブルで何か書き物をしていた川俣が立ち上がる。よほど今の自分は興奮しているのだろう。麻井は血相変えてだの怖い顔だのと、事件発生時でもまずいわれたことがないのだが。

「ビデオ、昨日のビデオ……」

だいぶ混乱もしているようだ。補充捜査に必要な機材は、左の壁際にまとめようといったのは他でもない、自分ではないか。

麻井は液晶モニターやビデオデッキ、ダビング専用機やパソコンが並べられた一角に向かった。そこに座る、昨日のオペレーションでは前線本部に詰めていた技師の肩を叩く。

「昨日の、玄関前の映像を出してくれないか。マル被の顔が、できるだけはっきり映ってる場面がいい」

調書に添付する資料用にだろう。ビデオ映像から画像写真を切り出していた彼は「はい」と答え、プリント作業を中止してビデオテープを差し替えた。

あれはいつだったか。映像記録のデジタルデータ化は日進月歩の勢いで進んでいるが、動作の信頼性においてはまだまだテープメディアに敵わないと、誰か他の技師がいっていた。麻井はそれを聞いたとき、職種は違っても似たことをいう人間はいるものだなと可笑しく思った。

いまだ日本警察は、拳銃はリボルバーの方が誤動作が少ない、信頼性が高いとしている。現場の人間からすれば、リボルバーだろうがオートマチックだろうが、とにかく的に当たる拳銃が欲しいというのが正直なところなのだが。

ふいに後ろから、川俣が「なんですか」と覗き込んできた。麻井は「まあ見ててくれ」とだけ返した。

モニター画面に昨日の映像が現われる。生垣をはさんで江藤邸の南、隣家の庭から玄関正面を撮影したものだ。手前にはクラウンの屋根が映っている。ほんの少し伊崎の頭が覗いている。動きのない場面を早回しで飛ばしていると、突如ドアが開き、玄関前が明るくなった。技師が慌てて停止ボタンを押す。

「……マル被の顔、ですよね……」

ジョグダイヤルを少しずつ回す。じれったいほどのスピードで映像が戻っていく。門倉と人質が、あり得ない動きで階段から起き上がる。その隣では伊崎が、足からずるずるとガレージに下りる。岡村の、門倉に切りつけた右手が振り戻される。

「そこだ」

技師がダイヤルを微調整する。よりはっきり映っているコマを探し出す。

「もっと大きくできないか」

「ちょっと待ってください」

彼はそのカットをパソコンに取り込んだ。手早くいくつかのウィンドウを立ち上げ、岡村のアップを作り出す。

「これが一杯一杯ですね。これ以上はもう、粗くなるだけです」

「充分だ。プリントアウトしてくれ」

ついこの前、「焼いてくれ」といったら茂木に笑われた。写真なんだから「焼く」で間違いないだろうと反論したが、もうそんな時代ではないのだと、年嵩(としかさ)の川俣にまで諭された。それからは注意して、「プリントアウト」というようにしている。

写真はすぐに刷り終わった。

麻井は汗で少し湿った茶封筒から、例の似顔絵のコピーを抜き出した。それと、いまプリントしたばかりの画像とを並べてみる。

隣で川俣が息を呑む。

「これは……」

「似てるだろう」

彼は黙って頷いた。

「これは正月のヤマの人質、田辺利憲くんの記憶を辿って描かれたものだ。岡村の顔写真は撮ったか」

「はい、ただいま」

近くにいた殺人班十係の巡査部長に、川俣は「ちょっとすまん」と断ってファイルを持ってきた。

「ええと、これですな……ん？」

昨日の逮捕後に撮影した写真だ。

「どうだ」

「おや……こっちはあんまり、似てませんな」

麻井は会議用テーブルに、改めて三つの顔を並べて見せた。

捜査員が周りに集まり始める。門倉も遠くから駆けつけてきた。離れた所で書類を書いていた伊崎は、ちらりと目をくれただけで動かなかった。

「この似顔絵は、あくまでも利憲くんの記憶に残った、いわば印象的な顔なわけだ。確かあの事件の調書には、この男は仲間としょっちゅう言い合いをしていたとか、そんな件があったはずだ。つまり、これはその男の険しい顔……犯人グループの一人の、怒ったときの表情だと考えていい。……それに比べて、どうだ。無表情の岡村は。こう、目も、どっちかといえば垂れているし、小さい。頬もだいぶこけている。お世辞にも優しい顔ではないが、あえていうならば……そう、無気力な印象だろう。それが、怒るとこんな顔になる」

麻井が犯行時の画像を指すと、周囲から驚きの声が漏れた。

「なるほど。怒った顔は別人のようですな。確かに、この似顔絵を前科者リストと照合しても、岡村に行き当たるのは難しかったかもしれません」

十係主任の日下警部補が割って入った。

「つまり麻井警部は、岡村が『利憲くん事件』に関与した可能性があると、お考えなわけですか」

「ええ。たった今、そう確信しました」

思いついたのは、まったくの偶然からだった。

西脇部長は先ほど、今年初めの『利憲くん誘拐事件』と、昨日の立てこもり事件を一緒くたにするような発言を連発した。そのうえ、自分だけならまだしも、和田一課長にまでタブロイド紙を投げつけた。あの事件では、よほど和田課長の方が苦しんだというのに。いや、今なお苦しみ続けているというのに。

捜査を引き継いだ殺人班三係は優秀なチームだ。彼らの捜査能力に疑いの余地はない。いまだ解決できないのは、ひとえに犯人に辿りつくだけの材料がないためだろう。年端のいかない子供の曖昧（あいまい）な証言。少ない物証。似ているのかどうかも、本当に犯人かどうかも分からない似顔絵――。

数秒、『利憲くん事件』に馳せる思いと、今回の立てこもり事件に対するそれとが同じ重さに釣り合った。そして、部長室を出た瞬間に閃（ひらめ）いた。

――そういえば、あの顔……。

あの似顔絵と、昨日の岡村の顔とが重なった。

「岡村は逮捕時、現金はいくら持っていたっけな」

川俣が、それだといわんばかりに表情を明るくする。

「五十二万ですよ。疑問だったんです。無職の男が持ち合わせる額じゃないですよ。……そうか、だからバン（職務質問）かけられて、岡村は必要以上に焦ったんですな」

麻井は日下に向き直った。

「差し出がましいようだが、日下主任……」

日下は小さく、だが確かな調子で頷いた。

「はい。早急に、札の番号を照合します。もし合致したら……」

そのときは、岡村が『利憲くん事件』の被疑者として、再逮捕されることになる。

2

美咲は、補充捜査担当の殺人班十係に引き継ぎをするため、荻窪署に残っていた。岡村に怪我を負わされた以上、美咲は担当捜査員であるのと同時に被害者でもあった。その辺に関しては、引き継ぎというよりは事情聴取の色合いが強かった。

岡村は江藤久子に包丁を突きつけ、美咲に服を脱げと命じた。そして、耳を舐めるように囁いた。

「……刑事さんにも、あんたみたいに色っぽいのがいるんだ。いい体してんじゃねえか……」

ポリバケツをアスファルトの地面に引きずるような、がらがらとした低い声。思わず顔を背けたくなる、饐えたような口臭。

鼓膜を圧するほどの大音量と、怪しい明滅の中で岡村は、紅蓮の炎にまかれる魔物と化していた。

人質に刃物を向けられて服従するというより、美咲は岡村の放つ狂気に恐れを抱き、言いなりになるような、そんな敗北感に囚われた。

ジャケットを脱ぎ、パンツのホックに指をかけた。岡村の眼は、美咲の手の動きを終始追ってきた。パンツを床に落とす。上も、と岡村の口が動き、自分の黒いアロハシャツを示す。

ブラウスのボタンをはずした。へその辺りまできたとき、岡村は舌なめずりをし、にやりと笑った。

すでに、心が犯されていた。岡村の視線は指となり、掌となり、舌となり、美咲の肌を這って回った。下着の中を透かし見られ、敏感な肉芽を探られた。

手振りで、あっちを向けと命じられた。従うと、今度は背中から尻に、膝の裏側に、視線が絡みついた。肩越しに振り返ると、岡村は低くなれと示した。

床に膝をつくと、もっと前に屈んで、顔を床につけて、尻を出せと指示される。

まもなく岡村はショーツを毟り取り、肉棒を突き立ててくるのだろう。これは、本当に警官の職務なのか。こんなことで、自分は刑事といえるのか。自分はなんのために、見ず知らずの男に犯されるのだ。なんのために、なんのために——。

だが、岡村の次なる行動は、美咲が予想したものとはまったく違っていた。

美咲自身に刃物を向け、両手を後ろに回させ、ガムテープをぐるぐると巻きつけた。むろん所詮はテープだから、時間さえあれば解くことはできただろう。しかし、そんなチャンスはまったくなかった。

あれよあれよという間に自由を奪われ、立ち上がらされ、今度は江藤久子と背中合わせに括られた。

　そして再び座らされた。岡村は美咲を見据えながら食事を始めた。青椒肉絲をご飯の上にかけ、明滅の中で頬張り始めた。口では飯を、眼では美咲の体を味わうかのようだった。絶え間ない大音量で聴覚は麻痺していた。ある意味、室内は無音も同然の状態だった。

　音もなく食い、声もなく笑う岡村。

　ふいに、背中に震えを感じた。

　江藤久子が、泣いていた。

　美咲は、ふと我に返る思いがした。

　――そう……怖いのは、私だけじゃ、ない。

　その瞬間が、昨日の事件では転機になったのだと思う。

　この人を守らなければならない。この人を救い出さなければならない。久子の震えが、背中に感じた体温が、美咲に任務を思い出させた。

　岡村に強姦の意思がないと判断できたのも、有利な材料になった。いったん入ってしまえば、あとは出るだけだという開き直りにも近い心境になりつつあった。

　たぶん、そんな美咲の変化を岡村も感じとったのだろう。急に乱暴な態度をとるようになり、美咲の髪をつかんだり、何か喚いたりし始めた。

　何よ。どうするつもりよ。こんなに人質と一緒に固めちゃって。あなたの思い通りになんて歩けないわよ。動けないわよ。外には私の仲間だっている。あなたが無事逃げ果せるなんて、できっこないんだから。

岡村はカーテンに影が映らないよう、窓の端っこから外の様子を窺った。誰もいないと判断したのだろう。再び美咲の髪をつかみ、ガムテープで口を塞ぎ、立てと命じた。

江藤久子のすすり泣きは続いていた。美咲は背中で彼女の手を握った。

――大丈夫、大丈夫ですよ。私たちが、必ずあなたを、助けてみせますから。

何度か力を込めると、握り返すような反応があった。

玄関までいき、岡村はほんの少しドアを開けた。

誰もいない。

大きく開け放ち、美咲たちを玄関前に突き出した。このとき美咲は、道路側の生垣から覗き込んでいた川俣と目が合った。

頭を引っ込めるのが遅すぎた。岡村に見咎められても仕方ないタイミングだった。川俣は動揺していたのだと思う。普段の彼にはありえない、ぎこちない動作に見えた。おそらく、他の捜査員も等しく動揺したことだろう。中には、美咲が犯人に何をされたのか、そんなことにまで思いを巡らせた者もいたはずだ。

ただ、足下に見た基子だけは違っていた。小刻みに目を動かし、状況を冷静に判断しようとしていた。大丈夫だ。切り抜けられる。そう思った刹那、玄関に明かりが灯った。

「……で、岡村はいきなり、『いるじゃねえか』と怒声を上げ、江藤久子に切りかかった、というわけだな」

殺人班十係の遠山巡査部長は、美咲の報告を冷静に、かつ機械的に文章化していった。あまりワープロが得意ではないのだろう。右手の人差し指と親指、左は人差し指だけという変則的なコンビネーションでキーを叩き続ける。

「はい……」

「つまり岡村は明かりを点けた段階で、どこかに捜査員の姿を発見したのだと考えられるが、それがどこの誰だかは分かるか」

「いえ。岡村は、私の、後ろにいたので……」

「足下の伊崎巡査ではなかったか」

「彼女は低く伏せていましたから、それはないと思います」

「では、新藤巡査部長か」

「そっちまでは、私の位置からは見えませんでしたから、分かりかねます。道路側で待機していた捜査員も、私からは見えませんでした。ですから、岡村が、何を見て叫んだのかは……」

岡村が供述してしまえば、それが誰かは遅かれ早かれ調書に載ることになるだろう。だが自分から、仲間を売るような真似はしたくない。

そのとき、「ちょっといいか」と同じ十係の溝口巡査部長が声をかけてきた。

「……門倉巡査。こういうことは、周りでヒソヒソやられてから知るのは、却ってよくない。できる限り早く、当事者は知っておいた方がいいと思ってな。……進呈するよ」

テーブルに置かれたのは、よく駅で売っているタブロイド紙だった。美咲はなんだろうと、四つに折ってあったそれを片手で開いた。

――はっ……。

一面に、下着姿の女が大きく出ている。両目は黒線で隠れているが、それは紛れもなく、昨日の自分自身だった。

かなり、恥ずかしいポーズをしている。後ろ手に縛られ、胴回りと口にガムテープを回され、隠れるはずもないのに、少しでも足を閉じようと内股になっている。前屈みになっているのをやや上から撮っているため、ブラのカップの中がほとんど見えている。

――こんな……。

『警視庁お色気捜査員！　日本のチャーリーズエンジェル？』

思わず写真の膝元、囲いの中の文面に目がいく。

【昨日二日、杉並区天沼で発生した人質立てこもり事件は、警視庁捜査一課の救出作戦で見事解決された。写真の女性は、犯人説得のため現場に潜入した同課の刑事（27）だ。なぜ彼女がこんな恰好になってしまったのかは今のところ明らかになっていない。もしかし

て犯人は、このスレンダーボディの魅力に白旗を揚げちゃった？】

【事件は二日午後二時過ぎに発生した。逮捕された犯人、岡村和紀（42）は職務質問した荻窪署警官に包丁で切りつけ、近くの民家の主婦を人質に取り、立てこもった。女性刑事が現場に食事を届けに行ったのは午後七時五十分頃。写真の姿で現場から出てきたのが八時五分。この十五分の間に、現場の中では一体何が行われていたのだろう。】

　頭の中が、真っ白になった。溝口の言葉も、聞こえてはいるのだが理解するには遠く及ばない。

「幸い日曜版だから、部数は平日より少ないだろうが、このカメラマンが他のカットを、写真週刊誌に持ち込まないとも限らない。記者クラブ周辺の社なら、特殊班のデカを紙面に晒すような馬鹿はやらんだろうが、それ以外となると、抑えるのは難しくなる。これ幸いとばかり、報道の自由がどうとか……」

「おい溝口、お前」いつのまにか川俣が横に立っていた。「こんなもの、お前ッ」

　タブロイド紙を取り上げ、クシャクシャと丸め込む。

「川俣さん、私は彼女のために見せたんですよ」

「ふざけるなキサマッ」

　川俣の怒声で、ようやく少し、意識がはっきりした。

「主任、やめてください……」

つかみかかろうとする川俣の手を押さえる。美咲が立ち塞がると、事態はそれだけで収束を見せた。川俣は、怪我をした女を押し退(の)けるような男ではない。

「溝口さん、ありがとうございました。今後、こういうことも捜査の中では起こり得るのだと、胆(きも)に銘じておきます。……川俣主任、大丈夫です。私は、大丈夫ですから……」

　それでも、声と手の震えは、隠しようがなかった。


　しばらくして、麻井係長が本部に戻ってきた。何やら血相を変えて、岡村の写真を並べ始めた。調書をとっていた遠山が「なんだろう」と席を立ったので、美咲もなんとなくついていった。

　どうやら、岡村があの『利憲くん事件』に関与した疑いが浮上してきたらしい。捜査本部はにわかに色めき立ち、何人かは鼻息を荒くして電話に走った。

　まもなく殺人班十係の日下主任が、こちらも珍しく興奮した口調で報告した。岡村の所持していた一万円札の番号がほぼすべて、『利憲くん事件』で身代金として使われたそれと一致したという。

　沸き返る捜査本部。美咲はそれをひどく遠いものに感じながら、どうにか喜ぶ振りをしようともがいていた。

　活気づいた捜査員たちの間を縫って、麻井がこっちに近づいてくる。

「どうした門倉。……今朝より、顔色が優れないようだが」

係長は、例のタブロイド紙の件を知っているのだろうか。

「……いえ、大丈夫です。ご心配おかけします」

すると麻井は、周囲を気にするように見回し、少し時間を作れるかと訊いた。隣にいた遠山がかまわないといってくれたので、美咲は一礼し、麻井と共に講堂を出ることにした。

美咲は少し歩き、捜査本部から離れるのを待って訊いた。

「……あの、江藤久子さんの容体は、どうなんでしょう」

「君は、そんな心配しなくていいよ」

麻井はエレベーターの下りるボタンを押してから続けた。

「事情聴取は日下班がやるし、怪我に対するケアも庶務がちゃんとやってる。個人的に見舞いにいこうなんて、君はしなくていいから。君がマル害に謝罪をしたら、却って他の者はやりづらくなるだろう。警視庁が加害者というふうに、解釈される場合だってあり得る。これに関しては上も私も、致し方ないことだった、怪我ですんでよかったのだという線で通すつもりだから。君は、何も心配しなくていい。何もしなくていい」

謝って、自分だけ楽になろうというのは、つまりムシのいい話だということか――。

「……門倉。つらかったら、少し休んでもいいんだぞ」

いつもの優しい声が、さらに美咲を弱らせる。

「いえ、そんな、休むなんて……」

逃げるみたいで嫌だといいたかったけれど、正直、逃げてもいいのではないかという思いに傾きつつあった。刃物を突きつけられる恐怖を味わい、怪我を負い、下着姿をマスコミに晒した。ダメージはないといい張れるほど、自分が強い人間でないことは自覚している。麻井もそれを分かっていってくれているのだと思う。

――伊崎さんだったら、岡村に対して、どう行動したんだろう。

玄関前でやってみせたように、見事岡村を取り押さえただろうか。彼女だったら人質に刃物を突きつけられた状況を、どう切り抜けたのだろうか。

最寄りの南阿佐ヶ谷駅まで歩いてきた。麻井は空いている喫茶店を見つけ、ここにしようと入っていった。

窓際の席に座り、アイスコーヒーを二つ頼んだ。冷房を控えめにしているのか、店内はちょっと蒸し暑い感じがした。

「……実はさっき、部長に呼ばれてな」

麻井は気まずそうに、タブロイド紙の件を切り出した。とにかくあの西脇部長が、常軌を逸したご立腹振りなのだという。

「……それで君を、刑事部から、はずすとまでいい出した」

ふいに、すとんと腹の底に、何かが落ちた。悔しいとか、悲しいとか、ましてや怒りのような、単純な感情は一切湧いてこなかった。

何かがはずれて、落ちた。それを拾う気持ちにすらならない。そんな自分がいる。

「すまない。私は君に、結局、汚点を負わせる結果になってしまった。むろん、君を現場に向けたことを悔やんではいない。間違っていたとも思わない。あの場面で、茂木を現場に向けることはできなかった。伊崎も同じだ。彼女は奇襲の切り札にとっておくべきだった。そしてそれは正解だった。昨日の采配(さいはい)は間違っていなかった。今も、これからも、この主張は変えないつもりだ。

君に責任は一切ない。よくやってくれたと思う。無事、といってはいけないのかもしれないが、少なくとも人質の命は守った。これはむしろ誇っていい結果だと、私は思っている。人質の怪我が問題視されるようだったら、私は全力で対抗する覚悟だ。事後の捜査員を守るのも、私の任務の一つだと思っている。しかし……新聞は、余計だった。予想外だった。本部に詰めてる記者は、現場周辺から排除したんだが……」

いいたいことは何もなかった。本当に、何一つ——。

「部長のあの剣幕では、君の異動を食い止めることは、私にはできそうにない。本当にすまない。なんと詫(わ)びていいのか分からない」

テーブルに額をつけようとする麻井にかける言葉すら、今の美咲には思い浮かばなかった。

「……ただ、一つだけ私に考えがある。君の異動は食い止められないが、異動先は、まだどうにかなると思う。あの調子なら西脇部長は、君の異動先にまで頓着はしないだろう。一課長に頼んで、十二階に掛け合うつもりだ」

十二階とは、警務部人事第二課のことをいっているのだ。

「……掛け合うって……」

別に、飛ばされる所轄がどこだろうと、そんなことはどうでもいいと思った。刑事部長に睨まれたからには、所轄だろうと刑事課に配属してもらえるとは到底思えない。ということはもう、行き先は交通課と、ほとんど決まったも同然である。あとはそれが都心か都下か、せいぜい違いなんてその程度だ。

「……係長。私のことで、そんなご無理は、なさらないでください。係長まで、西脇部長に睨まれたら……私なら、大丈夫ですから。交通課も、けっこう、楽しいし……」

泣くな。泣くなんて最低だ。だがどんなに歯を食い縛っても、頬の肉を強く噛んでも、もう、あふれ始めた涙を止めることはできなかった。また所轄の交通課からやり直しになる。そう思った途端、様々な思いが心の底から湧き上がってきた。

目白署時代、盗犯係長に見込まれ、刑事になるための捜査専科講習を受けることになった。まもなく刑事課盗犯係に取り立てられ、女性指定捜査員登録を受け、今のメンバーに出会った。そして、特殊班二係に配属された。

自分がどれほど刑事という仕事を、特殊班捜査員であるということを誇りに思っていたか、いまさらながらに再確認する思いだった。美咲は特殊班の仕事が好きだった。麻井係長の下、強い結束を誇る特二というチームを愛していた。

「違うんだ、門倉」

麻井はテーブルに両手をつき、伏せた美咲の顔を覗き込んだ。

「君にはやってもらいたい仕事がある。さっきのあれ、聞いてたろう。岡村はまず間違いなく『利憲くん事件』に関与している。再逮捕の手続きがいつとられるかは未定だが、こっちの起訴手続きがすんだら、岡村は再逮捕されて『利憲くん事件』の帳場（ちょうば）（捜査本部）に送られる。だから君には、碑文谷にいってほしい。碑文谷の帳場で、『利憲くん事件』の捜査に参加してほしいんだ」

あまりに急な話で、何がなんだか、美咲にはよく分からなかった。

3

荻窪署で殺人班への引き継ぎをすませた翌日は非番だった。

基子は現在、中央区月島（つきしま）二丁目にある女子独身寮に住んでいる。第一機動隊にいた頃からだから、かれこれ五年もいることになる。ここは所轄の月島署はいうまでもなく、近隣の深川署や築地署、一機や本部からも交通の便がいい。建物もまあ新しい方なので、今ではなかなか空室もできない人気の物件となっている。

休みの日、基子は他の者が出払った八時過ぎに起きることにしている。別に寝坊をしたいわけではない。一階の食堂が混んでいる時間に、朝飯を食べるのが嫌なだけだ。

「おや遅ようさん。今日もこれかい、それともこれかい」

カウンターの向こうから賄いのおばさんが、筋トレとクロールの手振りをしてみせる。

「今日はこっち」

基子はバイクのアクセルをひねる真似をした。

「彼氏とかい」

「いないっていってるでしょ。しつこいよ」

「作った方がいいよ、あんたみたいなタイプは」

「なにそれ」

味噌汁にはまだ湯気が立っている。ご飯は、少し水気が多くなっている。焼き魚はいらない。基子は生卵と味付け海苔をもらい、トレイをテーブルに運んだ。

「あんたみたいなねえ、喧嘩っ早い血の気の多いのは、ちょっと男に抱っこして可愛がってもらって、しおらしくなるくらいでちょうどいいんだよ」

「おばちゃんさぁ、あたしが機動隊にいたってのと、〝自衛隊崩れ〟みたいなのが、なんかごっちゃになってない？　あたし、別に元ヤンじゃないよ」

今はそうでもないらしいが、ちょっと前の自衛隊はほとんど不良の掃き溜め状態だったという。

「なんだい、元ヤンて」

洗い物もすんでいるのだろう。彼女は湯飲みと急須を持って基子の向かいに座った。

「……元ヤンキー。レディースとか、そういうやつ」

悔しいことに、この人の作る味噌汁は旨い。

「ああ違うのかい。目つきがそれっぽいから、てっきりそうなのかと思ってたよ」

頼む。朝飯くらい静かに食わせてくれ。

「前にも、違うっていったはずだけど」

「元ヤンじゃないってかい？」

「……そんときは、バリバリ体育会系っていったかな」

彼女は「ふうん」と興味なげにあらぬ方を向いた。

「おばちゃん、お代り」

「もっとゆっくり食いなよ」

「食い終わる前にいいなよ」

警官が遅食いでどうする。生理現象に時間を費やす警官ほど、使い物にならないものはない。

　気を利かせたのか二度立つのが嫌だったのか、彼女はご飯のお代りと一緒に、別のお椀に味噌汁をよそって持ってきた。

「あんがと」

「よかったよ。それで終わりだから」

「……残飯整理かい」

「生ごみイーターっていわれるよりマシだろ」

「洒落(しゃれ)たもの知ってるんだね」

「テレビショッピングでやってたんだよ。あれ、ここにも欲しいね」

　味付け海苔が途中でなくなったので、残りのご飯にはふりかけをかけた。瓶の中身はなぜかテーブルごとに違う。基子は空いていればいつもこの席に座る。自然とふりかけも「焼き明太(めんたい)」と決まっていたのだが、どういうわけか今日は「のり玉」にすり替わっていた。失敗だ。喋ってさえいなければ、事前に気づいたのに。

「基ちゃんはさあ、美咲ちゃんと一緒なんだよねえ」

　やはり「のり玉」は何度食べても不味(まず)い。

「ねえ、基ちゃんは美咲ちゃんと、同じ部署なんだよねえ？」

「……ん？　ああ、そうだよ。だからなに。それよりなんでここのが『のり玉』になってんの」

「美咲ちゃん、いつもとおんなじ時間に出てったよ。あの娘は非番じゃないのかい」

「知らないよそんなこと。なんか用でもあるんだろ。っていうかなんでここが『のり玉』になってんだって訊いてんだけど」

「彼氏とデートかね」

　ああ、あっちのテーブルに「焼き明太」がある。誰の仕業だ。

「ねえ。美咲ちゃんは、彼氏とデートなんかねえ、基ちゃん」

「……知らないってばそんなこと。なんであたしに訊くの」

「同じ部署だろう。同僚だろう」

「同僚は同僚。友達でもなきゃ相談相手でもないよ」

「基ちゃん、美咲ちゃんのこと嫌いなの」

「見てりゃ分かるだろ」

「やっぱ嫌いなんだ。……そうだよねえ。美咲ちゃん、スラッとしてて綺麗だもんねえ」

「……えーえー。どうせあたしはガッチリしたブスですよ」

　彼女は慌てたように手を振った。

「あたしゃそんなこといってないよ。基ちゃんはブスじゃないよ、どっちかっていえば美形の部類だよ。ただ、絶望的に目つきが悪いってだけで」

「デカの目なんてこんなもんだよ」

「違うよ。あんたは自衛隊の頃からそんなだったよ」

だから自衛隊じゃなくて機動隊だってば、と返すのさえもう面倒だ。

「ねえ、頼むからちょっと黙っててくんない？」

むろん、それからも彼女が黙ることはなかった。


刑事というのは因果な商売である。

いつどんなことで呼び出されるか分からないから、なかなか遠出をすることができない。かといって独身でフリーで友達もいない基子は、いわゆる繁華街で時間を潰すことができない。都内でいく場所といえば区営のジム、プール、それくらいだ。

映画は嫌いではないが、始まるまでの時間と、目障りな他人と、好きな場所に座るための指定席料金が我慢ならないので、最近はすべてDVDで見ている。ジャンルはド派手なアクションのみ。恋愛もの、コメディ、泣ける系は一切見ない。切なくならないし、笑わないし、泣かないからだ。サスペンスもホラーも見ない。怖くないから。ちなみに本も読まない。眠くなるから。

人並みに買い物はするが、それはこの日本で裸で生きていくことが社会的に困難だからであって、間違ってもお洒落のためではない。個人的には白いTシャツとGパン、冬はそれに寒くない程度の上着、あとは警察の制服と出動服でもあれば充分だと思うのだが、刑事というのはそれでは務まらない。らしい。

「特殊班のデカってのはね、周囲に溶け込むような恰好が一番なの。あんたのそれ、なに？　それじゃ女尾崎豊（おざきゆたか）じゃない。若いとかそういう問題じゃないから。今いないから、そういう人」

配属当初、茂木に散々いわれて銀座まで連れていかれ、貯金が三分の一になるまでスーツを買わされた。まあ、当時はローンもなかったので特に問題はなかったが。

というわけで、バイクを持っていても長距離は走らない。せいぜい首都高速を五周する程度だ。七百円でできる暇潰しとしては、まあ最高の部類に入るだろう。たまには奮発してアクアラインに乗り、うみほたるでUターンして帰ってくることもある。海は嫌いだが、道が馬鹿みたいに真っ直ぐなのは気に入っている。

人は、体を動かして頭を空っぽにするというが、不思議なことに基子はそうならない。逆に空っぽになる人間は、最初から空っぽなのではないかとすら疑っている。

基子の体が勝手に動くとき、決まって頭は切り離されたように別のことを考えている。あるいは考えることができる。だから危険な場面でも、冷静に目の前の事象を分析できる。たぶん自分は心臓に鉛弾（なまりだま）を食らっても、どこの動脈が破れて、心拍がどれくらい落ちて、どういう機能が麻痺していくのか、死ぬまで数え上げているのではないかと思う。

江戸川橋を通った辺りで、なぜか一昨日の事件について考え始めた。門倉美咲が犯した失敗について色々仮説を並べてみた。自分があの任務を担ったら、どうなっていただろうと。

人質に刃物を突きつけた犯人が服を脱げといった。だから仕方なく脱いだ。一聴すると、そうなのかと納得してしまう話ではある。

しかし、本当に仕方なかったのだろうか。むろんこれは仮説の域を出ない話だが、脱がなかったら、犯人は本当に人質を殺したのだろうか。

人質に刃物を向け、交換条件を提示するという行為自体が、そもそもかなり頭脳的なものなのではないのか。相手が条件を呑まないから人質を殺す。だがそれをやってしまったら、監禁云々(うんぬん)の罪は殺人罪にジャンプアップし、しかももう人質もいなくなるわけだから、退路も失うことになる。

極端な話、犯人のいうことは一切聞かなくてよかったのではないかと思う。聞かずに、取り押さえてしまえばよかったのではないか。

ただし、これには多少技術が要る。

まずこちらが心を捨てることだ。自分流にいえば、心と体を切り離すのだ。心があるから恐怖が生じる。心がなければ恐怖は存在し得ない。そして逆に、相手には極上の恐怖を味わわせる。いくぞ、こっちから攻めるぞというプレッシャーを与えるのだ。

人質に刃物を向けていながら、基子が歩を詰めていくと、くるなと基子に刃を向け直す犯人は多い。恐怖で判断力が鈍るのだ。その瞬間がチャンスだ。一気にいく。戦闘不能になるまで叩きのめす。

一度きりのチャンスだ。ここを逃すと、冷静な判断力を失くした犯人は却って簡単に人質を傷つけようとする。それはさすがに危険だ。相手の判断力と恐怖が拮抗(きっこう)した瞬間、その一秒か二秒が勝負なのだ。

現場にいたわけではないから確かなことはいえないが、あの岡村という男だったら、押さえ込めた気がする。一人で潜入して、一人で確保できたように思う。

まあ、あの門倉美咲にそんな芸当ができるはずもないので、お色気ショットくらいがちょうどいいのだろう。

――別に、姦(や)られたんじゃないなら、落ち込むことなんてないだろうに。

下着姿くらいで汚れも何もないもんだ、と基子は思う。

翌日は本部庁舎での通常待機だった。

門倉美咲が出てきていない。それについて麻井係長は、怪我もあるので休暇を与えたと説明した。わざわざ寮の部屋を訪ねるような間柄ではないので、基子もそうなのだと、聞いたままに納得していた。

その翌日は、丸の内消防署での突入訓練だった。

消防署には救助隊員が使用する訓練塔がある。三階建てくらいの高さで、鉄骨の躯体に外壁としてベニヤを貼ったものだが、構造的には単なる「巨大な四角い筒」だ。

救助隊員はロープを使用して外壁を登ったり、あるいは上から逆さ吊り状態で下り、怪我人役のダミー人形にロープをかける訓練などを行っている。ちなみにここのダミー人形にはドラえもんの顔が描いてある。別の消防署には『北斗の拳』のケンシロウの顔をした人形もあった。

むろん、特殊班の訓練は救助を目的としているわけではない。現場への潜入や突入を想定したものだ。今回は消防署長の了解を得て、訓練塔の側面にアルミサッシの窓を設置させてもらっている。これから、その窓のロックを解除して中に入るという訓練を行う。

「いやもう無理。絶対無理。ほんとに無理だから」

高いところが苦手な茂木の目には、すでに涙が滲んでいた。

「あのなあ、そういうことは俺たちみたいに、四十過ぎてからいえってのよ」

四十二歳の園田が、無理やり茂木に活動服を押しつける。

「芳江ちゃん、嫌だ嫌だいってたって、結局この前だってやったじゃない」と前島。こちらは四十六歳。共に訓練免除組だ。

「そうそう。なんだかんだ〝できる〟人だから、茂木ちゃんは」とやる気満々の藤田。三十三歳。

「勘弁してよもう……」泣く泣く活動服を受け取る三十二歳。

当然、二十五歳の基子は先頭を切って参加する。だからといって別に張りきっているわけでもない。窓ガラスをカッターで静かに切るのに多少のコツが要る程度で、高さ自体は危険を感じるほどではない。本部での待機よりは退屈しない。その程度だ。

基子が一番好きなのは、建物への突入訓練だ。中でも拳銃や閃光弾を使用しての強行突入がお気に入りだ。入り口をこじ開けて潜入、建物内を移動して目的の部屋に閃光弾を投げ込み、一瞬のうちに犯人を確保するようなシナリオが最もやる気になる。

「それじゃあ伊崎から」

「はい」

ふと門倉美咲の不在を思い出した。まあ、いくら二十代とはいえ、二十針縫った人間にこの訓練は酷か。


七月七日、木曜日。

岡村和紀による人質立てこもり事件から五日が過ぎた。あの翌日、杉並署での引き継ぎを終えて以来、門倉美咲の姿は一度も見ていない。

「そんなにカンヌは重傷だったんですか」

川俣が訊いても、麻井は曖昧に首を傾げるばかりだった。基子は、一週間は仕方がないだろうくらいに思い、気にも留めていなかった。

午前十一時頃、どこからか麻井に内線電話が入った。その直後、彼は基子を呼んだ。

「ちょっと一緒にきてくれ」

そのままデカ部屋を出ていく。基子は「はい」とあとに続いた。

無言で廊下を進み、麻井は中層エレベーターの前で振り返った。

「……十六階の、警備部長室にいってくれ」

「ご用件は」

「私からはいえない」

いえないものは訊いても仕方ない。基子は一礼してエレベーターに乗り込み、十階のボタンを押した。十六階へは、中層エレベーターで十階までいき、高層エレベーターに乗り替えていかなければならない。

警視庁本部庁舎の高層階には、警視総監室、東京都公安委員会に加え、警務部や公安部、第一方面本部などといった重要部署が入っている。そこだけをとっても、六階の刑事部がいかに「汚れ」をかぶる低い位置に置かれているかが分かる。

さらにその下、低層エレベーターの終点に当たる五階には、組織犯罪対策部や未解決事件を扱う捜査一課二係などがある。そこまで落ちるともはやドブに近い。

高層エレベーターに乗り換え「16」のボタンを押す。乗り合わせた男三人と女一人は、パリッとスーツを着こなすエリート風の一団だった。普段、基子はあまり他人の目を気にしないタチなのだが、さすがにここまでくると場違いなのではという思いにも囚われる。

十六階に着いた。エレベーターホールから皇居側の塔に進み、警備部長室に向かう。どことなく空気まで綺麗な気がするのは、中層階住人のやっかみか。

秘書室のドアは開いていた。右手の机に、化粧品のコマーシャルで見かける女優によく似た女が座っている。自分の名前と階級、部署を告げると、女は内線で基子の来訪を伝え、笑みもなく立ち上がった。

「どうぞ、お入りください」

慇懃(いんぎん)に頭を下げて扉を開ける。あの門倉美咲より隙のない立ち方をするのには多少驚かされた。

広い部長室の内部には四人の男がいた。窓際に一人。手前の応接セットの左に一人、右に二人。

「刑事部捜査第一課第一特殊犯捜査第二係、伊崎基子巡査です」

「どうぞ。入ってください」

そういったのは窓際、机の向こうに立っていた警備部長、太田信之警視監だった。応接セットの左側に座っているのは、警備一課長の松田浩司警視正だ。

右側に並んで座っている二人は知らない顔だった。太田や松田と比べると、かなり強烈な「叩き上げ臭」を放っている。特に手前の若い方、三十代後半の男は、今すぐ拳銃を突きつけて手錠をかけたくなる顔つきだ。

「座ってください」

太田は自らも一人掛けに座り、正面の席を基子に勧めた。

「失礼します」

自分がなんのために呼ばれたのかは分からない。組織の上に立つ人間の考えを推し量るのは時間の無駄だ。だが、何か文句をいうために呼びつけたのではないことは、その雰囲気から察せられた。

「……それでは」

じっくり見るのは初めてだが、この太田という男はジャッカルによく似た顔をしている。尖った目と鼻と口が、テレビで見た死肉を貪るあれにそっくりだ。狐との違いを訊かれても、上手く説明はできないが。

「いきなりで申し訳ないが、いくつか訊かせてもらってもよろしいかな」

「はい」

一介の巡査刑事に、それ以外の答えはない。

「ご家族は」

「父と母、弟です」

「皆様ご健勝か」

「はい」

「ご実家にはいつ帰った」

「入庁以来帰っておりません」

「ご両親は心配なさるだろう」

「分かりません」

「あまり、連絡はとっていないのか」

「はい。まったく」

「なぜだね」

「必要ないからです」

太田はニヤリとした。他の三人は無表情のままだった。

「では、交際中の男性は」

「いません」

「健康面での不安は」

「ありません」

「ＳＩＴでは危険な任務に当たったと思うが、配属されたときはどう思った」

ＳＩＴは“Special Investigation Team”の頭文字で、つまり捜査一課特殊班のことを示す略語である。だが不思議と、特殊班の人間が「ＳＩＴ」という言葉を使うのは、あまり聞いたことがない。

「君はかなりの数の事案で、直接犯人を取り押さえたと聞いている。怖くはなかったか」

「特に何も思いませんでした」

「はい」

「なぜかな」

「準備ができていたからだと思います」

「ＳＩＴでの訓練の結果、ということか」

「いえ。個人的にという意味です」

「個人的に訓練しているのか」

「いえ。個人的な心構えの問題という意味です」

「他の捜査員とは違う、と」

「そう思います」

「どんなところが」

「自分には恐怖も躊躇（ちゅうちょ）もありません。そこが違います」

「なるほど……」

太田は頷き、黙っている三人を見回してから続けた。

「君は、一機で女性機動隊も経験しているね」

「はい」

「訓練は厳しかったかね」

「妥当だと思いました」

「厳しくは、なかったと」

「はい。妥当な内容だと思いました」

初めて、右奥の男が反応した。だがまだ黙っている。

「もし、今すぐ機動隊に戻れといわれても、問題はないか」

「はい。ありません」

「それが、ＳＡＴだとしてもか」

さすがに、これには基子もハッとした。なんとなく太田から目をはずして答えていたが、思わず顔を見返してしまった。

「……ＳＡＴ、ですか」

「そうだ。君を初の女性隊員として、ＳＡＴに迎えたいと思っている」

「しかし、ＳＡＴは二十五歳以下の独身男性しか所属できないはずでは」

太田は柔らかな笑みを浮かべ、背もたれに身を預けた。

「君に当てはまらない条件は、男性か女性かという部分だけだ。君はその条件を無視するに足る実績を持っている。実戦経験という意味では、他の男性隊員は誰一人、君には敵わない」

最後の「敵わない」のひと言が、基子の心には大きく響いた。

──あたしの、強さを、買おうっていうの……。

それで初めて思い至った。この右側の二人はおそらく、SATを預かる第六機動隊の隊長と、SATの部隊長なのだ。それなら顔を知らなくて当然だ。特にSATは、所属隊員の氏名から経歴から、すべてを秘匿することで知られている。

──どうりで、臭うはずだ……。

さらに太田は続けた。

「表向きは確かに、二十五歳以下の独身男性のみが所属するとアナウンスしているが、実際は二十五歳以下の採用で、最長五年の所属期間というところだ。よって君を採用しても、数ヶ月で放り出すという勘定にはならない。

私が注目したのは、君のSITにおける実績もさることながら、入庁前の、レスリングや柔道での大会成績だ。両方とも全国大会に出場し、レスリングではベスト8、柔道でベスト16……片方だけなら警視庁にもごろごろしているが、両方というのは実に珍しい。これは君の、天性の戦闘能力の高さを示すものだと、私は解釈している」

なぜだ。ＳＡＴは確か、一個中隊・三個小隊編成だったはず。たった六十人の採用枠に、元来の基準を曲げてまで自分をねじ込もうとする意図とは、一体なんだ。

だが、上層部の人間の意向を推し量ろうとするのは、時間の無駄以外の何物でもない行為だ。

「すでに刑事部長、捜査一課長らの承諾は得ている。こちら側も、君を採用したいという意見で固まっている。通常ならば、あとは人事に通すだけで君の異動は確定するわけだが、何しろ初の試みなのでね。君自身の気持ちを確認しておきたいと思い、きてもらった」

ようやく、右側の二人が基子を見た。嬉しくなるような、冷たい目付きをした連中だった。

「……どうだね。ＳＡＴでやってみる気はあるかね」

「はい。よろしくお願いします」

一介の巡査刑事は、一介の巡査隊員に横滑りした。

４

美咲は、台東区浅草五丁目の実家に戻っていた。

都内に実家があるのに寮に入ることはないだろうと、以前は上司や同僚によくいわれた。

だが美咲は、急な呼び出しや当直もある自分の不規則な生活リズムで、豆腐屋を営む実家に迷惑をかけたくなかった。それで、あえて寮生活を選んだのだ。

豆腐屋の朝はとにかく早い。美咲は、物心ついた頃から一度も、明るくなるまで寝ている父親の姿を見たことがない。いまだに日曜日も、朝は三時前に起きるという。体内時計を狂わせたくないのだろう。そんな昭和の職人的な父を、十代の一時期は疎ましく思ったこともあったが、今はおおむね尊敬している。

家族には無口で頑固な一面しか見せないが、店を訪れる客には明るく優しい笑顔を向ける。昼間は「おう」「そうか」くらいしかいわないくせに、寝る前になると「美咲から電話はなかったか」と、毎晩母に尋ねるという。

横浜ベイスターズと『北の国から』が好きで、油揚げを自分で作るわりに稲荷寿司（いなりずし）は大嫌い。本当は日本酒が好きなのだけれど、糖尿の気を指摘されてからは晩酌を焼酎で我慢している。まあ、そんな父親だ。今も西日の当たる蒸し暑い店先で、ステンレスの水槽をせっせと洗っている。

女どもはガラス障子の引き戸を閉め、エアコンを効かせた茶の間に退避していた。

「あんた、ほんっとに警察辞めたわけじゃ、ないんだね？」

母は美咲を見つめながら、ちゃぶ台に麦茶を出した。

「だから、ちょっと部署が替わる前に、長期休暇もらっただけだってば」

もう、この答えも十回目くらいだ。

「でも、そんな怪我して……」

「肉離れだよ。ただの肉離れ」

ちなみに父には、怪我をしたともいっていない。今日も包帯が見えないよう、Tシャツを一枚余計に着ている。

「今度はどこなの」

「碑文谷署。目黒だよ」

「また交通課かい」

「ま、そんなとこかな」

心配をかけたくないので、本部で刑事だったことは話していない。目白署時代、刑事課盗犯係に配置転換になったと知らせたら、今すぐ警察なんて辞めちまえと、受話器が火を噴くほど父に怒鳴られた。特殊犯捜査係に所属していたなどとは、口が裂けてもいえない。たぶん二人は、美咲が本部で通信指令センターとか、そんなところで働いているのをイメージしていたはずである。

「所轄の方が、お給料安いの」

「いや、そういうのはないけど」

「男はどうなの」

「どこでも一緒だよ。警察は男だらけ。だいたいね」

そう。美咲は男だらけの警察から逃げてきた。年老いた父と母しかいない、この小さな閉じた世界に逃げ込んできた。

両親があのタブロイド紙を目にするとは到底思えなかった。近所の人が見る可能性までないとはいい切れないが、目隠しも入っているし、噂になることはないと思った。実際、ここにきてから岡村事件が話題にのぼったことはあったが、「怖い事件だったわね」とごくありきたりな、世間話程度に終わった。

お陰で、心の傷も体の傷も、だいぶ癒(い)えた。

変わらないものがここにはある。変わらないことのよさが、この町にはある。建物はここ十数年で新しくなったものも少なくないが、住人の顔ぶれは、これが驚くほど変わっていなかった。

向かいの米屋。車が一台通るのがやっとの道。名前で呼び合う人々。歩道にまではみ出した植木鉢の列。決まってこの時間、木綿(もめん)を三丁買いにくるスナックのママ。あら美咲ちゃん、警察辞めたら、うちの店手伝ってよね。

我が家の中はせまいし散らかってるし、外壁もカビて黒ずんでいるけれど、ぬくもりだけは、何しろたっぷり詰まっている。ここには、無防備になることを美咲に許す、すべての条件が揃っている。

父の作った豆腐、母の炊いたご飯。そんなものがやけに嬉しい。空っぽになっていた心が、暖かいもので充たされていく。世知辛い社会の寒風に晒され、縮こまっていた魂が、何気ない近所の人の声でほぐれていく。

「ありがとうございましたァ」

そして、あの声。自分に向かってではないけれど、父のあの声に、美咲は支えられて生きてきたように思う。実際そうなのだろう。買いにきてくれた客に、ありがとうと感謝する気持ち。それがこの門倉家を支え、美咲を育てたのだと思う。

「……私、明日、帰るわ」

聞こえなかったのか、母は頬杖をついたまま、午後のワイドショーに見入っている。

——ありがとう。お父ちゃん、お母ちゃん。お陰で私、ちょっと元気になれたよ。

今朝、麻井から携帯に連絡があった。

今日、美咲に対して、正式に辞令が出たということだった。


特二のメンバーは、みな暖かく迎えてくれた。

「色々ご迷惑をおかけしました。本当に、申し訳ありませんでした。短い間でしたが、お世話になりました。ありがとうございました」

麻井係長と川俣主任は、特に沈痛な表情をしてみせた。

「かんぬぅ」

藤田は抱きつこうとしてきたが、強引に握手を交わすに留めた。

「あっちでも頑張ってくれよ」と佐藤主任。

「正月の黒星、ありゃ特殊班の沽券にかかわる問題だからな。頼むぜカンヌ」と園田。

大森や堀川、新藤、嶋田とも固く握手を交わした。

「美咲ちゃん。あんたの席、空けて待ってるからね」と前島。ちょっと泣き真似。

「そうそう。それまでは、女はあたしら二人で、なんとか頑張るからさ」

茂木にいわれて見回すと、確かに基子がいない。嶋田はいるから、筋トレというのでもなさそうだが。

「あの、伊崎さんは……」

前島が、ああという顔をした。

「そうだね、美咲ちゃんは知らないんだったよね。あの娘、昨日付けで異動になったんだよ」

「えっ？」

なぜ、あれだけの手柄を挙げた基子が、異動に——。

「どこに、ですか」

前島は答えず、麻井を振り返った。麻井は溜め息混じりにかぶりを振った。

「上が決めたことなんでな。私も聞いていないんだ」

そんなことがあるのだろうか。直属の上司が、部下の異動について知らされないなどということが。

「まあ、伊崎のことはさて置くとして……門倉。本当に短い間だったが、ご苦労だった。君はこの特二の、はずせないメンバーの一人だと思っていただけに、残念だ。まあ、あと数ヶ月ののちには、あの西脇部長も異動になる。そうしたら、刑事部の風向きも変わる。ほんのいっとき、出向するくらいの気持ちでいてほしい。君にはできるだけ早く、この特二に復帰してもらいたいと思っている」

最後は拍手で送られた。外に漏れると恥ずかしいので、美咲はここでいいですと頭を下げ、デカ部屋を出た。

——特二……大好きです。私も早く戻れるように、頑張ります。

閉まったドアに再度頭を下げ、美咲は廊下を歩き始めた。

エレベーター前までくると、なぜか後ろから新藤巡査部長が追いかけてきた。私物はいったん、すべて寮に送るよう手配したはずだが、何か段ボールに詰め損ねたものでもあったのだろうか。

「……カンヌ」

ひどく切羽詰った顔をしている。新藤とは特別仲がよかったわけではない。一体、この期に及んでどうしたというのだろう。

「はい。なんでしょう」

「あのな、カンヌ……」

通りすがりに殺人班の刑事が、おっ、という顔で美咲を見ていった。どうもタブロイド紙の一件で、美咲はすっかり有名人になってしまったようだ。

——ああ……こういうのって、所轄にいっても、しばらくは続くのかなぁ……。

知らぬまに困った顔にでもなっていたのか、新藤は人目をはばかるように、半ば強引に美咲を階段室へと引っ張った。

「いっ、痛いです」

「あ、ごめん」

まだ抜糸はすんでいない。傷口が開いたらどうしてくれる。

「……すまない。でもどうしても、君に話しておかなきゃならないことがあるんだ」

まさか、告白されたりしちゃうのかしら、と思ったが、そうではなかった。

「すまん、門倉。俺を、殴ってくれ」

いきなり、新藤はその場に土下座をした。

「ちょっと、なんですか新藤さん」

「……俺だ。俺なんだ。岡村が、いるじゃねえかって怒鳴ったの、あれ、俺の顔が、車の陰から出てたからなんだ」

なんと――。

「俺、カンヌが玄関に出てきて、よく見えなくて、それで、車の運転席側の窓から、玄関を見てたんだ。こっちの方がいくらか暗かったし、まさか、車の向こうにいる岡村が、俺に気づくはずがないと、思い込んでた。そしたらいきなり、玄関が明るくなって……気づいたら、岡村が、しゃがみ込んで俺を見てた。すぐに顔が、鬼みたいになって……もう、頭を引っ込めても遅い、飛び出したって……俺、どうしていいか分かんなくなって、そうしたら、いるじゃねえかって奴が怒鳴って、カンヌに切りかかって……」

「新藤さん……」

泣いていた。新藤は、すまない、すまないと、リノリウムの床に額を打ちつけた。

「ちょっと新藤さん、お願い、やめて」

美咲が両肩をつかみ、顔を上げさせようとすると、今度は自分の鼻っ柱を、拳で殴り始める。

「新藤さん、新藤さんッ」

どうしていいか分からず、美咲は思わず、彼を抱き寄せた。

子供のように、新藤は美咲にすがりついて泣いた。

美咲は、その大きな背中を撫ぜた。

「……新藤さん。あれは、新藤さんのせいじゃないです。私があんな恰好して出てこなければ、みんな、動揺したりしなかったと思うし。私がちゃんと説得できてれば、一番よかったわけだし。人質の命は、なんとか助かったわけですから、まあ、いいとしましょうよ……なんて、私がいっちゃダメなのか」

今度は美咲の膝に突っ伏して泣く。鼻血がベージュのパンツにべっとりと糸を引く。

「でも、でも俺が、俺がもっと、ちゃんとしてたら、君が、切られることは、なかった……傷つけずに、すんだんだ……」

「やだなぁ、もう。私だってちゃんと服着てたら、こんな怪我しませんでしたよ」

ほら、もういいからと、美咲は新藤を抱き起こした。

「私なら、もう大丈夫です。大任も仰せつかっちゃってますし。こう見えても、けっこう立ち直り早いんですよ。だから、心配しないでください。……碑文谷にいっても、心は特二ですから」

強がりではなかった。

特二のメンバーには、感謝したい気持ちで一杯だった。殊に麻井係長は、美咲が一日も早く減点を取り戻せるよう、異動先の碑文谷署で『利憲くん事件』の帳場に入れるよう手配までしてくれた。

自分は多くの人に支えられている。たくさんの人に愛されている。その人たちのもとを離れるのは寂しいけれど、新しい出会いだって、きっと待ってる。

そこには、嫌な人もいるかもしれない。嫌われることもあるかもしれない。傷つくこともあるかもしれない。でもそんなときは、自分を愛してくれた特二のことを思い出そう。

全部が自分のものになるなんてあり得ない。だから、自分が得たものを大切にしよう。自分が得たものを信じよう。そうすれば、自ずと道は拓(ひら)ける。

「……元気でな、カンヌ……」

エレベーターのドアが閉まるまで、新藤は泣いていた。

でも、今の自分の笑顔を、彼には信じてほしい。

もう自分は、前を向いているのだから。

5

書類に不備があったとかで、基子は十二階の人事二課に呼ばれていた。

コンピュータ全盛のこの時代に、なぜ昨日書いたのと同じ書類をまた書かなければならないのだろうと疑問に思った。担当の女性職員がえらくしつこく謝るのにも腹が立った。

書き終わり、黙って向きを変えて差し出すと、彼女は泣きそうな顔でそれを受け取った。

三十分ほどで用事はすみ、高層エレベーターで一階に下りた。

玄関ホールから正面広場に出ようとしたそのとき、後ろから「伊崎さん」と声をかけられた。振り返ると、門倉美咲が小走りで近寄ってくる。わりと元気そうなのは意外だった。

「よかった、もう、会えないかと思ってた」

「はあ……」

彼女の異動については昨日の時点で聞いている。係のみんなは、えらく残念がっていた。美咲は人目もはばからず、基子に深々と頭を下げてみせた。

「色々お世話になりました。……それと、お礼いうのが遅くなりましたけど、この前の現場では、ありがとうございました。お陰で、命拾いしました」

何かと思えばそんなことか。暑いから早く駅にいきたいのだが。

「別に、門倉さんを助けたんじゃないです。あたしはホシを取り押さえた。それだけです」

じゃあといこうとすると、横に並んでくる。

「あ、あの……伊崎さんも、異動になったんですってね」

「ええ。まあ」

一緒にしないでほしい。こっちは腕を買われて警備部にいくのだ。

「寮、出るの？」

そう。この女の、敬語とタメ口の入り混じった喋り方も基子は嫌いだった。

「寮は出ないです。通います」

「どこに、異動になったの？」

ＳＡＴへの入隊は、警官個人の経歴にも記されない秘匿事項だ。いえるはずがない。だが、ここで「秘密です」といえば却って怪しまれる。警視庁内で公にできない職務といえば自ずと限られてくる。公安、監察、それにＳＡＴが主なところだ。わざわざ勘ぐられるような物言いをすることもあるまい。

「……一機ですよ。古巣に戻るんです」

第一機動隊は本部のすぐそばだ。寮を出ないといっても不思議には思うまい。

「そっか」

美咲は安堵したように笑みを浮かべた。

「じゃあ、また一緒にご飯食べれるね」

確かに、寮の食堂で同じテーブルになったことはある。そのときに会話を交わした記憶もある。だが、一緒に食べたという意識は、少なくとも基子の側にはなかった。またそうできなくなったとしても、残念に思う気持ちは微塵もない。

「はあ……」

甘い。声に出して笑いたい。どうしてこの女は、こうまで考え方が甘いのだろう。どうあっても仲間ごっこ、お友達ごっこがしたいようだ。つい何日か前、殺されかけたばかりだというのに。

——現場は戦場だよ、門倉さん。

そんなことをこの女に諭すのは時間の無駄か。だが、

「……あのさぁ、門倉さん」

よせばいいのに、基子はつい口を開いてしまった。ふいに、この女の泣き顔を見たいと思ってしまった。

「あたしの行き先なんてどうだっていいでしょ。そんなこと心配してる場合じゃないんじゃない？　あんた、西脇部長に睨まれて所轄に飛ばされるんでしょ。そんな、ヘラヘラすんのよしなよ」

美咲は驚いた顔をした。この程度で驚くような心構えだから、ホシにいわれてホイホイ服を脱ぐ破目になるのだ。

「それから余計なことかもしんないけど、もし江藤久子の見舞いにいこうなんて考えてるんだったら、迷惑だからやめた方がいいよ。あんたの黒星はあんた一人が背負うべきであって、警察全体に泥かぶせるような真似は許されないから」

美咲は「それ、係長にもいわれた」と悲しげに目を伏せた。だが、納得しているようには到底見えなかった。いわれたから我慢する。そんな心情がべっとりと頬に張りついて見える。

気に喰わない。心底気に喰わなかった。

「……警察はね、負けちゃ駄目なんだよ。世間にも、犯罪者にも負けちゃ駄目なんだ。あんたさ、ちょっとそういう意識が薄すぎるんじゃないの？　負け犬根性っつうかさ、なんかそういうのが板についちゃってんじゃないかな。……あんた、よく泣くよね。あれ、どういうつもりなの？　人前で泣いてみせるってさ、あたしなんかには信じられない恥ずべき行為なんだけど」

そろそろ泣く。そう思っていた。ちょっと可愛い顔をしているからってチヤホヤされてきた女だ。正面切ってこれくらいいわれれば泣くだろう。そう踏んでいた。

だが、意外にも門倉美咲は微笑(ほほえ)んでみせた。決して相手の不快感を煽(あお)るような冷笑ではない。負け惜しみで強がっているのでもない。何か、こっちを安心させようとするような、基子にとっては不可解な笑みだった。

「……私だって、人前で泣くのは、恥ずかしいよ」

それでいて、口調はやけに堂々としている。そのアンバランスさが、基子には却って不気味だった。

「ああ、そうなの」

美咲は頷いた。それもかなり確かに。

「でもね、伊崎さん。私ね、警察が勝つとか負けるとか、そういうふうにはあんまり考えたことがないの。世間に対してなんて、ちょっと話が大きすぎて私には分かんないけど、少なくとも犯罪者に対して、ホシに対して、勝つとか負けるとか、そういうふうには考えてない。だから、本当は白星とか黒星って言葉も、あんまり好きじゃないの。

たとえばホシを取り調べるでしょ。勝つか負けるかでいえば、自白させれば、警察の勝ちってことになると思うんだけど、じゃあそれでホシが負けたことになるかっていうと、一概にそうではないと思うのね。

ホシはホシなりに苦しんで、罪を告白し、認めるわけでしょう。それってさ、一つの困難を乗り越える作業なんじゃないかって、私は思うんだよね。だから、その手助けができたら、いいと思う。そこに勝者も敗者もないと、私は思うの。

……泣いちゃうよ、ときには。ホシが犯罪に至るまでの経緯を聞いたりしたら。刑法上どうだとか、公判で情状酌量の材料になるかとか、そういうレベルじゃないにしても、理由って、ちゃんとあるんだもん。原因って必ず、何かしらあるもんなんだもん。だから、うん……訂正する。人前で泣くのは、恰好悪いかもしれないけど、恥ずべき行為ではないと思う。それでホシと心の交流が成り立つなら、私は涙を堪えないよ」

心、ときたか。もうここまでくると、何をかいわんやだ。

「……あんた、サツカン辞めて、シスターにでもなったら？」

基子は、それだけいって背を向けた。

もう美咲が追ってくることはなかった。

彼女と自分の違いがなんであるのかはっきりすれば、多少はすっきりするかと思っていたが、今日のところは、却って胸糞（むなくそ）が悪くなっただけだった。

第三章

1

七月十日、日曜日。本部時代より一時間の早起きをし、美咲は碑文谷署に初出勤した。

六階建ての古びたそれは、警察学校卒業後に配属された目白署とも、むろん警視庁本部庁舎とも違う、どこか暗くて猥雑（わいざつ）な、昭和の雰囲気を持つ建物だった。裏手に警察の家族寮があるというのも、なんとも昭和的である。

四階の生活安全課に入り、吉野（よしの）課長警部、都筑（つづき）少年係長警部補に、それぞれ挨拶をする。

「門倉美咲です。よろしくお願いいたします」

「うんうん、こちらこそよろしく。麻井さんにさ、もうほんと、うちの娘をよろしく頼む、みたいにさ、くどいくらい頼まれちゃってんだよ。……色々大変だったろうけど、そこんとこはこっちも承知してるから。なんかあったら私にいいなさいよ。悪いようにはしないから」

都筑と麻井は警察学校の同期だという。現在の階級は麻井の方が一つ上になるが、外で会えば互いに肩を叩き合い、杯を交わす仲だと聞いている。

「はい。ご迷惑をおかけします。よろしくお願いします」

八時半の朝礼を兼ねた訓示では、課員全員に紹介された。

「本日より少年係に配属されました、門倉美咲です。よろしくお願いします」

課員の反応は、ひどく鈍いものだった。だが、そんなことを一々気にはしていられない。

それぞれが職務に散っていくと、都筑が美咲の肩を叩いた。

「じゃ、すぐにでも六階の会議室にいってちょうだい」

君の机はここね、みたいなことをいわれると思っていた美咲は言葉を失った。

「ですが……」

「ああ、君は当面、いわゆる通常の、少年係の仕事はしなくていいことになってるから。それが私と麻井さんの約束だし、話は署長まで通ってるから」

「でも、そんな……」

「いいのいいの。そもそも君の異動に関する打診は、うちの署長が、捜査一課長から直々に受けたものだから。その辺はまったく、心配しなくていいから」

なるほど。所轄署員というのは名目だけで、実際は捜査本部付きのような形になっているわけか。それを承知しているから、朝礼でみんなの反応が鈍かったのか。

「分かってるとは思うけど、所轄には、霞が関の本部にいきたくてもいけない人間がごろごろいるんだ。多少のやっかみはしょうがないよ。ま、君は上で、存分にその腕を振るってくればいいから」

美咲は返すべき言葉を見つけられず、はいとだけいって頭を下げ、生活安全課をあとにした。


六階には小さめの講堂と、さらに小さな会議室が二つあった。その一方、『柿の木坂男児営利誘拐事件特別捜査本部』と貼り出された部屋のドアを開ける。

「失礼します。本日より生活安全課少年係に配属されました、門倉巡査です」

室内には三つの会議テーブルが島を作っており、六人の私服刑事が席についていた。ホワイトボードの前にもう一人。合計七人。自分を加えても八人。それは美咲が思っていたよりも、帳場としてはかなり小規模なものだった。

「ご苦労。座ってくれ」

ホワイトボードの男がいった。東弘樹警部補。刑事部捜査一課殺人班三係の主任だ。

「はい、失礼します」

「うちの班の人間は、知ってるな」

特殊班執務室は殺人班の大部屋と同じフロアにあったので、大体は分かる。座っている六人のうち、四人は殺人班三係、東班の刑事たちだ。年齢に多少の前後はあるだろうが、東を含む全員が四十代の働き盛りといった感じだ。

椅子を引きながらはいと頷くと、東は初対面の二人を手で示した。

「碑文谷署強行(きょうこう)犯係の、森尾(もりお)デカ長と、萩島(はぎしま)巡査だ」

続けて二人と挨拶を交わす。

森尾は東班の五人よりやや年配の五十代、萩島は美咲と同じ年頃に見えた。美咲がよろしくお願いしますと頭を下げると、二人も会釈程度に返してよこした。碑文谷からは、この二人だけなのだろうか。

「他にもう三人いたんだが、別件で今は抜けている。現状ここは、この八名ということになる」

「はい」

「君にはしばらく、私と組んでもらう」

美咲は思わず息を呑んだ。

――私が、東主任と……？

特捜本部が立つような強行犯捜査では、本部と所轄の刑事が二人ひと組で行動するのが定石のはず――。と、そこまで考えて美咲は、

――あ、そうか。

初めて自分が碑文谷、所轄署の警察官であることを思い出した。

――さっき、挨拶したばっかりなのに……。

もう自分は本部の人間ではない。そのことが、頭には入っていても感覚として呑み込めていなかった。

「門倉は、そのまま聞いていてくれ」

東は手元の書類に目を落とした。

「荻窪の件は現行犯のためか、岡村も犯行事実についてはおおむね認めているようだが、昨日の段階でもまだ、こっちのヤマとの関連については黙秘を続けている。荻窪の件は、今週中にも起訴する見通しだそうだ。早ければ、週明けにもこっちに移送されてくるだろう。こっちも急いで、岡村の周辺を固めよう。引き続き歌舞伎町の飲食店関係を沼口、森尾。松浪組周辺を佐々木、萩島。ヤサ周辺を倉持、高田。特に現金の動きに注目して、頼む。以上」

沼口、佐々木、倉持、高田の四人は、いずれも東班の巡査部長刑事だ。

「……特二のおこぼれで、特一の尻拭いか。まったく、どうなってんだこの帳場は」

そう漏らした沼口が出ていくと、他の五人もぞろぞろとあとに続いた。美咲だけが、テーブルの端っこに取り残される恰好になった。

――なにそれ、ちょっと……感じワル。

東は立ったまま、書類をまとめてファイルに戻していた。

「……あ、あの、お茶でも……」

美咲が立ち上がると、東はクスッと笑みを漏らした。

「俺たちは待機じゃない。君がある程度事情を把握したら、一緒に聞き込みに出るんだぞ」

だが、何か思い直そうとするかのように、東はその目を窓辺に向けた。どんよりとした、七月の曇り空が辺りには広がっている。

「そうだな……」

以前にも思ったことがあるのだが、東弘樹は、実はかなり、美咲のタイプの顔をしているのだった。

すっきりとした目鼻立ち、少し厚めで逞（たくま）しい印象の唇。警官にしては長めの髪。だが不潔な印象はない。整髪料でしっかりと整えられている。ネクタイやスーツの趣味も、他の刑事よりは大分洒落ている。清潔で、二枚目で、でも骨太な感じの、ちょっとイイ男。しかも警部補。強いて難をいうならば、若干背が低い。

「……ま、お茶くらい、飲んでからでもいいか」

ああ、こんな砕けた調子で喋ったりもするのかと思いながら、美咲は「はい」と返事をした。

「岡村は若い頃、上野や渋谷に縄張りを持つ大和会系暴力団、松浪組の構成員だった。だが、出世はまったくといっていいほどできなかった。まめにシノギを上げていく性格じゃなかったんだろう。ヤクザはヤクザで、あれもなかなか大変な世界だからな。結局、十五年も前に破門になっている。以後はチンピラ、ゴロツキ、ヒモ……ときどき昔の仲間の手伝いをしたり、まあ、そんな生活を送っていたようだ」

東は、美咲の淹れたお茶を熱そうにすすった。ちょっと、猫舌の気があるのかもしれない。

「強盗と傷害の前科があると聞きましたが」

「……ああ。食い詰めてにっちもさっちもいかなくなったんだろう。組をクビになった一年後に強盗をやらかして、三年の実刑を喰らってる。傷害の方はもっと前、組にいた頃だ」

お茶を飲むたびに上下する尖った喉仏が、妙に色っぽい。

「出所してからしばらくは、それでも真面目に働こうとしていたらしい。実際、飲食店に勤務して、調理師免許を持つに至っている。……が、現段階では、その時期のことが一番よく分からない。組員時代や、服役期間に関しては話をしてくれる人間もいるし、ある程度の記録もある。だがその、飲食店時代に関しては、店ももうなくなっているし、従業員がどんな人間で、現在どこにいるのかもほとんど分からなくなっている」

灰皿はあるのに使わない。東はタバコを吸わないのか。

「荻窪の帳場は、どれくらい岡村の過去について把握しているんでしょうか」

「あっちは監禁罪、せいぜいくっつけても傷害だからな。あんまり過去はほじくらなくても恰好がつくだろう。……が、こっちはそうはいかない。何しろ利憲くんの証言からすると、三人ないし四人の共犯がいるわけだから、それを割り出すには、過去をほじくっていくしかない。まあ岡村がこっちにきて、すんなり歌ってくれれば問題ないんだが……漏れ聞くところだと、どうもそう、ひと筋縄ではいきそうにない」

「さっき、ヤサを当たると仰いましたが、それ、割れてるんですか」

なぜだろう。東は片方だけ頬を歪めて笑みを漏らした。

「……仰いました、ってそんな、君は特二の仲間とも、ずっとそんな調子で喋っていたのか」

やだ。急に、頬が熱くなった。

「いえ、そんなことは、ないですけど……」

「俺に遠慮してるんだったら、さっさとそんなものは捨てろ。デカは、特に殺人班の刑事は誰もが一匹狼だ。今ここでは俺が頭に立ってやってるが、誰も俺のサポートをしようなんて思っちゃいないぞ。俺がコケるのを、みんな楽しみにしてる。見逃すまいと目をひん剝いてる。

特殊班は確かにチームプレイが要求される部署だったろう。それぞれの長所を活かし、短所をカバーし合うのも重要だったろう。だがここでは、そんな考えは捨てた方がいい。お前の短所はお前だけのもの、下手をすれば長所も潰され、手柄は横取りされる。遠慮は無用ということだ」

東の、美咲に対する呼び方が「君」から「お前」になった。だから何というわけでもないのだけれど、なんとなく、いい感じだと思った。

「はい……胆に、銘じておきます」

また渋く、東が笑みを浮かべる。

「……ヤサは、吉岡彰子という鶯谷のホステス、その前なら杉井潤子という池袋の、これもホステスのところだが、ごく最近は、自分で大久保にアパートを借りて住んでいたようだ。そこの敷金やら礼金やらも身代金の一部で払ったんだろうが、残念ながらもう現物の回収は不能になっている。そのアパートからはさらに三十万ほど現金が見つかり、それも身代金の中の番号であることが分かっている。だが再逮捕をするには、もう一つ決め手が足りない……」

東の目尻は、ほんの少しだけ垂れている。またそれが、眼差しを妙に色っぽくしている。

「つまり、利憲くんの証言だ。田辺家には岡村の逮捕後に出向いて、すでに顔写真を渡してあるんだが、精神的なものがまだ回復していないらしい。なかなか俺たちみたいなイカツイのには、会いに出てきてくれない。……そこで、君だ」

あ、また「君」に戻った。

「ある程度『利憲くん事件』について把握してもらったら、君にはあとで一緒に田辺家にいってもらう。そこで、利憲くんと話をしてもらいたい。彼から岡村が事件に関与していたとの証言が得られれば、もう再逮捕にはなんの問題もなくなる。麻井さんからも、君の説得能力の高さは聞き及んでいるからな。期待してるぞ」

麻井の名前が出ると、にわかに気が引き締まり、美咲は背筋が伸びる思いがした。

捜査書類と東の話からすると、『利憲くん事件』の概要はこうだ。

今年の一月十一日、火曜日。柿の木坂二丁目在住の田辺義史(よしふみ)氏の長男、利憲くん八歳は、午後四時半頃、自宅から一キロ半ほど離れた学習塾に出かけたまま行方が分からなくなった。

事件の発生を最初に認知したのは母親の春子だ。

普段なら塾が終わって帰宅するはずの午後七時になってもまだ帰ってこない。心配になった春子は午後七時二十三分、利憲の携帯に電話を架けるが呼び出しができない状態だった。塾に連絡すると今日はきていないという。自ら自転車で塾までの道のりを往復してみたが利憲の姿はない。その間も携帯に架電し続けるが出ない。午後八時になって帰宅するが、探しに出る旨を書いたメモは玄関ドアに貼られたままだった。

　午後八時半に帰宅した義史に相談し、再び近所を捜して回るが発見できず、考えに考えた末、自宅に戻って一一〇番通報をした。これが午後九時十九分。その直後、春子の携帯が鳴った。利憲の番号からだった。

『息子はあずかった。明日の朝までに古紙幣で五千万用意しろ。受け渡し方法はまた知らせる。警察には届けるな』

　一応ボイスチェンジャーを使ってはいたが、それでもあまり若くない男であることは分かった。口調には、どことなく暴力的な響きがあった。二人は警察に知らせたことを後悔したが、もうそのときには碑文谷署の女性刑事がドアの前まで訪ねてきていた。田辺義史が比較的有名なＩＴ企業の社長だということから、身代金目的誘拐の可能性を考え、念のために訪問したのだという。

　誘拐事案の発生を確信した捜査員、八巻早苗(やまきさなえ)巡査部長は碑文谷署に状況を報告。さらにそれを受ける形で本部の捜査一課特殊班が事案を認知。捜査に乗り出した。

　特殊犯捜査第一係は近くにある、某家電メーカー研修所の会議室を借りて前線本部を設置。捜査本部の置かれた碑文谷署には、近隣署から応援の捜査員が集められた。

住宅街に位置する田辺家には十名の捜査員が潜入。資機材を搬入して犯人からの架電に備えた。また犯人が引き続き利憲の携帯を使用する可能性も考えられたため、特一はNTT交換局に、逆探知と共に利憲の携帯電波を捉え位置を割り出すよう協力を要請した。

その夜、電話はどこからも架かってこなかった。犯人からの二度目の架電は、翌朝の七時にあった。

『金の受け渡し場所をいう。一度しかいわないから聞き逃すなよ。……九時。朝の九時。五千万持って、新宿紀伊國屋書店の前に立っとけ』

むろん特一は、無理だという方向で交渉を引き延ばせと春子には指示していた。

「そんな、五千万なんて、すぐには無理です」

『馬鹿いうなって。ITの社長さんに、五千万ぽっちの金が用意できねえなんて言い訳は許されねえんだよ。いいか、金を持ってくるのは春子さん、あんただ。警察使って、別人がきたってこっちにゃ分かるんだからな。息子を五体満足で返してほしけりゃ、下手な小細工はナシにした方が身のためだぜ。……それから、もうこっちからは電話しねえから』

犯人側があらかじめ春子の顔を知っていたのかどうかは分からない。ただ、利憲の携帯に春子の写真があったのは確かだという。どちらにせよ、刑事を代役に使えないことだけは決定的だった。

本部は大至急、新宿紀伊國屋前に包囲網を配し、春子を送り出した。が、そこから犯人は、田町、巣鴨、恵比寿、上野、東京と、受け渡し場所を次々指定しては春子を移動させていった。

「……とにかく、犯人の動きが早すぎて駄目だった。身代金目的の誘拐事件で、現場を作れないのは何よりの痛手だ。犯人はその点を、的確に突いてきた」

東は、環七沿いの歩道を歩く間も事件について振り返った。碑文谷署から田辺家は、約一・五キロの距離にある。

「犯人側に警察関係者がいる、ということですか」

美咲は彼の左に並んで歩いている。普段からできるだけ低いパンプスを履くようにはしているが、それでも少しだけ美咲の方が高くなっている。

「いや、一概にそういうことではないかもしれないが、これまでの誘拐事件をかなり研究して挑んだのは確かだろう。しかも、人質の母親を追い詰める、最後の一手が……」

東はいい淀(よど)み、溜め息をついた。曇り空の下、うんざりするような蒸し暑さが辺りには立ち込めているが、そこにだけは一月の冷気が蘇(よみがえ)るような、そんな、長い溜め息だった。

「最後の、一手？」

ふと、我に返ったように美咲を見る。

「……君は、知らないのか」

「え、何がですか」

しばし、歩きながら視線を交わす。

「同じ特殊班でも、そういう情報交換はしないのか」

「ああ、普通はするんですけど、『利憲くん事件』に関しては、ちょっと、事情が事情なもので、ほとんど禁句っていうか、タブーになっちゃってまして。あまり細かいことまでは知らされてないんです。特二には」

無理もないか、と東は頷いた。

「……犯人は利憲くんの、左手の小指を根元から切り落とし、世田谷代田の陸橋に放置した。小さなビニール袋に入れて、水道水に浸してな。いつ置いたのかはこれまでの捜査でも明らかになってないが、そこに春子を呼び寄せ、指を拾わせた。そして、これ以上息子の指を減らしたくなかったら、警察を振り切って経堂駅までこいと告げた。最終的に受け渡しが行われたのは、駅から五百メートルほど離れた、小さな児童公園だった。……そこに、捜査員は一人もついていっていなかった。春子は、トイレの前にバッグを置き、公園から出ろと命じられ、その通りにした」

美咲はしばし言葉を失った。

——そんな……。

これが「正月の黒星」の、全貌なのか。

誘拐事件はその特殊性から、捜査内容に関しては他部署にも明らかにしないのが通例である。だが特殊班同士は違う。警視庁内のみに留まらず、他道府県警とも連絡を密にし、オペレーション内容に関しては日々研究が続けられている。

しかし、その中で『利憲くん事件』だけは、まさに特殊だった。

同じ警視庁捜査一課特殊班でありながら、隣の二係にすらその詳細は伝わってこなかった。犯人がいかなる方法で身代金を要求してきたのか、どういう方法で受け渡しを指示してきたのか、その一切が秘匿事項にされてきた。

結果として特二が知ることができたのは、利憲が生きて解放されたこと、彼の証言に基き似顔絵が作成されたこと、身代金は奪われてしまったことなど、のちの新聞報道と大差ない内容に限られていた。

「もちろん犯人の早い動きは、こっちにとっては痛かった。そこら辺を大々的に報じられるのも困るし、身代金は一体いくら取られたんだと、そういう部分を公にしたくないというのもあった。だがすべてを捜査中だと秘匿してきたのは、小指の件があったからだ。

通常の身代金誘拐の場合、犯人側にあるアドバンテージは人質の命、たった一つだ。これは殺してもなくなるし、解放してもなくなる。だからこそ警察も、犯人に対して駆け引きを仕掛けることができる。だがこの方法を使うと、ことに小さな子供を誘拐した場合はその親に対して、人質を五個にも十個にも分割できることになってしまう。

親ならもちろん、子供の命は助けたい。じゃあ指なら我慢できるのかというと、絶対にそうじゃない。指を落とされたくなかったら五千万持ってこいといわれたら、殺すといわれるのと同じように、多くの親が五千万持っていくだろう。……まあ、額はともかく、脅し文句としては、殺すといわれるのと同じ効果がある。

しかも、犯人が脅迫のそれを実行したとしても、誘拐状態は解除されない。指はまだ九本残っている。どう考えても、その九回の内には身代金の受け渡しは成立してしまうだろう」

美咲は頷くこともできず、東の言葉の続きを待った。

「……最悪なのが、この手法は、親を暴走させるという点だ。警察を振り切ってでも犯人に金を渡したい、そう思わせる悪魔的アプローチだという点だ。今現在、こういった事案にどう対処すべきかという解答はまだ何も出ていない。正直いって、これの模倣犯が出てくる事態が一番厄介だ。グリコ森永で企業恐喝が大流行したときのように、指切り誘拐が頻発したらどうなる」

そんなことは、美咲は怖くて口にも出せない。

「特殊班は、連戦連敗になるぞ。都内のあっちこっちに子供たちの指がばら撒かれ、身代金を持った親たちが東京中を走り回るぞ。そうならないためにも、この事件は秘匿のまま、俺たちが解決しなきゃならないんだ」

ふと、美咲の頭に疑問が浮かんだ。

「でも、そんなに重大な捜査にしては、帳場が小規模すぎませんか。私を入れても、たったの八人だなんて」

殺人事件が起こった場合、初動捜査の段階で百人からの捜査員が投入されるケースも決して珍しくはない。殺人班の一個係は約十人。それに所轄のパートナーをそれぞれつけるだけでも二十人にはなる。今回のように一個係の半分の一個班、つまり東班と三名の所轄捜査員だけが継続捜査を受け持つというのは、その重大性に反比例した戦力分配に思えてならない。

「ああ、少ない。少なすぎる。だが致し方ない部分もある。これまでは、何しろ証拠がなさすぎた。利憲くんは終始目隠しをされていたから、犯人が最低でも四人以上のグループだったくらいの証言しかしてない。岡村の顔だって、たまたま目隠しがズレたときに、ほんの一瞬見ただけだという。似顔絵は、当てにできるかどうかも分からなかった。大っぴらにやりたいが人数がいない、という半面、大っぴらに捜査するほどのネタもなかった……」

そんな状態で東たちは、半年もこの事件を捜査してきたのか。特殊班が捕り損ねたホシを、ほとんど証拠もない状態で追い続けていたのか。

「だがこれからは違う。札も出た。事件当時の電話音声の記録と、岡村の声を照合してもいる。利憲くんに岡村が犯人の一人だと証言してもらえれば、捜査は一気に進む。あとは岡村を叩くだけということになる」

東の声は一定のトーンで、常に冷静さを保ったものだった。だがそれでも、彼の今の、並々ならぬ意気込みは充分に伝わってくる。

あと一つ、美咲には気になることがあった。

「あの、それで、利憲くんの指は……」

東は「ああ」と、うっかりしていたというように頷いた。

「一応見た目は、そうとは分からないくらいにくっ付いてはいる。が、神経というかなんというか、専門的なことは分からないが、上手く動かせない状態が長引いているらしい。リハビリ次第、といったところだそうだ」

利憲はおそらく目隠しをされたまま、何人もの大人に押さえつけられ、小指を切断されたのだ。その恐怖による精神的ダメージは、察するに余りある。

「そうですか……」

環状七号線から左に入ると、途端に辺りは高級住宅街の様相を呈した。美咲の育った浅草界隈(かいわい)とはあまりにも違いすぎる眺めだ。

こんなところに育つ子供って、やっぱり自分とは違うのかな、などと、美咲はぼんやり考えながら歩いた。

2

七月十一日月曜日、午前七時四十五分。基子は品川区勝島一丁目にある第六機動隊本部に到着した。

警備部第一課特殊急襲部隊〝SAT〟の拠点は、警視庁第二方面本部とフロアを分ける形で、隊庁舎の五階に置かれていた。階段で上り、教場と呼ばれる隊員の待機所を探していると、活動服姿の男に呼び止められた。

「伊崎基子巡査か」

「はい」

「部隊長がお呼びだ」

彼は部隊長付きの伝令のようだった。基本的にここは女がウロウロするような場所ではない。女を見たら伊崎と思え、くらいにいわれてきたのだろう。

「ついてこい」

返事も待たずに踵を返す。

「はい」

彼の歩き方は、明らかに常人のそれとは違っていた。

厳しい訓練を受けた者だけが成し得る、隙のない足運び。揺れない頭、ぶれない上半身。かつて第一機動隊に所属していた頃は、自分もこんなふうに歩いていたはずだ。

また、この世界に戻ってきた――。

警官ではなく、隊員。捜査班ではなく、部隊の一員。そんなことに自分が感慨を覚えるとは、基子は今まで思ったこともなかった。

「伊崎基子巡査を連れて参りました」

伝令がドアを開ける。まず目に入ったのは、右手奥にある国旗と隊旗、数本の柔剣道大会優勝旗だった。同じ側の壁、天井に近い部分には歴代の隊長であろう顔写真が額に入って並べられている。

「伊崎巡査です」

「入れ」

正面の執務机にいるのは、先日の警備部長室で右側手前にいた男だ。今は名前も分かっている。ＳＡＴ部隊長、橘義博（たちばなよしひろ）警部だ。トカゲを思わせる爬虫類（はちゅうるい）的な顔立ち。冷たい色を帯びた目。鼻が曲がるほどの叩き上げ臭。

基子が一歩入ると、伝令は黙ってドアを閉めた。

橘が立ち上がる。

「早速だが、君には三日間の試験入隊訓練を受けてもらう。仮にこれで不適合となれば、どこか所轄の交通課にいってもらうことになる。胆に銘じておけ」

そんな心配はするなといってやりたかったが、基子はただ「はい」と返すに留めた。

「今回は特別なケースであるため、一名のみの集中試験となる。休む暇がないかもしれんが、ぜひとも君には突破してもらいたいと思っている。警備部長の期待を裏切らないよう、鋭意努力してくれ」

つまり、期待しているのは太田部長であって俺ではない、といいたいわけか。なるほど。それならそれでかまわない。

「下がっていい」

あのジャッカル面の期待などどうでもいいが、自分を安く見られるのは我慢ならない。

「失礼します」

基子は頭を下げながら、まずはこの部隊長に自分の力を認めさせせようと決心した。

更衣室は、などと訊くのは面倒なのでトイレで着替えた。ジャージにTシャツという恰好で隊庭に出る。

試験を担当するのは第一小隊長、小野（おの）という警部補だった。見た目は三十代半ばだが、体力はおそらく二十代。いかにも機動隊ひと筋といわんばかりの、引き締まった肉体の持ち主だ。

「まず基礎体力五種。握力、背筋、懸垂、腹筋、腕立て。引き続き立ち幅跳び、土のう運搬、砲丸投げ。十分休憩して百メートル、八百メートル、五キロを続けて走ってもらう。午後からは拳銃検定だ」

いかつい顔から突き出た、アンバランスに長い睫毛をパチパチさせ、小野はクリップボードの項目を読み上げた。

「七分やる。準備運動をしろ」

「はい」

乾いた土の地面に座り、基子は入念にストレッチを始めた。小野はその間に握力計と背筋計の準備をし、それが終わると真っ直ぐ立って七分が経過するのを待っていた。

ジュラルミンの大盾を持った現役隊員が、列を作って隊庭の向こうを走り過ぎていく。少し間を置いて、また別の隊が同じコースを走っていく。

実社会から隔離された、訓練場という名の仮想現実空間。ふとそんな言葉を思いついた。一機時代には考えつかなかった喩えだ。

「よし。じゃあまず握力から」

器具を渡され、右左順番に二回ずつ測る。特殊班時代、暇があればハンドグリッパーで鍛えてはいたのだが——。

「右が四十九、左が四十四、か」

女性の平均握力は三十キロ前後、男性が五十キロ前後。この数字、ここではどんな評価を受けるのだろう。

「次、背筋」

これはかなり、身長が災いするかもしれない。

「百六十一キロと……」

男と比べるとかなり見劣りする数字だった。

続く懸垂は一回二秒、顎まで上げなければカウントされない。

「十九回」

二十回目の途中で力尽きた。やや不本意。

腹筋は上体起こし。三十秒で何回できるか。

「三十一回」

高校時代は持久で千回こなしたものだが。

最後は腕立て伏せ。これも三十秒内の回数。

「三十九回、と」

さっきの懸垂が響いた、などという言い訳が通用しないのは百も承知だ。クリップボードに記録を書き込む小野の無表情が、なんとも腹立たしい。

続く立ち幅跳びはなんとか二メートル超えを果たしたが、土のう運搬と砲丸投げは駄目だった。特に土のう運搬は最悪だった。三十キロのそれを抱えて三十メートルを走るのだが、あと数メートルというところで転倒してしまった。

「記録なし」

地面と土のうの間にはさまれ、右手首を負傷するという嬉しくないオマケまでついた。

最後は走り三種。これには自信があったが、思ったほどは伸びなかった。百メートルの十二秒三はわりといいタイムのはずだが、八百メートルの二分十秒というのはどうか。五キロ走はギリギリ十八分台。小野の顔色からその評価の良し悪しは判断できない。

「よし、午前は終了だ。シャワー室の場所を教える。ついてこい」

かなり堪えていたが、そうは見せたくなかった。私物を担ぎ、背筋を伸ばして歩く。手首も痛んだが、基子は歯を食い縛って小野のあとに続いた。

特殊班の勤務形態で、すっかり体が鈍っている。

基子は少なからず焦りを覚えていた。


近頃はどこの機動隊にも女性小隊というのが二つや三つある。

警視庁で初めて設けられたのは、デモの多い都心を受け持つ第一機動隊だという。デモが交通を乱したりしないよう警備していると、どうしても相手に接触するケースが出てくる。そのとき機動隊側が男性で、デモ側が女性だと何かと問題になる、というのが発足動機だったようだ。ここ六機の場合でいえば、羽田空港の警備がそれに当たる。たぶん一個中隊、六十名前後の女性隊員が所属しているものと思われる。

　小野は隊庁舎一階のどん詰まり、男性浴場の向こうにあるドアを示した。

「ここを使え。他の隊員との私語はくれぐれも慎むように」

　警察とはとことん男性優位の社会であり、その設備には人権団体がよく黙ってるなというほどのあからさまな差がある。男には広い洗い場と浴槽があるのに、女には百円シャワーと大差ないブースが八つあるばかりだ。まあ、女性隊員は基本的に既存の女子寮からの通いになるため、ここが唯一の風呂場というわけではないのが救いといえば救いだが。

　ちょうど一個小隊分くらいの乳房と鉢合わせになったが、そもそもこっちから話しかけるような性格でもない。ざっと汗だけ流して食堂に向かう。

　ちなみに機動隊の食堂というのは必ず隊員が調理する決まりになっている。むろんここもだ。だからといって別に不味(まず)いとか、献立がいつも同じというわけではない。メニューが一種類しかないというだけで、調理師免許を持つ職員から指導を受けてのものだからちゃんと食える物が出てくる。

　四分半でたいらげ、さっさと隊庭に戻る。小野はまだきていない。なんとなく辺りを見て過ごす。

　土埃(つちぼこり)の舞う訓練場。隊庁舎や車庫、倉庫を校舎に見立てれば、まあ田舎(いなか)の全寮制高校のような眺めだろうか。昼で訓練が中断しているため、余計そんなふうに見える。

——SAT、初の女性隊員……か。

実のところ、基子はSATという名前にさほど魅力を感じているわけではなかった。ただ、他の部署よりは危険な任務が回ってくるのではないか。そこらの女性機動隊よりはマシな仕事にありつけるのではないか。そう思ったから、太田の申し出を受けたにすぎない。

基子はときおり、実は自分は、死にたがっているのではないかと思うことがある。自殺をする気は毛頭ないが、危険な任務の中で死ぬのなら、それもまたいいのではないかと考える自分がいるのは確かなのだ。

——あたしは、すでに一人、殺してるからな……。

人間の命とは、自分の命とはなんなのだろう。ではそれを奪う殺人という行為とは、その罪とは——。

柄にもなくそんな思いに耽っていたら、後ろから声をかけられた。

「食事はすませたか」

立ち上がり、直立して小野を振り返る。

「はい、すませました」

黙っているので荷物を持ち上げると、小野は「いい」というように手で制した。

「まだいい。休めるときに休んでおく賢さも必要だぞ」

「はい」

基子がそうしていたように、小野もその場に腰を下ろした。自分だけ立っているわけにもいかず、基子ももとのように座り直した。

「……伊崎巡査は、柔道とレスリングで、全国大会に出たことがあるそうだな」

小野は左の親指を弄りながら訊いた。タバコを吸っていいのならそうする。そんな間だった。

「はい。高校時代に」

「じゃあ、ＳＡＴの所属じゃもったいないな。大会に出られない」

答えずにいると、小野は「ん？」とこっちを向いて促した。

「六機のレスリング部は、知ってるだろう」

「ええ、知ってます」

「入ろうと思えば、入部だけならばできるぞ」

「いえ。もう、そういうお遊びはやめましたから」

多少、基子の答えに不快を感じたようだった。毛の硬そうな眉が、微かにひそめられる。

「……遊び？」

「はい」

「レスリングがか」

「柔道もです」

　すると、ふいに小野は体を向こうに倒した。もうその瞬間には、編上靴の右踵が目の前に迫っていた。

　——ほらきた。バカめ。

　基子は慌てずに両肘でブロックしてかいくぐり、右足で小野の左足を踏んでから、残った足で小野の腰をまたいだ。相手が男なら股間に膝蹴り、というのが女の常套手段なのだろうが、だからこそ基子は、それだけはするまいと心に決めている。

　小野の持っていたクリップボードからボールペンを抜いて喉元に当てる。傍から見れば、基子が小野に馬乗りになって刃物を突きつけているように見えるだろう。

「ま、こういうことですよ」

「……なるほどな」

　基子は小野の上からどき、軽く一礼してみせた。小野は体を起こし、肩についた土埃を手で払った。基子も少し、背中を払うのに手を貸した。

「競技はいくらやっても、実戦の役には立たないと……そう、いいたいわけか」

「役に立たないとはいいません。乖離した部分を埋める意識が、やる側にあるかどうかの問題だと思います」

基子も、もう一度座り直した。

　小野は黙って基子の顔を見ている。続きを喋ってみろという目をしている。基子は一つ溜め息をつき、仕方なくというふうを装った。

「……格闘競技はこれまでに、その競技人口を増やすために危険な技を次々と禁じてきました。でも、本当に有効な技っていうのは、その禁じ手の中にあるわけでしょう。相手を殺すために背中から落とすなんてあり得ないです。でも柔道は背中から落とすことを基本としている。そこを、ここで頭から落とせば仕留められるな、と考えるかどうか。そこでしょう。……ただ、そんなことばかり考えてたら、試合では勝てなくなりますけどね。袈裟固めに入った瞬間に、今ナイフを取り出したら喉笛を掻っ斬れるな、なんて思ってるうちに、捲られたりしますから」

　小野は鼻で笑った。馬鹿にしたというよりは、呆れた様子だった。

「だからって、警察でそれを発揮していいとはならんだろう。それを突き詰めたいなら、むしろ陸自にいくべきだったんじゃないのか」

　基子は小首を傾げてみせた。

「どうでしょう。自衛隊にいってもある意味、想定の範囲が実戦に近いというだけでしょう。本当の意味での実戦があるわけじゃない。……ま、あっても困りますけどね。そうなったら、個人の戦闘能力云々の話じゃなくなりますから」

「警察には実戦がある、と」

「実戦というか、現場、ですけどね」

「それを求めて入ったのか」

「いえ、一概にそうでもないですけど」

すでに基子は、小野と話すのが面倒になってきていた。単純に戦いたい。本気で戦いたい。生死を賭けた、遠慮会釈のない戦いの中で、自分がどこまで生き延びられるかを試したい。その衝動に、競技だの実戦だのという理屈は本来不要なのだ。

「……じゃあますます、所轄の交通課に落ちるわけにはいかんな」

「そういうことっすね」

小野は「よしこい」と立ち上がった。基子は改めて私物を担ぎ、彼のあとをついていった。

3

田辺邸は、ディズニーシーにでもありそうなパステル調の外観を持つ家屋だった。白い窓枠もどこかメルヘンチックである。だからなおさら、ここが誘拐事件の舞台になったのかと思うと心が痛みもした。

東と美咲は、その外観からの期待を裏切らない、童話の王宮を思わせる内装の応接間に通され、春子と話をした。

「……身代金を渡してしまったという、道義的責任は、重々感じております。ですから、私や主人であれば、いかなる協力も厭いません。どんな厳罰でも受ける覚悟です。でも、でも利憲は……もう、そっとしておいて、いただけませんでしょうか」

東と春子のやりとりは、それまで何度も交わされた内容の蒸し返しであるようだった。東も根気よく頷き、ですがと返し続ける。

「利憲くんの心中は、察して余りあります。ですが、だからこそ、ご協力いただきたいんです。今日はですね……」

春子が、沈痛な面持ちでかぶりを振る。

「ですから、私だって協力はさせようとしています。今日だって、朝から何度も、写真を見てみよう、ほんのちょっとでいいから見てみようって、利憲にはいっているんです。でも……どうしても、嫌だっていうんです。それを押さえつけて、目の前に突きつけて、ほら見なさいとやることは、私にはできません。できませんし、誰にもさせたくありません」

ああ、これじゃあ埒が明かないよなぁ、と美咲は心の内で呟いた。どちらの言い分も正論であり、社会人としては真っ当なのだ。相手が犯罪者でない分、論議の構造としては厄介かもしれない。

「あのぉ」

美咲はだめもとで口をはさんでみた。たぶんそのために、いま自分はここにいるのだ。

「あ、はい……」

春子はまるで、存在すら今まで忘れていたというふうに美咲を見た。

「私は今日、初めてこちらにお伺いしたわけですが、その、利憲くんにですね、お会いするだけでも、ちょっと、お願いできませんでしょうか」

春子は眉をひそめながら目を逸らした。

「以前にも、婦警さんがお見えになって、お会いしましたけど、利憲はやはり……」

東が割って入る。

「しかしあれは、少年係の、年配の刑事でした。どうでしょう、この門倉は、またちょっと違った感じですから、顔合わせをさせてみるだけでも」

重ねて頼み込むと、春子は渋々、じゃあと同意してくれた。呼んできますと立とうとする。美咲はそれを呼び止めた。

「あの、利憲くんのお部屋は、二階ですか」

「ええ、そうですけど……」

「私とお母様で、利憲くんのお部屋にいくというのでは、いけませんか。東はここに残します」

　おい君、と東が腰を浮かせる。

「その方がいいですよ。きっと」

　美咲は東に笑ってみせた。東はぐっと奥歯を噛みしめたが、やがて一度だけ、固く頷いた。

「……頼む」

　任せてください、といいはしなかったが、そのつもりで美咲も頷き返した。


　春子と応接間を出て、白い螺旋階段を上る。玄関の吹き抜けから見ることができた二階の廊下は、右の二部屋、左の三部屋を繋ぐ形で渡っていた。

　春子は左に進んだ。一番奥の部屋が、利憲のそれであるようだった。

「トシくん、トシくん。ママよ。ちょっといい？」

　ノックをしても応答はない。

「今ね……」

　美咲は春子の肩に触れ、人差し指を口元に立てた。怪訝な顔をされたが、美咲が黙って頷くと、春子も察したように一歩下がった。

　今度は美咲がドアの前に立つ。

「もしもーし、利憲くーん、初めまして。私、門倉美咲っていいます。美咲……お姉さん、かな……それとも、おばちゃん、かしら。ちょっと、おばちゃんってのはショックだから、お姉さんでいいかな、うん。……お姉さんね、利憲くんと、ちょっとお話がしたいの。ここ、開けてもいいかなぁ」

むろん、こんなことで色よい返事がもらえるとは美咲も思っていない。

「よーし、じゃあ、お邪魔しちゃうぞぉ」

春子は「ちょっと」と止めようとしたが、美咲が目で頷くと、訝りながらもその手を引っ込めた。

「おっ邪魔、しまーす」

ドアを開けると、十畳ほどの子供部屋が一望できた。明るい色のフローリング。正面と右壁には大きめの窓がある。ベッドは右側の窓の下。勉強机は左の角。利憲はその手前に、膝を抱えてうずくまっていた。

「おお、いい部屋じゃん」

床には漫画雑誌やゲームのパッケージがいくつも散らばっていた。部屋がせまければ散らかった印象にもなるのだろうが、これだけ広さがあると逆に人間味があって落ち着ける雰囲気になるのだから不思議だ。よく見ると、勉強机にはパソコンが据えられている。

「へぇー、利憲くん、パソコン持ってんだ。お姉さん持ってないんだ。いいなー」

利憲が、同じ年頃の少年と比べて大きいのか小さいのかはよく分からない。見えるのは、坊ちゃん刈りの黒いまん丸の頭、美咲の拳より小さな肩、ほっそりとした半ズボンの膝下、それくらいだ。左手は腹に隠しているのでここからは見えない。

彼のすぐ隣、机の端にはカードの束がある。美咲はそこから一枚取り上げてみた。

「お、ムシキングじゃん。お姉さん知ってるよ。やったことないけど。面白い？　ムシキング」

春子は心配そうに戸口に立っている。

「ねえ、ムシキングってこのパソコンでできるの？　このカード、どっかに入れるとできるんじゃないの？」

電源の入っていないパソコン。それを弄ろうとすると、利憲の頭が微かに動いた。

「ねえねえ、どこに入れるのよ。教えてよ。きっと私がやったら、利憲くんに勝っちゃうよ。こう見えても、お姉さんゲーム上手いんだからね。マリオとか、けっこう得意なんだから」

ねえちょっと、どこに入れるのよ、まさか裏じゃないわよね、などといっていると、ようやく利憲は少しだけ顔を上げた。だがまだ、美咲はそっちを向かなかった。

「分かった。パソコンじゃないいんだな。専用のがどっかにあるんだな。……ねえ、出してよ。お姉さんもムシキングやりたいよ」

小さな、ほんとに小さな咳払いが、一つ聞こえた。

「やりたいよー」

「……できない」

「へ？」

利憲が美咲を見上げる。写真で見た通り利発そうな目の、やや大人びた顔立ちの少年だ。八歳。今の子供は、みんなこんな感じなのだろうか。

「……そのカードの、ムシキングは、家じゃ、できない。お店にいかないと、できない」

「なーんだ、そーなんだ。残念」

ぺちっ、とカードを机に落とす。

「じゃ、やりにいこうか。お姉さんと」

すかさず前にしゃがみ込む。利憲は一瞬顔を逸らそうとしたが、美咲が首を傾げて覗くと、困ったように目を合わせてきた。

「いい」小さくかぶりを振る。

「どーしてよ。……あ、分かった。負けるのが嫌なのね。初心者のお姉さんに負けたら、恥ずかしいとか思ってんのね」

口をへの字に曲げる。ちゃんと反応があるではないか。決して利憲は、心を閉ざしているのではない。

「もう、ムシキング、飽きた」

「あらそう。またまた残念」

美咲はその場に胡坐をかいた。パンツスーツにしてきて正解だった。

横目で見ると、戸口に立ったままの春子は呆れたように腕を組んでいた。沈黙が続くと何か口をはさまれそうだったので、美咲は急いで言葉を継いだ。

「じゃあ、なんならいいのよ。お姉さんと勝負しなさいよ」

「……なんで、勝負しなきゃ、なんないの」

「だって、つまんないじゃん。利憲くんがお話ししてくれないんじゃ、ゲームくらいしかすることないじゃない。別にトランプだって、なんかほら、こういうやつ、ガチガチってやる、ほら、サッカーとかの、こういうゲームでもいいけど、なんかやろうよ」

「……なんか、って……」

利憲の目の動きが、やや活発になったような、そんな印象を美咲は受けた。もう少しだ。もう少しで、利憲の心は動く。ネガティブな状態がひっくり返る。

「なんか。なんか面白いこと」

目を伏せ、唾を飲み込み、利憲は呟いた。

「……サルゲッチュ」

よく分からなかったが、美咲は大きく頷いてみせた。

利憲の心が動いたことだけは、確かだったのだ。

机と面を同じにする壁にはクローゼットがあり、そこを開けると、パソコンのモニターとはまた別にテレビが入っていた。美咲は『サルゲッチュ』なる、自らテレビの前で体を動かすゲームを二時間ほどやらされた。これは、確かに面白い。いや、ゲームが面白いというよりは、テレビを見ながら踊るような状況そのものが可笑しい。利憲と交代し、ベッドに座っている春子と目が合うと急に気恥ずかしくなるのだが、まあ、おかげで利憲とは打ち解けることができた。成果は上々だった。

美咲は、焦る必要はない、今日はこのまま帰ろうと考えていた。だが意外にも、利憲の方から核心部分に触れてきた。

「……お姉さん、僕に、事件のこと、訊きにきたんでしょ」

途端に表情は暗く、声は鈍くなった。春子の顔にも、緊張の色が浮かぶ。

「うん。でも……いいよ、今日は。面白かったから」

利憲はさらに眉をひそめ、胸の内の痛みを堪えるかのように目を伏せた。

「今日は、ちがくても、でもいつか、なんでしょ」

それは、そう、だ。

事件からは、すでに半年という時間が経過している。こういうことに時間の長い短いはないのかもしれないが、半年というのは、決して短すぎる月日ではないと思う。実際利憲は学校にも通っているようだし、遊んでいればそれなりに笑みを浮かべたりもする。要は事件に対して、自分がこれからどういうスタンスで生きていったらいいのか、それがまだ分からないのだと思う。

「うん……そう。ほんとはね、今日お話ししてくれたら、それが一番いいの」

利憲は表情を曇らせ、左手の小指を見つめた。確かに、注視してもそれとは分からないほど綺麗にくっついている。

「ねえ、じゃあ、利憲くんの話はあとでいいからさ、お姉さんの話、ちょっと、先に聞いてくれるかな」

美咲は、春子の隣に利憲を連れていき、彼をはさむようにして、自らもベッドに腰を下ろした。春子が、そっと利憲の肩に手をかける。

「……実はね、一週間とちょっと前にね、お姉さんも、事件に巻き込まれちゃったんだ。犯人は、たぶん利憲くんの事件と、おんなじ人」

はっと、利憲は目を上げた。

「だって、お姉さん、刑事なんでしょ」

「あは、知ってた？」

「知ってるよ。だってママが、今日刑事さんがくるって、いってたもん」

別に誤魔化すつもりもなかったが、そうだったのか。

「うん。でもね、刑事でも、そうなっちゃうことってあるの。ちょっと、怖いかもしんないけど、聞いてくれる？」

美咲は利憲の左手を握った。彼は頷き、されるがままに手を預けてきた。

「その犯人はね、一人のおばさんを……ママよりもっと年上の、女の人を捕まえて、その人の家に、勝手に入っちゃったの。で、警察の人がそのお家を囲んで、そんなことよしなさいって、大きな声でいったり、電話したりしたんだけど、駄目だったのね。

だから仕方なく、お姉さんが、ご飯をね……変だと思うかもしれないけど、犯人だって、その捕まっちゃったおばさんだって、時間が経ったらお腹が空くでしょう。だから私が、ご飯を持っていったのね。もちろん、私だってやめなさいっていうつもりだったんだけど。でも、失敗しちゃった。ご飯だけ食べられちゃって。

……私もね、その犯人に、捕まっちゃったんだ。中にいたそのおばさんと一緒に縛られて、そういうの〝人質〟っていうんだけど、結果的には、その人質が、一人から二人に増えちゃったの」

利憲の手に力がこもる。彼なりに想像して、大変な状況であることは理解しているようだった。

「犯人は、包丁を持ってた。それを、私やおばさんに向けてきた。きっと殺されちゃう。

そう思った」

キュッと目を閉じる。自分の陥った状況と重ね合わせているのだろう。手には汗が、じんわりと滲んできていた。春子も厳しい目つきでこっちを見ている。いや、彼女の場合は、嫌なことを思い出させるなという抗議の意味か。

「……お、お姉さんも……」

「ん？」

「……お姉さんも、怖かった？」

すべすべしていそうな頬に、透明な雫(しずく)が、ひと筋伝った。

美咲は指先で、それをすくいながら頷いた。

「怖かったよ。すっごく怖かった。……でもね、私も怖かったけど、その、最初から人質になってたおばさんはね、もっと怖かったと思うんだ。その人が、怖くて怖くて震えてるのが、私には分かったの。それでね、思ったの。怖いのは私だけじゃない。怖いなんていってられない。この犯人に負けちゃ駄目だ。怖いなんていって縮こまってちゃ駄目だ、って。

そのあと犯人はね、私とおばさんを一緒に車に乗せて、逃げようとしたの。私たちが助かるとしたら、その車に乗るとき、その瞬間しかないって、私は思った。でもそこで、急に犯人が怒り出しちゃってね、包丁で、おばさんの方を切ろうとしたの……でも、私は刑事でしょ。守らなきゃ、この人を助けなきゃって思って、そしたら……」

利憲の手を放し、美咲はブラウスのボタンに指をかけた。

向こうにいる春子の顔が、疑問と驚愕に凍りつく。

襟を開くと、白い大きなガーゼが露わになった。美咲はテープをはがし、まだ抜糸のすんでいない傷を、利憲に晒した。

「……私の方が、切られちゃった」

利憲は、両目を涙で一杯にし、美咲の胸の傷を一心に見つめた。

まだ所々に血の塊が黒く残っている、糸できつく合わせてあるだけの、十六センチの傷。

長い時間、そうしていた。あとからあとから流れ出る涙を拭うこともせず、利憲は美咲の傷を見つめ続けた。

やがて利憲は、震える声でひと言、搾り出した。

「……痛かった？」

美咲は、頷いてみせた。

「痛かったよ。血も、いっぱい出た」

美咲の目にも、涙があふれた。

「怖かった？」

「怖かったよ。泣きたいくらい、怖いよ……今でも」

「その傷、治る？」

安心させよう、笑みを作ろうとしたけれど、上手くできなかった。

「んん……利憲くんみたく、綺麗には、治んないかも」

「……お姉さん、悲しい？」

「うん、悲しい。とっても」

「悔しい？」

訊かれて、美咲ははっとする思いがした。

——悔しい……。

そう。たぶん自分は、この言葉を探していたのだと思う。

自分と利憲が、気持ちを共有できる、ひと言。

「……うん、悔しいよ。ぶん殴ってやりたいくらい、悔しい」

もう一度、利憲の手を握る。

「ねえ、利憲くんも、悔しい？」

利憲は、ぎこちなく頷いた。そのまま、また美咲の目を見つめる。

「ほんとに、悔しい？」

また頷く。

「お願い、ちゃんとお姉さんにいってみて。悔しい？」

「……うん……く、悔しい……」

すると、堰(せき)を切ったように利憲は泣き始めた。

「怖かったんだ、僕、怖かったんだ……」

美咲は彼を抱きしめた。傷を負った胸に、利憲を抱き寄せた。

「悔しい、悔しいよ、お姉さん、僕……悔しいんだ……」

怖いということに、悔しいと言葉にすることに、どれほどの意味があるのかは分からない。だが美咲は、少なくとも今の自分たちには、とても意味のあることなのだと感じていた。そしてそれを利憲も感じてくれていると、確信していた。

美咲と春子が二階に上がってから、応接間に残された東は二時間以上の間、一体何を考えていただろう。

利憲を従えて階下に下り、応接間のドアを開けると、東は飛び跳ねるようにソファから立ち上がった。

「……お待たせ、しました」

美咲が微笑んでみせると、ちょっと怖い顔をされた。

またテーブルを囲むよう、美咲は東の隣に座り、利憲は春子と向かい側に座った。

「じゃ、利憲くん、お願いね」

彼は力強く、うんと頷いた。

田辺家には前もって岡村の顔写真を届けてあるはずだが、今はそれは使わない。美咲は自分のカバンから封筒を出し、五枚の写真を抜き出した。一枚はもちろん岡村。残りの四枚はダミー。まったく事件には関係ない男たちの顔写真だ。

一枚、また一枚、利憲に向けてテーブルに並べる。三枚。四枚めで利憲の目の色が変わった。五枚。並べ終えて美咲は両手を膝に戻した。

「利憲くん。この中に、あの事件の、犯人の人は、いますか」

こくんと、利憲は確かに頷いた。

「こいつ」

四枚めを指差す。間違いない。岡村和紀だ。

東が、尖った喉仏を上下させて生唾を飲む。

「ありがとう。とっても、参考になったわ」

利憲は目を上げ、東と美咲を交互に見た。

「お姉さん。この人は、まだ捕まってないの」

「いえ、捕まったわ。私の仲間が、ちゃんと捕まえたよ」

「じゃ、こいつの、他の仲間は？」

「それはまだ。それはこれから、私たちが捕まえるの」

「捕まえ、られる……の？」

「うーん、分かんない」

隣の東が「おい」と漏らしてこっちを睨む。

「だって……ねえ？　絶対に捕まえるって約束したって、実際に捕まえられなきゃ、しょうがないじゃない。だけど……うん、頑張る。利憲くんが協力してくれたから、お姉さん頑張るよ。今日も、明日も、あさっても、利憲くんに、怖いことした犯人を捕まえられるように、ずーっと頑張る。捕まえられるまで、毎日毎日、一所懸命、頑張るよ。

……きっとね、もう駄目かなって、思っちゃうことも、あると思うんだ。でもそんなとき、お姉さんは、今日頑張ってくれた利憲くんのこと、思い出す。そしたらまた、きっと頑張れる。なんか、そんな気がするんだ」

利憲は、笑顔を見せてくれた。そして「頑張って」と力強く、拳を握って、向けてくれた。

田辺家を出た途端、東は美咲の肘をつついた。

「おい、上で一体、何をしてたんだ」

「何って……まあ、打ち解けるまでは、サルゲッチュですね」

「ハァ？」

可笑しい。二枚目の東でも、表情を崩すとこんな顔になるのか。

「サルゲッチュ。ゲームですよ。知らないんですか？」

「知らないよ、そんなもの。……で、ゲームを一緒にやると、捜査に協力してくれるのか」

「さあ……東さんもいかがですか？　サルゲッチュ」

「サル、ゲッチュ……」

「そう、サルゲッチュ」

どんなゲームかと訊かれても、美咲は絶対に教えてやらなかった。

4

通常一週間かかるとされるＳＡＴへの試験入隊訓練は、当初の予定通り三日で終了となった。

これまでの候補生と比べて、女の自分がいい結果を出せているとは、基子はまったく思わなかった。ＳＡＴ候補生といえば、東京中の機動隊員の中から選りすぐられた猛者の集まりだ。男の中でも、特に高い運動能力と攻撃力を有する、サイボーグのような連中ばかりなのだ。そんな奴らに、性別を超えて自分が勝利する結果を出せたはずがない。

だが、どういうわけか基子は、SATへの正式入隊を許された。

「早速今日から、小銃操法のカリキュラムに合流してもらう」

先行グループにあとから加入する形で、基子は新入隊員訓練に参加した。

座学と呼ばれる講義形式の訓練では、射撃理論、弾道理論、射撃要領をみっちりと叩き込まれた。その同じ教場で、銃器の組立・分解の訓練も行われた。

拳銃はリボルバーならニューナンブM60、オートマチックならシグ・ザウエルP226、P228、P230、ヘッケラー&コッホP9S。この辺りは特殊班でも日常的に取り扱っていたから問題なかった。

だが、八九式小銃ともなると話は別だった。八九式は、自衛隊でも武装の中心的役割を担うアサルトライフルだ。フルオート(自動連射)、三点バースト(自動三連射)、セミオート(自動単射)の機構を備えた日本を代表する名銃で、旧型の六四式と比べると部品点数もだいぶ減っており、多くの点で改良がなされている、と講義では習った。

「おい四番、ガスシリンダーくらいスコッとはめろ。もう一分しかないぞ」

先行して訓練に入っていた三人の男性隊員は、さすがに手つきが慣れていた。彼らの訓練は開始からすでに一ヶ月が経過しているという。技術差は歴然としていた。

さらにサブマシンガン、MP5A4、MP5A5も扱う。これは拳銃弾を使用する接近戦用の小型マシンガンだ。やはりフルオート、三点バースト、セミオートの機構を備え、他にも消音機能を付加したMP5SD4、MP5SD6というモデルが用意されていた。

「明日からは目隠しでやってもらうぞ。見てやれるのは今日までだ……おい四番、そんな入れ方したらロッドが曲がっちまうぞ」

それでも、基子は彼らに勝とうと躍起になった。実はそんなことは誰も期待していないし、要求するつもりもないのかもしれないが、基子は歯を食い縛って彼らの背中を追った。

射撃訓練は、江東区新木場の警視庁術科センターで行われた。

「だから四番、力を抜けといっとるだろうが」

拳銃の射撃は中級の腕前だったが、ライフル、サブマシンガンとなると、これも手元が狂いまくった。

「コラ四番ッ、人質も犯人も皆殺しにする気かッ」

気力が萎えそうになることなどなかった、といったら嘘になる。だが基子は、訓練はしょせん訓練だと割り切り、忍の一文字で耐え続けた。この厳しい訓練を通過しなければ実戦はない。この男どもに負けたら明日はない。そう声に出さず唱えることだけが、自分を支える唯一の方法だった。

そう。いつだってそうだったのだ。

練習で押さえ込まれても、投げられても、試合で勝ってきたのは基子だった。別に猫をかぶっていたわけではない。手を抜いていたわけでもない。ただ滅法、本番に強い体質なのだ。

よりリアルな戦い。常にそれが基子を強くしてきた。今だってそうだ。ここをやり過ごせば、また自分は強くなれる。今日より明日。明日よりあさって。一日ずつ強くなっていく自分を感じられるなら、それでいい。

その行く先がどんなところであるのかなど、今の自分は、考えなくていいのだ。

訓練も三週間が過ぎると、三人の先任隊員との差も少しずつ縮まってきた。遅れてきたのだからと、特別に多く実弾を撃たせてもらったり、やり直しを許されたりしたこともあるにはあったが、結果として実力をつけたのは基子自身なのだから、恥じる気持ちは一切なかった。

基礎体力強化の訓練も一方では続けられ、実際のオペレーションに関する座学も始まった。人質立てこもりの現場建物への潜入、ハイジャック機へのアプローチ。早くこれを実技でやってみたい。八九式やＭＰ５を撃ちながら、敵のいる現場を駆け抜けてみたい。

先が見えると、自然と気合いも入った。

訓練は、ときには夜間に及ぶこともあった。実戦が昼間であるとは限らないのだから当然だ。

特に重点的に行われたのが、暗視スコープ付きライフルの取り扱いだった。赤外線を用いて暗闇を昼間のように見せてくれる暗視スコープは、逆に覗き穴から明るい光が漏れるという、構造上どうしようもない欠点も持ち合わせていた。
《待機……》
三十メートル離れた場所から、指導官が無線で指示を送る。
《前進用意。……前進開始》
まずは暗視スコープをオフにした状態で移動する。
《停止。対象確認準備……確認開始》
いわれた場所で止まり、覗き穴に目を押しつけてから、スイッチをオンにする。この順番を間違えたり、押しつけが充分でないと目元から光が漏れてしまう。
《対象確認解除……待機》
今度は逆の順番。スイッチを切り、光が消えたのを確かめてから目を離す。
《前進用意。……前進開始》
これを延々繰り返す。何十回もやっていると、さすがに誰もが一度や二度は失敗する。
《対象確認……オイッ、一番三番、もっとしっかり押しつけろッ》
暗闇に明かりが見えれば、敵は警戒心を強める。最悪の場合はそれだけで攻撃の対象にされる可能性が生ずる。何十回、何百回やっても失敗しないだけの訓練が必要なのだ。
《反転。退却用意》

実戦に近くなればなるほど、基子の失敗は少なくなっていった。それは想像力の違いなのかもしれないし、集中力や、あるいは行動と思考を分離させる独特の精神構造のお陰なのかもしれない。

《よし、全員戻ってこい》

訓練が終了したのは夜中の三時だった。

さすがに、隊庁舎も暗く寝静まっている。

「お疲れさまです」

夜間警備に立つ隊員に挨拶をして庁舎奥の浴場に向かう。明るいところで見ると、濃紺の活動服は砂と草と汗にまみれ、ひどく汚れていた。

三人の先任隊員とは特に交わす言葉もなく、基子だけが女性用のシャワー室に向かった。このところ、あの三人の、基子に対する目つきが尋常でなくなってきている。それが何を意味するのか、正確なところは分からない。だが、あらゆる意味での注意は必要だと、基子は思っていた。

軽く汗を流し、裸のまま脱衣場に出ると、まさにその予想された事態が待ち受けていた。

「伊崎巡査ぁ……」

顔も首も泥だらけ。筋肉質の体はすり傷だらけ。そんな男たちが三人、薄笑いを浮かべて立っている。

石毛(いしげ)巡査、井出(いで)巡査、中田(なかた)巡査。同期といってもいい、共に訓練を受ける新入隊員たち。

「なに。用があるんだったら、ひとっ風呂浴びてからにしたら。あたしは逃げも隠れもしないから」

背中を拭きながらいうと、石毛が下卑た笑いを漏らした。一番向こうにいた中田が、ドアに鍵をかける。

「汗の臭いが好きな女だっているだろう。あんたもその口じゃないのかい」

「あいにくだね。あたしの嗅覚(きゅうかく)は犬並みだからさ、臭いのは人一倍苦手なんだよ」

「ほう、そうかい。そりゃ残念だな。……でも、あんたはけっこう、俺たちの好みなんだよ」

井出だけは白いランニングシャツを着ている。他の二人はパンツ一丁だ。基子はロッカーからショーツを取り出した。

「……いいよ別に。下着なんて、着なくてよッ」

いきなり、石毛と井出が飛びかかってきた。すぐに中田も加わる。

「クッ、なにすんだよッ」

まあ、そんなふうにいいながらも基子は、色々と考えを巡らせていた。一応シャワーを浴びながら、できる準備はしておいた。そこのところは問題ない。

「は、ハッ……そっち、手、手ぇ押さえろ」

こういうことで順番を間違ったら元も子もない。まずは抵抗をしながら、チャンスを待つ。

「い、イテッ、こ、コノヤロウッ」

石毛を蹴ったら反撃のビンタを喰らった。右手は中田、左手は井出に押さえられている。そもそもこっちは全裸だ。決定的状態になるのは、もはや時間の問題だった。

「大人しく、しとけって」

石毛が基子の両足を抱える。なんとか膝で割り込み、基子の脚を開かせようとする。

「おら、早く姦（や）っちまえよ」

井出が片手を貸す。石毛の腹が、ついに脚の間に入ってくる。

「ハッ、フハッ」

石毛が慌ててパンツを下ろす。怒張した男根が、基子の陰毛の向こうに覗く。中田は基子の顔と石毛のそれを見比べながら、右の乳房を乱暴に揉（も）みしだいた。井出ももう我慢の限界なのか、抱え込んだ基子の左腕に、自分の股間をこすりつけている。

「いい、い、いくぜっ」

「イヤッ」

泣き顔を作り、しおらしくいってみせると、石毛は嬉しそうに、基子の膣（ちつ）に先端を捻じ込んだ。

「ンムッ」

石毛の、顔つきが変わる。

――ばーか。

お前はハメたんじゃない、ハメられたんだよ。そう、いえるものならいってやりたい。

「ングハァッ」

すぐに石毛が腰を引く。井出も中田も、まだこの状況を理解してはいない。だが、

「お、おい」

「うわっ」

石毛の男根、その先端から鮮血が噴き出すのを見て、二人も顔色を変えた。

「ウアァァァーッ」

チャンスだ。反撃開始だ。

基子は井出と中田の尻に手を回し、同時に二人の肛門に親指を捻じ込んだ。中で鉤形に指を曲げ、そのまま、肛門の襞を毟り取るように引き抜く。

「グギャァァァーッ」

「ンガッ、ガ、ンガッ」

石毛は顔に脂汗を浮かべ、どうしたらいいのか分からないというふうに、出血の止まらない自分の男根を見つめている。井出と中田は便の混じった血を漏らしながら、尻を押さ

えて床をのた打ち回っている。

基子はまず、水揚げされた海老のように反り返っている二人に、サッカーボールキックをお見舞いした。井出の、垂れ流しの尻に、恐怖に歪んだ顔面に、よく鍛えた腹筋に。中田の、刈り上げた後頭部に、すっかり赤黒く汚れたパンツに、贅肉のない脇腹に。

悲鳴がうるさかったので顎に膝を落としてやった。二人とも、ごぐっ、という音のあとは静かになった。

「ひ、ひぃ、ひぃ……」

残っているのは、もう石毛一人だ。

「どうしてそんなことになっちまったのか、種明かししてやろうか」

基子は自分の股間をまさぐった。すっかり血にまみれて赤くなった、ペットボトルの蓋を膣から抜き出す。

「……ここにさ、剃刀を仕込んでおいたんだよ。上手く入れないと、あんたのセガレに刃が向かないから、ちょっとコツは要るんだけど。ま、あたしは慣れっこだからさ、こういうの。最初は失敗して、入れるときに自分の指を切ったりもしたけど、今はね、上手いもんだよ。すぽっと入れて、キュッとやっとけば、あとはあんたみたいな馬鹿が、アホヅラ晒して突っ込んでくるのを待つだけ……ってわけさッ」

低空の左回し蹴りを顔面に見舞う。

「ほらもういっちょッ」

今度は右。倒れたら踏みつけ。血だらけの股間を押さえる、その手のガードの上から踏みまくる。

「ほら、ほらよッ、どうしたほらッ、かかってこいってんだ、この筋肉馬鹿がッ」

脱衣場は、血の海になった。

「……まったく、だらしねえな」

基子は洗面台で手と足を洗い、ロッカーから荷物を取り出した。なるべく床が汚れていない出口付近で服を着る。

「いつでも相手になってやっからよ、怪我が治ったら出直してこいや。……それから、掃除は朝までにお前らがしとけよ。汚したのはあたしじゃないんだから」

まあ無理だろうとは思いながら、ドアノブに手をかける。

この事態が最終的にどう収束するのか。そんなことには興味がない。先行して訓練に入っていた連中より、やっぱり自分は強かった。その事実を確認できたことの方が、基子にとっては有意義だった。

これが原因でSATへの入隊が取り消されたとしても、それはそれでいい。警察をクビになるのなら、それも致し方ないだろう。間違っていたのは自分ではない。SAT初の女性隊員を作り出そうとした太田に、おそらくすべての責任はある。

——あとは周りが、勝手にやりゃいいんだよ。

ドアを開ける。まさか、そこに人がいるとは思っていなかったので、基子は不覚にも驚きの声を漏らしてしまった。

「な……なに」

この界隈には珍しい女顔の、すらりと背の高い男だった。腕を組み、向かいの壁に寄りかかっている。確かこいつもSATの隊員、第一小隊の、なんという巡査だったか。

「……ずいぶん、派手にやったみたいだね」

顔を傾けて中を覗き込む。

「なに。あんたも仲間に入りたかったの。だったら今から相手になってやってもいいよ」

男は苦笑いを浮かべた。

「僕は、こういうことは好きじゃない。そいつらのやろうとしたことも……君がとった、反撃の方法も」

「へえ、挨拶する前に嫌われちまったか。残念で涙が出るよ」

「どうするつもり？　これ、ただじゃすまないよ。とりあえずこいつらは、もう使い物にならないだろう。SATの隊員としても、警察官としても」

「なに。あたしはこいつらの、老後の心配までしてやんなきゃいけなかったの」

「うん。少なくとも警察官なら、こういう方法をとるべきではなかったと思うね。……いや、人間なら。人間として、同じ人間に対する、最低限の愛があるならば」

　基子は睨んだ。何がいいたいのかよく分からない。何より、どうしてこの場に「愛」が出てくるのか、その文脈が理解できない。

「愛？　そんなもんあるかっつーの」

　相手をするだけ時間の無駄だ。もういこう。

　基子は、襲われても対処できるだけの注意を背後に払いながら歩き始めた。だが、男が動く気配はまったくなかった。

「……雨宮(あまみや)、雨宮崇史(たかし)。SAT第一小隊の巡査だ」

　なかなか、洒落たタイミングで自己紹介をしてくれるじゃないか。

「覚えとくよ、先輩」

　基子は肩越しに手を振った。

　少し疲れた。眠くなってきた。

5

　七月十九日、火曜日。岡村和紀が碑文谷署に移送されてきた。

「門倉。甘い顔は見せるなよ」

東は美咲の両肩をつかみ、真っ直ぐ目を覗き込んだ。

「はい……」

岡村云々より、今のこの状況の方が、よほど美咲はドキドキする。

――見つめられちゃった……。

だが、そんな浮ついた気持ちも、長く続きはしない。

調室で待っていると、警務課の留置係員が岡村を連れてきた。

のっそりとした長身、頬骨の突き出た骸骨のような顔。否が応でも甘い顔などできなくなる。あの夜、明滅を繰り返す江藤家の、リビングの記憶が蘇る。

岡村が東の向かいに座る。ふて腐れた顔をしていたが、目を上げると、その表情は一変した。東の左後ろにいる、美咲に気づいたようだった。

「あんた、あんときの……」

呆然（ぼうぜん）と見つめ、やがて薄笑いを浮かべた。

「そうかいそうかい……あんた、そうだったのかい」

「岡村」東が厳しい声で割って入る。「もう慣れっこだとは思うが、一応初回だからいっておく。私は捜査一課の東だ。お前には黙秘権がある。いいたくないことはいわなくても、罰せられはしない。だが発言は調書に記録され、裁判で証拠として採用される。いいな。また弁護士と一度だけ接見することができるが、希望するか」

「しねーよ」

「では始める」

　東はまず、荻窪での逮捕時に押収した、岡村の所持金を提示した。

「これは、お前が逮捕されたときに持っていた現金だ。無職にしては、ずいぶん持っているな。どうやってこの金を手に入れた」

「ふん……」

「何か、いいシノギでも思いついたのか」

　岡村は、美咲を見てはニヤリと笑い、鼻息を吹いてはあらぬ方を向いた。

「黙ってちゃ分からんだろう。どこで手に入れた。あるいは……どうやって、手に入れた」

「その前によぉ」

　岡村はぶらりと手を上げ、指差した。

「そっちのおネエちゃんの名前、教えてくれよ」

「岡村ッ」東は掌で机を叩いた。「彼女の名前なんてどうだっていいんだ。お前はお前のやったことを素直にしゃべ……」

　美咲はそっと、東の肩に手をやった。

「主任、いいんです」

「……門倉」

　へえ、門倉さんか、と岡村が呟くと、東はまた怒鳴り出しそうに肩を怒らせた。なぜ自分が、と思いながらも、美咲は「まあまあ」と東をなだめた。

「そう、門倉美咲です。あなたの取り調べには、よほどのことがない限り私がつきますから。どうぞよろしく」

　東が振り返って睨む。甘い顔をするなといっただろう、と今にも怒鳴られそうだ。

「ミサキって、どういう字書くの」

「美しく咲く、美咲です」

　岡村は腹を叩いて笑った。

「あんたそれ、自分でいってて恥ずかしくねえの」

「ああ、ちょっと照れますね」

　東が「もういいだろう」と割って入る。

「何が、もういいんだよ」

「無駄話は終わりだ」

「無駄かどうかは分かんねえだろうが」

「少なくともお前の犯した罪と、彼女の名前に関わりはない」

　岡村は挑発的に顎を上げてみせた。

「俺はこの女に怪我を負わせてる。それで関わりがねえはずがねえだろうが」

「その件については荻窪でケリがついてる。ここでとやかくいう問題じゃない」

すると岡村は、机に身を乗り出して東を睨んだ。

「それはあんたら警察の問題だろ。それとか裁判とかよ。でもよ、人間ってのはそういうもんかい。告訴して起訴して裁判やるんだったら、被害者と顔合わせても、あんた誰だっけでいいのかい」

驚いた。あの夜の様子や、これまで見聞きした情報で低俗なチンピラ程度に思っていた岡村が、まさか、こんなまともな言葉を吐くとは――。

「彼女に、謝罪したいとでもいうのか」

「ああ……したいねえ。シャザイシャザイ」

「だったらしてみろ」

途端、岡村はばつの悪そうな顔をし、口を尖らせた。

「ほら、謝罪してみせろよ」

ゆらゆらと、頭を前後させる。

「……悪かったよ」

「立派なことをいうわりには、そこらのガキと変わらんな」

岡村はチッと舌打ちした。

「……だいたいよぉ、あんときゃあ、オメーらが退いたってから出てったのによ、いるんだから汚えじゃねえか。それでカッときちまってよ、そんで、あのババァからブッ殺してやろうと思ったらよ、こっちの……美咲ちゃんに、当たっちまったんだよ。最初から、そうしようと思ってたわけじゃねえんだ」

「分かってます」

美咲は頷いてみせた。また東が振り返って睨む。そうか。甘い顔をしてはいけないのだったか。

「……だからよ、あんたにゃ、可哀想なことしたなって、ちったぁ思ってたんだよ。……そんだけだよ」

なんだか、妙な取り調べの始まりだった。

決して岡村は、素直に喋ったわけではなかった。途中で何度も事実について誤魔化そうとしたり、忘れた振りをしたり、いい直したりした。だが初日の終わりには、一応『利憲くん事件』に関与したことを、大筋で認めた。まずまずの流れだと思う。

「……その五十二万は、だから、その……分け前のよ、最後の残りだったんだよ」

「部屋からさらに三十一万円出てきた。それも身代金に含まれていた札の番号だったが」

「あー……だから、それもねぇ……そう。それも含めて、分け前だったんだよなぁ」

「合計八十三万円。いくらが減ってこの額になったんだ」

　また黙る。

「ずいぶん派手に使ったってなぁ。銀座のクラブで、ひと晩に百万から遊んだ日もあったってじゃないか」

「……そんなのは、一回こっきりだよ」

「だがそれでも百八十万は超える。なんでも、今のアパートの敷金礼金も、ビシッと一括で払ったそうじゃないか。二十五万円」

　答えない。

「二百万は超えてるな」

　眉をひそめる。

「お前、昔の女にネックレス買ってやって、ヨリ戻さないかっていったんじゃないか？彰子。吉岡彰子だよ」

「チェッ。知ってんだったらいわせんじゃねえよ」

「甘えるな。お前がいわなくて誰がいう」

「そんなよぉ、レディの前で、昔の女の話なんてよぉ……」

　段々分かってきた。

　この岡村という男、悪党は悪党なのだろうが、少なくとも「大」の付く部類ではないのだ。暴力団員であった過去は褒められたことではないし、『利憲くん事件』に関与したという点だけをとっても善人であるはずはないのだが、凶悪犯というのとは、おそらく違う。いうなれば肝っ玉の小さな、せいぜい「小悪党」といったところだ。先の立てこもり事件も、ふいに職質を受けてパニックに陥った末の凶行だったのではないか、と美咲は考えた。

「……五百。五百万もらったんだよ。分け前としてな」

「主犯はお前か」

「だから違うってばよ。ちゃんと聞いてろよ。俺は頼まれて協力しただけなの」

「じゃあ主犯は誰だ」

再び黙り込む。

「おい、この期に及んで、誰をかばい立てしてるんだ」

「別に、かばい立てっつうか……」

共犯の話になると、岡村の口は急に重くなった。

『利憲くん事件』の手口は、実に計算し尽くされたものであった。計画性や、相手の心理を深く読みとる洞察力も、あの犯行には必要とされたはずである。それがこの岡村にあるかというと、現段階では印象の域を出ないが、まずないだろうと美咲は思う。岡村が単なる共犯であり、主犯は別にいるという線は、おそらく間違っていない。

では、その主犯とは誰なのか。岡村にとって、どんな存在なのか。

ひと晩明けると決心がついたのか、岡村は主犯について喋り始めた。

「……もうこれは、罪にはならねえと、思うんだけどよ。実は、十年くらい、前の話、なんだけどな……その、実はよ、俺は、ある子供を、一人、誘拐したんだよな」

「なにィ？」

岡村は慌てて両手をかざした。

「違う違う、未遂だよ未遂。脅迫とかよ、そういうこたァなーんもやっちゃいねえんだ。ただ、その……中国人のよ、密入国者だよ。そういう夫婦の、間にできた子供をな、誘拐したんだよ」

東が姿勢を正すと、岡村は頭を掻きながら先を続けた。

「その夫婦、えれー真面目に働いててよ。金持ってんのは知ってたんだ。そんで、それをアパートに隠してることも、知ってた。……ああ、俺が一時期働いてた、中華料理屋で、一緒だったんだよ、その夫婦とは。……んで、なんとかよ、大袈裟にならない方法で、その金をちょうだいできねえかって、考えてよ。その、子供をな、誘拐しようって、思いついたわけよ。……ヘイハイズって、知ってるかい」

東は「いや」とかぶりを振った。むろん美咲も知らない。漢字では「黒孩子」と書くと、岡村はいう。

「……そういうよ、密航者の間に生まれた子供ってのは、中国籍もなければ、もちろん日本国籍もねえわけだよ。つまりどこにも国籍がない、この世には存在するはずのない人間なんだよ。だからよ、そういう子供を誘拐しても、親は簡単には、警察には届けねえだろうって、まあそういう考えだったわけだよ、俺としては」

「見下げ果てた奴だな」

岡村は口を尖らせたが、少しは自分でもそう思うのか、顎を出して頷いた。

「……でもまあ、そうそう上手くはいかねえもんでな。俺がそのガキを誘拐した直後に、その夫婦は、入管に摘発されちまったんだよ。俺がまだ、ガキを預かったとも、金よこせともいう前に、捕まっちまったんだ。……むろん、そいつらの稼いだ金も、入管が押収したんだろうな。俺の手元には、名前も知らねえ、小汚えガキが一人、残っただけだったよ」

東が咳払いをはさむ。

「いくつくらいの子だ」

「よく分かんねえけど、十歳には、なってなかったと思うな。チビっちぇえ、痩せこけたガキでよ。とにかく日本語が通じねえもんだから、なーんも分かんねえんだ。年も、名前も。……んで、別に俺が食わせてやる義理もねえもんだから、放り出したんだよ。そこら辺に。そしたら、いくとこなくなったもんだから、戻ってくんだよ、俺ん所に」

「仕方ないだろう。お前が誘拐さえしなければ、親と一緒に強制送還してもらえたんだろうからな」

岡村は不敵な笑みを浮かべ、小首を傾げた。

「そいつぁどうかな。あっちにしてみりゃ、日本で生まれたんなら、日本人だろって話に、なるんじゃねえか？」

それも一理あるな、と東が頷く。

「どっちにしろ、俺のガキじゃねえんだからよ、居つかれても困んだよ。挙句に、言葉は通じねえし、薄気味ワリい、ギョロギョロした目で、じぃーっとこっち見てやがるし……結局、逃げ出したのは俺の方さ。三日もしてヤサに戻ると、いなくなってたけどな」

「……岡村」

東は背もたれに寄りかかって腕を組んだ。

「お前、なんの話をしてるんだ。十年前に失敗した誘拐と、利憲くんの事件とは、何か関係があるのか」

岡村は「ああ」と、照れたように苦笑いを漏らした。

「だからよ、そのガキなんだよ。誘拐の主犯は」

「ハァ？」

「だからワリいけど、名前もなんも、分かんねえんだ」

東は思い切り机に拳を落とした。

「いい加減なことをいうなッ」

「いい加減じゃねえよッ」

岡村も真剣に怒鳴り返す。

「本当だよ。奴はこの十年、ときどきふらっと俺の前に現われちゃあ、俺がメシ食わしてやったり、奴がたこ焼き買ってきたり……そういう付き合いだったんだよ。それがなんでかは知らねえけど、今度のヤマに誘ってきたんだ。だから年も名前も分かんねーんだよ」

「これまで散々悪事を働いてきたお前が、そいつとは十年、何もヤマを踏まなかったっていうのか」

元来正直な性格なのだろう。岡村はぐっと言葉を詰まらせた。

「いや……やって、ねえよ……」

「嘘をつけ。ケチなヤマをいくつか踏んで、それでその延長で、お前がそそのかして利憲くんの誘拐に協力させたんじゃないのか。お前にとっては、一度失敗した誘拐のやり直しってわけだ」

今度は「違う違う」と、子供のように頭を激しく振ってみせる。

「そうじゃねえって。仕組んだのは奴だ、俺じゃねえって」

「嘘をつくな」

「嘘じゃねえよ、本当なんだよ」

「だったら名前だけでもいってみろ」

「だから知らねえんだって」

「十年付き合ってて、名前も知らないなんてあるはずがないだろう。だいたい、あれだけのヤマ踏んどいて、なんの相談もしなかったはずがないんだ。お前はこうしろとか、あんたはどうするとか、そういう相談のときに、何か名前を呼び合っただろう」

岡村は、すっかり整髪料の抜けたパサパサの髪を掻き毟った。

「だからよぉ……」だらりとうな垂れる。「奴らの会話は、全部中国語だからよ、俺には分かんねえんだよ」

「奴ら、ってのは、そのガキの他にいた、共犯のことか」

「四人だよ、俺が誘拐したガキを入れて、四人。俺を入れたら五人ってわけ」

利憲の証言でも、犯人グループは四人以上ということになっていた。とりあえず、食い違ってはいない。

「他の三人も、全員中国人なのか」

「たぶん……まあ、台湾とか混じってても、俺にゃあ分かんねえけど……」

「その三人の名前も、分からないのか」

「ああ。一人も知らねえ。そもそも、知ってるのはそのガキ一人だけだったからな。他の三人は、顔も見たことなかった」

「でも、何かあっただろう。キムとか、ワンとか、リンとか」

岡村は頭を抱え込んだ。

「チンとか……なあ、何かあっただろう」

すると、何か妙な臭いでも嗅(か)いだような顔で、岡村は左の壁を見やった。

「そういや……」

「うん、なんだ」

「ジウ、ジウ、って、呼ばれてた気も、するな……」

「ジウ？　それが名前か」

「だから知らねえっつーの。もしそうだとしても、あだ名とかそういうもんかもしんねえしよ」

「どういう意味だ」

「だから俺は中国語は分かんねえの。ギョーザとラーメンとホイコーローくらいしか知らねえの」

「ニーハオくらい分かるだろ」

「バカにしてんのかコノヤロウ」

強行犯の取り調べって、こういうもんなのかなぁ、などと思いながら、美咲は要所要所で記録をとった。

「じゃあまあ、主犯は、そのジウと、いうことにしておこう」

「しておこうじゃなくて、そうなの」

「名前も分からんくせに断言するな」

「へーへー」

再び東は、背もたれに身を預けた。

「で、他の三人の年恰好は」

「あー、若えよ。だいたい奴と同じくらいだったかな」

「ジウを含めて、同じくらいの二十歳前後の若者と、お前の五人で犯行に及んだと、そういうことでいいか」

こっくりと、ふざけたように頷く。

「そうね。そういうことになるかね」

「そこでの、お前の役回りはなんだった」

「んー、電話、だよな。何しろほら、日本語喋れるの、俺だけだったから」

東は机に肘をつき、それは変だろうと指摘した。

「他の四人の、誰も日本語を喋れなかったら、誰がお前に電話の内容を指示したんだ。本当はお前が主犯なんじゃないのか」

「違うって、そりゃ違うってばよ」

主犯だろうといわれるたび、岡村は滑稽（こっけい）なほど動揺してみせた。

「そう、そうそう、最近はさ、奴も日本語、そこそこ喋れるようになってたんだよ。でも、ほら、そういう電話で、下手をやったら台無しだろ。そこで俺のこと、使おうと思ったんじゃねえか？　うん、つまりそういうことだよ」

東が鼻で笑う。

「また、いい加減なこといいやがって」

「本当だってば」

「本当は、ジウなんて男はいないんじゃないのか」

「ちがーうよ、いるんだよ本当にそいつは」

「どこに」

急に、岡村が勢いをなくす。

「おい、どこにいるんだよ」

「それは、ちょっと……今は、分かんねえけど……」

「だいたい、住所不定のお前とジウは、どうやって会ってたんだ。あっちの居場所が決まってなかったら、どうやってこの十年、付き合ってきたんだ」

「そりゃ、つまり……歌舞伎町をブラブラしてっと、会うんだよ。偶然に」

「ほんっとにお前は、いい加減なことばっかり……」

「いやいや、ほんとにそうなんだってば。なんかよ、いるんだよあいつが、いつのまにか俺の目の前に。そうすっと、よう、元気かみたいに、なるだろうが普通は」

「いや、普通はそんなふうにはならない」

「いやいやなるって。そうなるって、歌舞伎町だったら」

「それなら、歌舞伎町を探せば、ジウに会えるな」

「ああ。二、三年かかるかもしんねえけど」

「それじゃあ困るだろう。ジウが見つからなかったら、お前が主犯ってことで起訴することになる」

「おい、ちょっと……勘弁してくれよ」

結局この日は夕方から、鑑識(かんしき)の人間を呼んで似顔絵を作ろうということになった。


「……こんな感じか」

碑文谷署交通鑑識のベテラン、相川(あいかわ)巡査部長は、唇の辺りを手直しして岡村に見せた。

「うん、うんうん、似てる似てる……上手(うめ)えもんだなぁ、やっぱ」

今度は東と二人でその似顔絵を見る。金髪で、かなり整った顔立ちの少年だった。

「パッと見、女の子みたいですね」

「あ、ああ……」

どうしたのだろう。さっきから東は、怖いくらい真剣な目でその似顔絵を睨んでいる。

「……主任？」

やがてその目は似顔絵からはずれ、床を這い、壁を伝い、格子のはまった暗い窓に向けられた。相川も岡村も、どうしたんだという顔で彼を見ている。

「主任」

もはや、美咲の問いかけにも応えない。

長い沈黙が、せまい調室の空気を、より重く支配していった。

岡村が、襟足を掻く音がやけに大きく耳に届く。

相川と目が合い、美咲は仕方なく小首を傾げた。

やがて、

「……そうか、世田谷代田の駅だ」

何かから解き放たれたように、東は呟いた。

「え？」

「俺はこいつを、世田谷代田の、駅のホームで、見ている」

岡村が「そいつぁ話が早え（はえ）や」と膝を叩く。それを相川が「黙ってろ」とたしなめる。

「本当ですか、主任」

「ああ、間違いない。女みたいな顔をしてるのに、すれ違ったとき、なんか臭った気がしたんで、妙に思った覚えがある……」

「ほらね。俺、嘘いってないでしょ」

岡村は美咲を見上げ、自慢げに微笑みかけた。美咲は、黙って頷くに留めた。

「主任。すれ違って、それからこの少年は、どうしたんですか」

「梅ヶ丘方面に……あ」

東は舌打ちし、顔をしかめて言葉を呑み込んだ。だがその先は、あえて聞くまでもなかった。

東とすれ違って電車に乗ったということは、この少年はつまり、そのとき世田谷代田駅周辺で、何か用をすませた帰りだったということだろう。その用とは？　いうまでもなく、利憲の指を陸橋に置くという作業だ。さらに少年は、そこから梅ヶ丘方面に向かっている。三つ先の経堂駅で降りれば、ちょうど春子から身代金を受け取ることもできる。

――全部、この子がやったの……？

美咲は改めて似顔絵を見た。奇しくも東の証言で、今までバラバラに存在していたいくつかの点が、一本の線に繋がった。

――ジウ……。

本当にこの少年が、『利憲くん事件』の、主犯なのだろうか。

第四章

1

　基子は第一小隊に配属され、ＳＡＴ隊員として正規の訓練に参加するようになっていた。一個小隊は通常二十名。だがあの夜、基子が石毛と井出、中田を叩きのめしてしまったため補充が間に合わず、現在の第一小隊は十七名編成となっている。

　なぜそうなったのかということに関して、隊からの説明は一切なかった。基子に対する追及も、まったくない。あの事件がどう処理されたのかは、あの雨宮巡査さえ知らないという。

「君は、何も訊かれなかったの」

　昼食後や待機当番の暇な時間、訓練を終えたあとなど、基子は雨宮とよく言葉を交わすようになっていた。

「別に。何も訊かれなかったけど」

「あれだけのことやっといて？」

「あれだけって雨宮さん、どこまで知ってんの」

「井出と中田、だっけ。あの二人は一生人工肛門だとか」

「そういうの、どういう筋から入ってくるわけ」

「それは秘密」

「あっそ。別にいいけど」


雨宮はなかなか優秀な隊員だった。基子は彼と同じ、第一小隊制圧二班に組み込まれたのだが、その動きを見ているだけでも、基子は訓練を楽しいと思えた。八九式やMP5を扱う手さばきに迷いはなく、前進といわれれば、彼はまるで映画のワイヤーアクションのように地を滑って移動した。むろん、射撃の腕前も文句なしだ。特にライフルが得意なようで、三発射撃で五回テストをすれば、まず間違いなく四回はフルスコアをマークした。


「雨宮さん。あんた、どういう経緯でSATに入隊したの」

「なに。僕の過去に、興味があるの」

「気色悪い訊き方しないでよ」

「僕のこと、好きなんだ」

「なんでそうなるかな」

　雨宮は、どうやら帰国子女であるようだった。

「生まれたのは日本だけど、物心ついた頃にはアメリカにいた。十七歳まであっちにいたんだけど、親父の仕事で日本に戻ってきて、大学は日本の、普通の四大を出たんだ」

「あっちはやっぱ、日常的にドンパチなの」

「君が何をもってそういうことをいってるのかは知らないけど、そんなことあるはずないでしょ。マイクロソフトの社員が、プログラミングしながら毎日拳銃を撃ちまくってるはずないじゃない」

「……あんた、あたしのこと馬鹿にしてんの」

「君がアメリカを馬鹿にしてるんだよ」

　基子と同じ二十五歳。出るところに出れば、かなりモテるであろうことは想像に難くなかった。だが、そういう部分にはまったく、基子は興味がなかった。柔剣道の合同訓練などを見ていると、女みたいな顔して、けっこうえげつないことするんだなぁ、などと思ったりはするが、その顔に見惚(みと)れたり、異性としての関心を抱いたりすることはなかった。

「あんた、彼女いるの」

「彼女はいないし、要らない。可愛い彼氏が欲しい」

　本気なのかどうなのか、分からないところが面白い。

「……ちょっと君、黙っちゃうってのはどうかな」

「なに。あんたがホモで、あたしがガックリくるとでも思ったの」

「うん。落ち込むと思ってたんだけど」

「おあいにくさま。あんたがホモだろうがロリコンだろうがアニマルセックス至上主義者だろうが、あたしに被害が及ぶんじゃなきゃ関係ないよ」

「そう？　アニマルセックスは、君にかぶってるじゃない」

「ほんと失礼な男だね。あたしは雌犬（メス）かい」

「犬……だと、いいけどね」

「雌ゴリラとかいったら、あんたにも一生人工肛門使ってもらうことになるよ」

「それは困る。アナルは大事だから」

初めてのタイプだな、と基子は思った。

まず、彼の魅力は「強い」という部分にあった。男だろうがなんだろうが、基子が「敵に回したくない」と思う人間など滅多にはいない。自分より強そうな人間を見れば、基子は必ず「倒したい」と考える。今現在の実力で無理なら、倒せるようになろうというのが当面の目標になる。だが、それを目指す前に「敵に回したくない」と思ってしまったのは、もしかしたら雨宮が初めてかもしれない。攻略法の糸口すら見つからない相手。それは無条件に、尊敬に値する。

さらにいえば、彼には常に「隙」というものがなかった。訓練が終わったからといって、アサルトスーツを脱いだからといって、防御の姿勢を完全に解くということをしない。これは一見すると「強い」と同義であるようにも思えるが、実はまったく違う。

ある一定の時間、あるいは状況下で、緊張感を持って周囲を警戒できる人間はそこそこいる。機動隊員のおよそ半数、ＳＡＴ隊員は全員がそうだといっても過言ではない。だが、訓練や任務が終わってもその緊張を維持し、周囲を警戒し続ける人間となると、まずいない。少なくとも基子がこれまで出会った警察官には、一人もいなかった。

しかし雨宮は違った。基子と馬鹿話をしていても、まったく隙を見せない。基子の拳がどこにあり、踵がどこにあり、蹴ってくるとしたら右か左か、そういうことをずっと気にしている――。

それが、雨宮崇史という男だった。

警視庁術科センターには各種大会にも使用される柔剣道場や、最新設備を誇る巨大な射撃訓練場がある。特に射撃場は特殊なゲートで厳重に管理され、関係者でも簡単には出入りできない仕組みになっている。

そのさらに奥に、ひときわ警備の厳しい別のゲートがある。そこを通れるのは一部の限られた関係者とＳＡＴの隊員のみである。内部には、ＳＡＴ専用の秘密訓練基地があるのだ。

ライフルやサブマシンガンの訓練にも対応した多目的射撃場。閃光弾やプラスチック爆弾の使用にも耐え得る爆破訓練室。建物三階分の吹き抜けになっているホール状の部屋には、突入訓練用にビルのモックアップが設置されている。SATが実戦で使用する装備のすべてを、ここでは実際に使用して訓練することができる。

基子が最も楽しみにしていたのが、この実物大のビル模型を使用しての突入訓練だった。装備もすべて実戦と同じ。黒に近い紺の、SAT特別仕様アサルトスーツ。ケブラー繊維に鋼板を仕込んだ防弾ベスト。同質の脛当て。ケブラー素材とチタンでできた防弾ヘルメット。弾帯にはオートマチックピストルのP9S。配置によっては、さらに八九式小銃やMP5が割り当てられる。

まず、技術支援班の隊員がスチールドアにプラスチック爆弾を仕掛ける。後ろに控える制圧班は、ただ他人事だと思って見ていればいい、わけではない。爆破が実際にはどれくらいの規模で行われるのか、どれほどの被害が周囲に及ぶのか、何秒くらい待って爆破されたドアに向かったらいいのか。そんなことを実際に目で見て、体で感じて、タイミングを覚えなければならない。

爆破の閃光からやや遅れて、音と衝撃波が襲ってくる。それをやり過ごしてから、制圧班は白煙を上げる四角い穴に、速やかに移動する。

決められた役割に従って、ドアの左右に身をひそめる。中からは別の隊員が拳銃で撃ってくる。今回はダミー弾だが、実弾を使用した訓練もＳＡＴでは頻繁に行われる。先頭にいる雨宮が閃光弾を投げ入れる。どれくらいの角度で、どれくらいの距離を飛び、どんなタイミングで破裂するのか。それを把握するのも訓練のうちだ。破裂する瞬間だけ目を逸らし、やり過ごしたら即座に突入する。

カカカカカッと、ＭＰ５の軽い銃声が暗い室内に響く。後ろに控える基子と別の隊員は、暗視スコープ付きの八九式で中を見渡す。内部の作りは、その訓練ごとに鋼板のパーテーションを移動して変更される。中央を貫く通路、二つ向こうの物陰に一人、向かいの角にもう一人いる。基子ともう一人の隊員が撃つ。基子が当てた。生き残りはこっちに撃ち返しながら奥へと逃げる。その銃声と光を的にして、雨宮と別の隊員がＭＰ５を連射する。

射撃をいったん止め、暗視ゴーグルを着用した後続隊員二名を前に送り出す。彼らはＰ９Ｓを構えている。基子たちは暗視スコープで前方の状況を見ながら、援護射撃に備える。雨宮たちもＭＰ５の暗視スイッチを入れて暗闇を見つめている。

被弾した二人の敵は、動かない。照準を合わせたまま前進していく隊員。二人が辿りついた、その瞬間、

――生きてる。

パパパッ、という三点バーストの銃声。基子が撃った。

二人の隊員も、三発ずつ敵に撃ち込む。右の班長が手を上げ、射撃の中止を指示する。P9Sを構えたまま、敵の被弾個所を確認する。実戦ならば、脈を確認する必要もあるだろう。

「こちら制圧二班。マルタイ二名の死亡を確認。どうぞ」

《こちら本部。了解。撃ち方やめ。全員、安全装置を確認しろ》

突入訓練は終了した。

今回、敵役を務めたのは第一小隊狙撃班の二人だ。

「いてててて……」

防弾プロテクターで全身を固め、銃弾を訓練用のダミー弾にしても、ダメージをまったくなくすことはできない。体に被弾すれば、防具を着けずに竹刀(しない)の突きを食らうような衝撃を受けるし、頭に当たればヘルメット全体に衝撃が行き渡り、下手をすれば重度の鞭打(むちう)ち症になる可能性まである。

「ご苦労ご苦労」

小野小隊長が苦笑いしながら二人を労う。

「ちょっと、脇腹診(み)て、脇腹……ちょ、跳弾が」

名狙撃手、加藤巡査が汗みどろの活動服を捲り上げて見せる。どこかに当たって跳ね返った弾が、プロテクターのない脇腹に当たったといいたいらしい。

「ん、うん……いや、これはお前、どっか壁の角にぶつけただけだろう」

「違うって、跳弾だよ跳弾」

「だってほら、筋になってるぜ」

「跳弾だってばよぉ……」

そんなことはどうでもいい。基子は早くこの部屋から出たくて仕方がなかった。換気口にまで厳重に防音設備を施しているこの部屋は、とにかく空気がこもって蒸し暑いのだ。SATの訓練内容を秘匿するのはけっこうだが、こういう不自然なストレスまで被るのは納得がいかない。室内の気温は四十二度。自分たちは一体、どこの国で活動するための訓練をしているというのだろう。

「よし。制圧班は資材の撤収にかかれ。狙撃班は先にあがってくれ。ご苦労だった」

つまり、粉々になったドアやあちこちに散らばった空薬莢(からやっきょう)を回収し、モックアップ内部を掃除し、穴の空いたパーテーションの表面ゴムシートを剝(は)がし、新しいものに貼り替える作業が、基子たちには残っているのだ。

「……このあと片づけ、誰か別に雇ってやってくんねえのかな」

毎回、誰かしらが同じことを呟く。

「女の子だったら、いいダイエットになるんだけどな。なあ伊崎」

「はあ。そのわりには原田さん、ずいぶん腰回りがたっぷりしてるじゃないっすか」

原田巡査部長は分隊長。もう二十九歳になるベテラン隊員だ。

「チェッ、やなこというね、お前。あのなぁ、三十近くにもなると、いくら体動かしても、脂肪ってのは溜まってく一方なんだよ」

制圧一班の高野が茶々を入れる。

「いやいや、年のせいじゃないでしょう。だって原田さん、実際食うもの食ってるもん。休みっちゃあ焼肉だ、ちゃんこだ、ビヤホールだ……それじゃあいくら動いたって脂は抜けないっすよ」

「おい高野。お前だって最近、顎の辺りとか、けっこうキテんじゃねえかよ」

「え、そ、そうっすか……」

こういう会話に、雨宮はほとんど参加しない。黙々と手を動かし、空薬莢を拾いながら移動していく。まあ、肥満や怠慢にはそもそも縁のない男だ。口をはさめば、それだけで嫌味になると分かっているのだろう。

「おーい、雨宮ァ、これ頼むわァ」

「あ、はーい」

パーテーションのゴムシート貼り。なぜか雨宮はこの作業が得意で、気泡を入れずに綺麗に貼るのが誰よりも上手かった。ゴムシートは基本的に跳弾を少なくするための工夫だから、別に気泡が入っていても問題はないのだが、まあ、仕上がりが綺麗なのに越したことはない。

「ほら伊崎、お前はこれな」

「……ああ、はい」

基子はいつも空薬莢の数を数える係だ。撃った弾数と残りの弾数の合計が、訓練開始時に支給された弾数に合っていなければならない。もし合わなかったら、何時間でも地べたを這いずり回って、足りない数だけ空薬莢を探さなければならなくなる。

「……七十一、七十二、七十三、七十四、七十五、七十六……」

やっぱり合わない。これが一回で合ったためしなど一度もない。今日は四個も足りない。

「じゃ、お先に」

「お疲れさん」

「ちゃんと探せよ」

「しっかりな、伊崎」

パーテーションの撤収と掃除が終わり、モックアップが完全に空になり、他の隊員がホールを出ていってもなお、基子は空薬莢を探し続けた。ここを探して見つからなかったら、誰かがゴミと一緒に捨ててしまった可能性を考えなければいけなくなる。それだけは、なんとしても避けたい。

「じゃ、僕もお先に」

こういうとき、仲がいいからといって決して手伝おうとしないのも、雨宮という男の特性であった。

――ちくしょう……早く、次の隊員補充してくれよ。

基子はこういうときだけ、あの三人を再起不能になるまで叩きのめしたことを後悔するのだった。

2

岡村は『利憲くん事件』でアジトにしたのは、廃墟となった練馬区内の民家だと供述した。

「そこに勝手に入って、アジトにしていたのか」

正確な住所は分からないというので、美咲は地図を広げて岡村に場所を確認させた。

「ああ。そういうの見つけるの上手いんだよ。ああいう連中は」

住所を書き出し、待機していた三係の佐々木巡査部長に渡す。すぐに現場を確認しにいってもらうのだ。

「持ち主はいないのか」

「死んじまったんだろ。一人暮らしの婆さんだったらしいから」

「それを不法占拠したというわけか」

「まあね。車をつけられる庭もあったしな。けっこう便利だったよ。どこもかしこも鼻が曲がるほどカビ臭えことを除けばな」

　佐々木の調べで、確かにそこは、一昨年死亡した石巻タツ子という女性の所有物件であったことが判明した。現在は仙台に嫁いだ娘、井原敏子に所有権があるが、管理も処分もしきれず放置してあるというのが実情らしかった。

　その日のうちに本部の鑑識課が現場に入ると、驚愕の事実が発覚した。

『東主任、し、死体が、三つも……』

　翌日、早速岡村を連れて引き当たり捜査（犯人による実況検分）に出向いた。現場にはすでに、練馬署強行犯係と刑事部捜査一課殺人班四係が臨場しており、地取り（現場周辺の聞き込み）捜査を始めていた。

　美咲たちも鑑識作業のすんだ現場内部に入った。ごくありきたりな二階建ての家屋。死体はその一階、茶の間らしき部屋の端に、折り重なるようにして放置されていた。ほとんどミイラ化している。

「誰だか分かるか」

　岡村は、信じられないという顔で頷いた。

「……仲間だよ、奴の。その、上の二人は断言できねえが、下の、その下敷きになってる奴のシャツは……うん、見覚えがある」

腐汁でかなり変色してはいるが、確かに印象的な柄のシャツではある。

「岡村。お前はこうなったことを知っていたんじゃないのか」

「し、知らねえよ、知らねえッ」

「お前はこの殺しに、本当に関与していないのか」

「なにいってんだよ、冗談だろ」

「知っていたから黙っていた、関与したから知らん振りをしていた、違うか」

「だったらこのアジトのことなんか喋んねえって。フザケんなッ」

東は岡村を見据えたまま、小さく頷いた。

「いいだろう。じゃあこの三人を殺したのは、誰だ」

「奴だろ。ジウに決まってんだろ」

「この中に、ジウはいないんだな？」

「ああ、いねえ。それは断言してもいい。奴はこんななりじゃあない。まあ、仲間に殺されるようなタマでもねえし」

死後どれくらいですか、と東が鑑識課の主任に訊く。四ヶ月から八ヶ月、というのがその場での見立てだった。ちなみに四係の刑事も岡村に事情聴取をしたがったが、今は駄目だと東が断った。

　おそらく後日、練馬署に置かれる捜査本部とは何かしらの協力体制をとらざるを得なくなるだろう。合同捜査本部の立ち上げや、最悪の場合、碑文谷が規模で勝る練馬に吸収されるという事態まであり得る。そうなったら、これまで東班が独自の捜査で得てきた情報は、すべて無条件で開示しなければならなくなる。そうなる前に、『利憲くん事件』の捜査だけは、何か目に見える形で示せるようにしておきたい。これは東だけでなく、美咲を含む八人の捜査員、全員の思いであるはずだ。

　碑文谷署に帰り、引き続き岡村を取り調べる。

「あの三人を、最後に見たのはいつだ」

「電話した日だよ。紀伊國屋の前で待てって、あの電話をした朝、見たのが最後だ」

　岡村はジウの指示通り、田辺春子の携帯に架電し、都内をぶらぶらしながら、ジウの命令に従って電話をし続けたのだという。

「つまり人質の母親、田辺春子を見張っていたのは、お前じゃないというんだな」

「ああ。別の誰かが見張ってて、それを奴に報告して、その結果を聞いた俺が、次の場所を母親に指示する。そういう仕組みになってたんだと思う」

「最後に田辺春子から身代金を受け取ったのは、誰だ」

「それは、奴だったんじゃねえか？　俺は、別の場所にいたから知らねえけど」

その後アジトに戻り、五百万を渡され、岡村はお役ご免になったのだという。

「そのときに仲間は」

「いなかった。奴一人だった。もしかしたらもう、そんときにゃあ殺されてたのかもな」

「気づかなかったのか」

「いやぁ、気づかなかったね。なんたってあの臭いだろ。血の臭いがしたとしても、全然気づかねえよ」

供述調書に書かれる「ジウ(仮名)」の被疑内容が次第に増えていく。営利誘拐、監禁、傷害に加え、三名の殺害。美咲は字が乱れないよう、必死で手の震えを抑えていた。

「利憲くんを解放したのは誰だ」

利憲は身代金受け渡しの翌日、自宅から三キロ離れた環七沿いの歩道で解放され、近くの交番に保護されている。

「さあ。それは、俺は関わってないから、分からんねぇ」

「車を使ったんだろう。運転してたのは誰だ」

「そうそう、それはちょうど、あの下敷きになってた奴だよ」

「車はどんなだった」

「白いワンボックス。ちょっと大きめの、弁当の配達でもするような、ごく普通に走ってるやつだ」

「ナンバーは」

「覚えてねえだろ普通。あんたここのパトカーのナンバー、一つでも覚えてっか？」

なるほど。もっともだ。

「改めて訊く。ジウが仲間を殺したと、お前がそう思う根拠とは、なんだ」

岡村は珍しく、真面目な顔をして黙り込んだ。

「お前はこれ以前に、ジウが誰かを殺した場面を、見たことがあるんじゃないのか」

それには、ゆっくりとかぶりを振る。

「……それは、ない。ねえけど、殺しても不思議はないと、思う」

「なぜだ」

溜め息をつき、首を捻る。

「なぜっていわれてもなぁ……自慢じゃねえが、俺は人を殺したって奴を、この目で何人も見てきた。ムショでも、昔いた組でも。実際に殺しはやってなくても、やりそうな奴、これから何かあったら、迷わずブスッとやっちまう奴、そういうのは、目を見れば分かる。……そんなふうにしか、俺にはいえねえ」

気のせいか、美咲には少し、岡村の口調が悲しげなものに聞こえた。

「ジウの目が、そうだったというわけか」

こくりと頷く。

「……ああ。奴のことは、ガキの頃から知ってる。奴は……なんていったら、いいんだろうな……その、両親は密入国者で、二人とも故郷に金を送るために、それこそ身を粉にして働いてたわけだろ。奴はその間、じーっと路地に座って、あのせまい歌舞伎町でも、誰も入ってこないような、細くて暗い路地に座り込んで、一日中、人の流れを見て過ごしてたんだ。それを俺は誘拐し、タイミング悪く、両親は入管にパクられちまった。……そう、誘拐失敗からしばらくして、俺が奴を見つけたことがあってな。あいつ、昔よく座ってた路地に、倒れてたんだ。……股間から、血を流してな」

調室の空気が、急に生臭くなったように感じられた。

「股間から、血？」

「ああ。まだガキだってのによ、どっかの変態に捕まって、遊ばれちまったんだと思うよ。さすがに、顔知ったガキが血ぃ流して倒れてんの、放ってはおけねえだろ。当時の女は、気味ワリいから追ん出せっていったんだけどよ、俺はとにかく、奴の面倒を見ようとしたんだ」

岡村は、ぐっと生唾を飲むように顎を出した。

「奴はよ……その、ち、チンコをな……縦に、割られてたんだ。真っ直ぐ、根元まで、真っ二つに切り裂かれてた。世の中にゃあ、恐ろしい趣味を持つ変態もいるんだよ。その、チンコを切り裂いていくとな……つまり、尿道の奥ってのは、ちょっと広く、袋状になってるんだ。そこにな、突っ込むんだ。女のアレや、男の肛門の代わりに、裂けたチンコの奥にある、小便が溜まる袋に、突っ込んでよ……要するに、セックスをする奴が、いるわけだよ、この世の中にゃあ。たぶん、奴は……それをやられたんだ」

美咲の位置から、東の顔は見えない。彼はこの話を、どんな顔で聞いているのだろう。当の岡村は目を瞬（しばたた）きながら、今にも吐きそうな顔でひと言ひと言を搾り出している。これだけいうのだから、岡村は実際に、その二つに裂けたジウの陰茎を見たのだろう。自分がそんなものを目の当たりにしたら、まず間違いなく気絶してしまうだろう、と美咲は思うが。

「……それで、お前は、どうしたんだ」

「どうしたってそんな、素人の手に負える怪我じゃねえからよ、病院に連れてったよ。もったいねえとは思ったけどよ、その町医者に十万握らせて、どうにかしてやってくれって、頼み込んだよ」

「今その医者は、まだ開業しているか」

「あー、どうだろうな……」

岡村がその医院の大体の所在地を述べたので、美咲はそのままを書き取った。要確認、と最後に書き添えておく。

「翌日いってみるとよ、一応できることはやって……っていっても、縫って消毒したくらいだろうけど。そんで、寝かしといたら、いつのまにかいなくなってたっつーんだよ。大丈夫なんかよ先生、っていったら、先生も、分かんねえって。ばい菌でも入ったら大変なことになるだろうし、そもそも小便だって、あれじゃあ垂れ流しになっちまうっつーんだ。それでも奴は……ジウは、どっかにいっちまった。消えちまったんだよ」

罪を認め、『利憲くん事件』に関して供述を始めた岡村には、ときおりお茶やタバコが与えられるようになっていた。彼はすっかりぬるくなったそれで口を湿らせ、咳払いをした。

「……その次に会ったのは、いつだったっけな。やっぱ、一年くらいしてからだったかな。あいつ、すっかりアレもよくなったみたいで、元気に歩いてたよ。実際どうなってたのかは、分かんねえけど。俺はその頃、知り合いの店の、用心棒みたいなことしててよ。ある夜、金持ってねえ酔っ払いをパンツ一丁にして、道に放り出したんだよ。そんなときにふらっと、奴が現われたんだ。

そもそも目つきの暗いガキだったけどよ、そんときはもう、なんか、最初の印象とは違うふうになっちまってた。それこそ、いつでも殺せる目になってたよ。なんつったらいいんだろうな……こう、人が普通に持ってる、心みたいなもんがよ、ぽっかり、抜け落ちちまったみてえな、なんか、そんな目だよ」

「それが、殺せる目、というわけか」

岡村は、いや、それとは違う、とかぶりを振った。

「……普通に暗いってのは、つまり明るくなる可能性もあるっつーか、明るくなれば、何かがまだそこに見えるもんなんだよ。組のため、代紋のために殺しをやった奴なんてのは、暗いんだけど、まだそこには心があるんだ。欠けちゃいるけど、全部なくなっちまったわけじゃあない。親分とか組に対する忠義だとか、兄貴分に対する義理だとか、そういうもんは、心の根っこに残ってるわけだよ。

けど、奴の目はもう、そうじゃないんだ。なんもなくなっちまってるんだ。いくら明るくしても、ねえもんはねえ。明るく照らしたって、心がごっそり抜け落ちてんだからよ、なんも光なんて当たんねえんだ。ぽっかり、ほんとぽっかり、心があったその場所には、ただ空っぽの、穴が開いてるだけなんだよ」

それからどうしたんだ、と東は訊いた。

岡村は、深く長い溜め息をついた。

「……ラーメンかなんか、一緒に食ったかな。食ってる最中も、別になんも喋んねえし、まあ、それは別にいいんだけどよ。その……旨いとか、不味いとか、熱いとか、そういう顔っつーか、反応もねえんだよな。なんかもう、俺も虚しくなっちまってな。何があったんだろうって、思うにゃあ思ったけど、でも、訊くのもなんかなぁ……別に親戚ってわけでもねえし、ダチってのとも違うしよ。もう正直、あんま会いたくねえなって、思ったよ。

そんときは」

それでも、岡村とジウの奇妙な付き合いは続いたようだった。ときには歌舞伎町以外でも顔を合わせ、一緒に食事をしたり、コップ酒を飲んだりしたのだという。

「俺は半端モンだからよ、ぶらぶらしてっと、たまに喧嘩ふっかけられたりするんだよ。昔の、組にいたときに買った恨みってのもあったし、まだ歌舞伎町にいやがんのか、とっとと失せろって、昔の仲間にぶん殴られることもあった。

あるとき、ジウが横にいるときにも、そんなことがあった。岡村テメェ、って感じで、胸座つかまれてさ、腹に膝蹴り喰らって……そしたらよ、すぽぽ、って、変な音がして、ふいに相手が力を抜いたんだ。あれ、おっかしいなぁ、と思って顔を上げたら、相手も、おっかしいなぁって顔で、自分の手を見てるんだ。人差し指から小指まで、指先のなくなっちまった、自分の手を見てよ……。

奴が、ジウが俺の隣で、ブルンブルンって、ナイフを回してた。バタフライナイフっつーのか、それの、普通のやつの倍くらいの、でっけえやつだよ。刃渡りが二十センチくらいある、ありゃもう刀だな、ほとんど。それで奴は、ヤクザモンの指を四本、まとめて一遍に落としちまったんだよ。

やっべえやべえって、俺は奴の首根っこつかんで走って逃げたよ。オメェなにすんだよ、蹴っ飛ばされたくらいで一々相手の指落としてたら、命なんて、いくつあったって足んねえだろうがって怒鳴ったよ。でもなぁーんも、反応がねえんだ。そんでよ、おい、聞いてんのかっていったら、またブルンブルンって、それ振り回しやがってよ。危ねえなって避けたら、俺のシャツ、胸のところが、スパッて横一線に切れてたよ。おい、フザケんなって、いったらまた切りかかってきやがった。俺もう、こいつぁ狂ってるって思って、一人で走って逃げたよ」

肩越しに振り返った束と、思わず目を見合わせた。ジウと岡村の共闘関係が、今一つ理解できない。その思いは、同じのようだった。

「……奴には、親なんて初めっから、いるようないねえようなもんだったろ。だぁーれも、そういうあったけえもんを、奴に教えてやんなかったんだよな。ダチはできるようになったんだなって、ここんとこは思ってたけど、それも、殺しちまったんじゃな……。

俺さ、奴のこと考えると、分かんなくなっちまうんだよ。犯罪ってのはよ、法律で禁じられてることをしてでも、何かが欲しいから、するわけだろ。シャブは気持ちがいいから、あと先考えずやるんだよ。殺しは、相手の持ってる物を奪いたかったり、相手が憎かったりするからやるんだろ。女を犯すのは、普通に姦りてえのに姦れねえから、無理やり姦るんであってよ。つまり、まず最初に姦りてえって、そういう気持ちがあるわけなんだよ。

でもそれってよ、もとになってんのは、綺麗な女と抱き合いてえ、惚れた女のぬくもりが欲しいって、ごくごく当たり前の、誰にだってある欲求が、根っこにあってのこったろ。

金が欲しいってのだって、奪ってだろうが騙してだろうが、とにかく大金を手にして、その金で何かを買いたいって、ちゃんと金を払って手に入れたいって、そういう、ごく普通の欲が、根本にあってのことだろうが。

……けどよ、そういう欲求が、果たして奴にはあるのかなって、俺は、疑問に思うんだ。あいつ、俺に五百万渡して、仲間三人殺して、残りの四千五百万持って、何してんだろうな。そんな金であいつ、何が欲しかったんだろうな」

岡村のいわんとしていることが、美咲にも段々分かってきた。

「俺には、奴の、動機ってもんが分かんないんだよ。確かに手は貸した。俺があの子の携帯を使って電話して、母親を引きずり回して、奴が金を奪った。でも奴が、なんで子供を誘拐して身代金をとろうとしたのかって、そこんところは分かんねえんだよ。なんで五千万だったんだろう、なんでそんな大金が欲しかったんだろうって、思っちまうんだ……」

岡村が黙ったので、この日は取り調べをそこで切り上げた。

八名でのこぢんまりとした捜査会議を終え、碑文谷署の森尾と萩島は三階の刑事課に下りていった。捜査本部専従にはなっていても、当直は回ってくるものらしい。

三係の沼口は「一杯いくぞ」と声をかけ、佐々木と倉持を連れて出ていった。高田は夫人の体調が悪いらしく、毎日早々と一人で帰っていく。

――なんなの、この人たち……。

別に誘ってほしいわけでもないし、自惚れているつもりもないのだけれど、普通は捜査本部に女性が入ったら、もう少し違う扱いを受けるものだと美咲は思っていた。大袈裟でなく取り合いみたいになるというか、美咲だったら毎晩引っ張りだこで大変な思いをするだろうと、前島景子や茂木芳江にもいわれた。

もしかしたら自分は、彼らに、嫌われているのだろうか。

――ま、私には東主任がいるから、いいけど……。

美咲はいつものように、東と供述調書を整理してから碑文谷署を出た。朝食こそ別々だが、ここ数日は昼食も夕飯も共にする生活が当たり前のように続いている。彼氏がいたら嫉妬するかな、などと考えてみるのも、まあ、楽しいといえば楽しい。

「君は、何がいい」

東が時計を見る。そろそろ夜も十時になろうとしている。

「昨日は、なんでしたっけ」

「そばだったろ。俺は天ぷらそば」

「ああ、私は鴨せいろでした」

ちょっと、こってりしたものでもいいな、と東が呟く。

「トンカツとかですか？」

「いや、もうちょっと、洒落たこってりがいいな」

「え、洒落たこってり？」

思わず吹き出すと、東は機嫌を損ねたように顔をしかめた。

「……可笑しいか、こってりが洒落てたら。こってりは、洒落ないのか」

「いえ別に、可笑しくはないですけど」

「笑ったじゃないか」

「だって、具体的に何を指すのか、分かんないんですもん。洒落たこってりって」

自分で繰り返したら、また可笑しくなってしまった。東が余計に苦い顔をする。

「たとえば、イタリアンとかだよ」

もう笑いの虫が治まらない。箸は転がってしまった。東がどんなに怒った顔をしても、もう止められない。

「だったら、最初から、イタリアンて、い、いえばいいじゃないですか……あ、あは、お、可笑しぃ……」

「勝手に決めちゃ悪いと思ったんだよ。君にだって、食べたいものくらいあるだろう」

「だって、お昼だって一緒なんですから、別に、私だけかぶったりするはず、ないじゃないですか……ひ、ひぃ、お腹痛ひ」

そんなこんなで美咲と東は、都立大学駅を過ぎて少し歩いた辺りにあるイタリアンレストランに入った。ラストオーダーは十時半だといわれたが、長居はしないからかまわないと東は答えた。

「ええと……鶏レバーパテのクロスティーニと、ナスとパプリカのマリネ。ワインは、ゼナートのカラフでいいか？」

美咲は「はい」と答えた。

「じゃあ、僕はパスタを……自家製タリオリーニ。君は？」

「私は、サフランとグラナパダーノのリゾットで」

「じゃ、それ。他にはいいか」

「はい、それでけっこうです」

「じゃ、お願いします」

美咲は、東の食べる姿を見るのが好きだった。決して豪快に頬張るのではなく、実に淡々と口に運ぶだけなのだが、何かその、リズミカルな感じがいいのだ。パスタなどは、神経質なくらい綺麗に巻いてから口に入れる。無理に上品にしているというよりは、食べるという行為に、非常に丁寧な意識を持っている人なのだという印象を受ける。

「岡村って、変な奴だよな」

しかし、これがマイナスポイント。どんなに美味しい料理が出てきても、それをどんなに素敵な手つきで食べてみせても、話題が誘拐犯や殺人犯のそれでは台無しだ。まあ、自分たちは刑事であって恋人同士ではないのだから、仕方ないといえば仕方ないのだが。

「そう、ですよねぇ……」

東が恋をしたら、どんなふうに女性を口説くのだろう、などと、想像するのも楽しい。

「ジウの動機が分からないって……それはこっちが考えるべきことであって、被疑者が悩むことじゃないだろうに。なあ？」

「そういえば、そうですよね」

嬉しいのは、食事どきは話題が事件に関することであっても、東が微笑んでいてくれることである。その笑顔が、何しろ素敵なのだ。

「主任は、ジウの存在について、どう考えてるんですか」

あ、このナスとパプリカのマリネ、すごく美味しい。

「どうって？」

「だから、さっきの会議でも、沼口デカ長がいってたじゃないですか。ジウが主犯であるとする証拠は、現状では何もないわけでしょう。つまり岡村の、自分を従犯と解釈させるための嘘って可能性も、なくはないじゃないですか」

「ああ、そのことか」

赤ワインをひと口含む。尖った喉仏が、こくりと上下する。

「……しかし俺は、世田谷代田でジウを見ていた。しかも奴は一人で行動していた。宮上陸橋に指を置いたのも、経堂で身代金を受け取ったのも、ジウであると考えてまず間違いないだろう。これで練馬の現場から、指の入っていたビニールに付着していた指紋と一致するものが出たら、いい証拠になる」

「でも、死んだ三人のうちの、誰かのものかも」

「その可能性もあるが、岡村の話では、利憲くんの指を切り取ったのは、ジウだってことだったろ」

「いえ、見てないけど、そうだろうって、いっただけじゃなかったでしたっけ」

「まあそうだが、岡村の昔話、あれからすれば、子供の指を切り取るのくらいわけなくやりそうだからな。俺は、これから現場で出る指紋と、ビニールからのそれが一致することに期待している。むろん、あの三人の死体とは別のな。それならあいつらも納得するさ」

「あんなに腐乱した死体の指紋なんて、採取できるんですか」

「ああ、できる。あの程度ならまだできる。むろん、蛆に食われたりした部分はどうにもならんが」

そういうこと、別の女の子と一緒のときにいったら駄目ですよ、と忠告してやりたい。

ちなみに現在、東の薬指にリングはない。以前、前島と「三係の東主任はカッコいい」という話になったとき、「あれは子持ちのバツイチらしいよ」と茂木が横でいっていた。現在はフリー、という可能性は、極めて高いはずなのだが——。

東が、ちょっと厚めの唇をナフキンで拭う。

「……ま、ここまででも岡村は、ずいぶんと情報を出してくれた。これからは、とにかくジウがどんな奴で、どこにいるのか、それを徹底して洗っていくしかないだろう」

「ええ。そうですね」

もうちょっと色っぽい話もしたいのにな、と思いながら、美咲も「ご馳走さまでした」とナフキンをテーブルに置いた。

なぜだろう。ふと、あの伊崎基子のことを思い出した。

――彼女、今頃どうしてるのかな……。

ぼんやりしていたら、東が会計を済ませてしまった。半分出しますとかなり粘ったが、結局東は、一銭も受け取ろうとはしなかった。

3

その夜、SAT第一小隊は羽田空港で、ボーイング747型の実機を使用してのハイジャック訓練を予定していた。

夕方六時。隊庁舎の教場で待機していると、小野小隊長が苦い表情で戻ってきた。

「中止、訓練中止。本日は以上で終了。解散」

理由はいわれなくても分かっている。窓の外は大雨。ダイヤが乱れて予定されている便すら飛べない、特殊部隊の訓練どころではない、と空港側が断ってきたのだろう。

「了解、お疲れさまでしたァ」

「お疲れさーん」

「まったく、くたびれ儲けだな……」

基子も、実機使用の訓練はずっと楽しみにしていた。残念は残念だが、明日は非番だから、まあいいとしておこう。

「お疲れさまでした」

「おい伊崎ィ」

狙撃班の加藤巡査が声をかけてきた。

「なんすか」

「たまには付き合えよ」

グラスを傾ける仕草をする。

「遠慮しときます。お先に」

「チェッ、ほんといっつも、愛想ないねえ」

荷物を持って一階のシャワー室に向かう。あのレイプ事件の翌朝は、故障のため使用不可となっていたが、午後からは何事もなかったように使われている。警察は事件の解決を任務とする組織だが、隠蔽するのはもっと得意なのだなと、密かに感心したのを基子は思い出す。

ドアを開け、カーテンをくぐって誰もいない脱衣場に入る。他の女性隊員と一緒になるのは、半月に一度か二度がせいぜいだった。あとから誰も入ってこなければ、今日も貸切状態というわけだ。

短い髪を備え付けの石鹸で洗い、体は流すだけにしておく。どうせ寮に帰ったらまた風呂に入るのだ。同じ電車に乗り合わせる他人に嫌な顔をされない程度に清潔であれば、それでいい。

シャワー室を出ると、なぜかあの夜のように、雨宮が向かいの壁に寄りかかっていた。

「メシでもいこうよ」

「奢ってくれんの」

「男に誘われたら、もうちょっと嬉しそうにしたらどうかな」

「自惚れんなっつーの」

かまわず歩き始めると、雨宮はクスクス笑いながらついてきた。

時間が早いため、隊庁舎の一階にはまだずいぶんと人がいた。背後の雨宮が「お先に」と、誰かに挨拶をする。むろん、基子に顔見知りなど一人もいはしない。基子はずっと、玄関まで黙って出てきた。

すぐに雨宮が隣に並ぶ。

「傘、持ってる？」

「持ってるよ」

「入れてよ」

「小さいから嫌だ」

「じゃあタクシー拾おうよ」

「あんたが出すならいいよ」

「ずいぶんお金に困ってるんだね」

「一昨日バイク盗まれたからね。しばらく節約すんの」

門を出たところでタクシーを拾うと、雨宮は乗り込むなり「品川駅まで」と告げた。

「ちょっと、大森辺りでいいでしょうが」

「いいじゃない。どうせ品川までは出るんでしょ。ケチケチしなさんな」

試しに殴ろうとしてみると、雨宮はちゃんと掌で受け止める。やはりどこにも隙はない。

それでいつも、基子は彼を許してしまうのだ。いけ好かない口を利かれても、珍獣呼ばわりされても、力で敵わないのだから仕方ない。諦めは簡単についた。

「お酒、嫌いじゃないんでしょ」

「ああ。あんたが破産するまで飲めるよ」

日頃の言動と、余すことなく見せびらかす色男ぶり。この雨宮なら、さぞかし洒落た店に案内するのだろう、と思いきや、

「……ねえ。この店なら、大森の駅前にもあるんだけど」

いき着いたのは、ただのチェーン店の居酒屋だった。

「あ、そうだっけ。でも、まあいいじゃない。君にはぴったりの雰囲気だと思うよ」

「ああそうだね。あたしもそう思うよ」

先に立って暖簾をくぐる。基子は奥の方の空席を選んだ。厨房に近ければ、自然と注文も早く聞いてもらえる。

「先にお飲み物をお伺いします」

「生ビール」

すかさず雨宮が「ピッチャーでね」と付け加える。

「かしこまりました」

「ちょっと君、ついでに料理も聞いてってよ」

店員が迷惑そうな顔をするのもかまわず、雨宮は続けざまに注文を入れた。枝豆、冷奴、揚げ物盛り合わせ、刺身盛り合わせ、焼きうどん、ジャーマンポテト、イカの丸焼き、キムチ、ほっけ。

「他にある？」

「ナスの浅漬け」

ピッチャーとジョッキだけは、すぐに運ばれてきた。

雨宮は、えらく楽しそうにビールを注いだ。

「はい、お疲れさま。かんぱーい」

「かんぱい……なんか、あんた無駄にテンション高くない？」

一気に飲み干し、雨宮はフウと息をついた。

「僕、けっこうこういうお店、好きなんだ」

「そういうこと、わざわざいうのが嫌らしいね。俺がいうとありがたみがあるだろ、みたいに思ってんでしょ」

「そんなんじゃないよ。本当に好きなんだ」

「あっそ。でもそういうのは、直接店長にいってやりなよ。きっと泣いて悦ぶから」

「そっか。オーイ、テンチョォォーッ」

「あ、バカッ」

基子は心の内で頭を抱えた。

――こいつ……外で飲むと、人格変わるタイプかよ。

少なくとも隊で飲んだときは、こんな感じではなかった。どちらかというと、端の方でチビリチビリというタイプだった。誰かが注ぎにくれば「すみません」と受けはするが、それ以外はほとんど喋りもせず、みんなが盛り上がっているのを見守っている感じだった。

――イヤなのにつかまっちゃったなぁ……。

まあ、それでも雨宮は雨宮である。いつまでも無茶にはしゃぎ続けたりはしない。

基子はふいに、いつか訊いてみようと考えていたことを思い出した。

「そういや雨宮さんさぁ、なんであの夜、あそこに立ってたの」

思いのほかキムチが辛かったらしく、雨宮は慌ててビールで流し込んでから答えた。

「……あの夜って、君が起こした暴行事件の、あの夜のこと？」

「暴行されたのはあたしだよ。少しは言い方に気をつけなよ」

雨宮はほっけの皿を手前に引き寄せ、器用にほぐし始めた。

「……なんでって、君たちの訓練を見てたからだよ。うちの小隊に女性が入るって話は聞いてたからね。どんな娘か興味があったんで、遠くから見てたんだ。そしたら、あの三人が妙な足つきで、シャワー室の方にいくのも目撃しちゃったんだよね。どうなるのかなぁって、危なくなったら、助けにいかなきゃいけないのかなぁって、見守ってたわけ」

「見守れてないし」

「うん、助けられなかったね。おかげで大事な隊員を三人も失ってしまった。実に無念だよ」

顔面にストレートパンチ。でもやっぱり受け止められてしまう。

基子はフンと鼻息を吹き、自分のジョッキが空くまで傾けた。

「……逆に一つ、訊いてもいいかな」

雨宮がピッチャーを差し出す。

「なにさ」

「君、もしかして過去に、人を殺したこと、ある？」

注がれているのに、危うくジョッキを引っ込めるところだった。それを答えと受け止めたか、雨宮はニヤリと不敵な笑みを浮かべた。

「やっぱりね。そうじゃないかと思ったんだ」

初めてだった。あの事件に直接関わった人間でさえ、あれは事故だという認識でまとまっていた。まさかこんなところで、今になって、なんの関わりもない人間に看破されるとは。

「……なによ、いきなり」

「だって、そういう目してるもん。君は」

「そういう目って、どういう目よ」

「あの日、君は三人の隊員をひどい目に遭わせた。普通あそこまでやったら、もっと興奮したり、見境がなくなったりするもんだよ。でも君は違った。実に冷静だった。ってことは、君の暴力の限界は、あの程度じゃないってことだよ。あれよりもっと、ひどいことが君にはできるってことでしょ。違う？」

基子は答えなかった。否定しても無駄だと思ったのだ。

「人間てさ、元来は人間を殺さない動物じゃないと思うんだ。ただ、現代は大半の社会が法律で殺人を禁じてるから、人は人を殺さないって倫理が行き届いてるから、そういうふうに育てられてるから、だから殺さないだけであって、そういうふうに教育されてなかったら、人はもっと平気で人を殺す生き物だと、僕は思うんだ」

ポテトフライをかじりながら、基子は雨宮を睨みつけた。

「うちの親父とお袋だって、人殺しはよくないって、あたしに教えてくれたよ」

「うん、たぶん君の場合は逆。人は人を殺さないって教育されたのに、人は人を殺せるって、どっかで学んじゃったんでしょ」

驚いた。基子の過去を、まるでどこからか覗き見ていたような口ぶりだ。だが、不思議と腹は立たなかった。やはりこいつは只者（ただもの）ではない。そう認めていた自分の目の確かさを、今は逆に嬉しく思う。ただ、このままいわれっぱなしというのは面白くない。

「あんただって、けっこうエグイこと平気でやるじゃん」

「え、なにが？」

「柔道だって、けっこう隠れて、肘とか膝を急所に当てたりしてんじゃん。指でツボ突いて、相手の腕ほどいたりしてんじゃん」

「へえ、ちゃんと見てたんだ」

「同じ穴のムジナでしょうが」

雨宮は愉快そうに笑った。

「一緒にしないでよ。僕は実戦は実戦、訓練は訓練、競技は競技って、どれも割り切ってやってるつもりだよ。君みたいに、いつでもどこでも誰でも、どうやったら殺せるかって考えてる人とは根本的に違うよ」

ああいえばこういう。なんとも憎たらしい。

「ねえ、話してごらんよ。君の過去を。誰にもいわないからさ」

「なに。興味があるの」

「うん、すごくある。僕は君みたいに、変な意地を張って無関心を決め込んだりはしないよ」

ここまで見透かされると、却って心地好くすらある。基子はジョッキを半分まで空けながら、さてどういったものかと考えた。

「……まあ、改めて喋るほど、自慢できるこっちゃないんだけどね」

「うん、分かってる。人殺しを自慢されちゃ堪(たま)んないよ」

「茶々入れるんだったら帰るけど」

「ごめんごめん。もうしない。静かに聞くよ」

雨宮は正座に座り直し、両手を膝に置いた。

「まったく……まあ、その、高校生の頃だよ。あたしはアマレスで、そこそこの成績を挙げてたんだけどさ、ちょうどその頃、うちの学校に女子柔道部もできてね。最初の大会だけでいいから、ちょっと手伝ってくれるだけでいいからって、入部させられちゃったんだ。柔道も、まあまあ面白かったよ。相手を転がして押さえ込むって基本は同じなのに、道着があるってだけで、こんなに技術って違ってきちゃうんだなぁって。……で、先生の教え子って大学生が、特別コーチできてたんだ。そんでまあ、あたしは見込まれちゃって、大学まで練習にこないかって、誘われるようになったんだよね。

あれかね、初恋って、いうんかね……なんかこう、その大学生と組み合うと、頭ん中がぽーっとしちゃってさ……柄にもなく。で、こっちはまだガキだろ。あっちはそういうの、見抜いてたと思うんだよね。人がいないところでさ、ちょっとまあ、エッチなことされたり……って、一人前にやることとやっちゃったんだけど、まあ、そんな日々だったわけ」

雨宮は「うんうん、続けて」とジョッキを傾けた。

「うん……そしたらある日、そのコーチと別の選手が、ロッカールームで話してんの、聞いちゃったんだ。伊崎、って聞こえたから、なんかあたしの噂してんのかなって、盗み聞きしたんさ。……そしたらどうも、まあ、あたしは遊ばれてたと、いうことが分かったわけよ。なんとその大学生、つい一ヶ月くらい前にできちゃった結婚したばかりだっていうのよ。そんなこと、あたし全然知らなくて。なんせガキの頃からレスリング一本で育ってきたからさ、そういうとこ疎いんだよね。

……その話相手がさ、やっぱ女子高生っていいの？　みたいなこと訊くんだよね。よしゃいいのにさ、その答えが聞きたいの、あたしも。そしたら、うーん、まあまあかな、みたいにいいやがってさ。女房がコレだから、それまでの繋ぎだよみたいな、そんなこといってた」

それはひどいね、と雨宮は顔をしかめた。

「……次の練習んとき、あたしもう、どうしていいか分かんなくなっちゃって。あんなに乱取りで当たると、ぽーってなってたのに、そんときは、妙に頭ん中冴(さ)えててさ。それまでは全然敵わなかったのに、なんかそんときだけは、異様にそのコーチの動きが読めちゃったんだよね。……で、相手がえらく遠い存在に思えたり、自分がふわふわしてるみたいだったり。悔しいし、悲しいんだけど、冷静にキレてるっつーか、なんか、一種異様な感覚だったんだ。

そんでふいに、殺しちゃおっかなって、思ったんだよね。で、柔道にはない、レスリング特有の動きで、こう、立ったまま、フロントから首取ってさ、ローリングするみたいに、横に捻ったんだよね。そしたら、ボキッて……ほんとに折れちゃって。まんま即死だった。

一応、練習中の事故ってことで処理はされたんだけど……まあ、あたしもまだ十七だったしね。却って周りは気ぃ遣ってくれたんだ。あたし、わざとやったのにさ。確かな殺意があって、あたしはあのとき、首を抱えたまま、ローリングしたってのにさ……」

雨宮は責めるふうでもなく、同情するふうでもなく、ごく穏やかな表情で頷いた。

「……なるほどね」

ひと息つき、ビールで喉を湿らせる。

「おい、それだけかい」

急に周りの喧騒（けんそう）が耳に戻った気がした。かなり重大な告白をしたというのに、この男も、世間も、どうってことないって顔しかしない。あの事件のあとに感じたものと少し似ている。あたしは殺したのに、みんなは事故だという。あたしは人殺しなのに、みんなは可哀想な女の子という目で見る——。

「それで、柔道やめちゃったの」

基子はまだ残っているほっけの身を箸でさらった。

「……うん。レスリングもね」

「馬鹿馬鹿しくなった？」

「まあね。人を殺すための技だってのに、清々（すがすが）しいスポーツでございい、って顔してやるのは、正直アホらしくなった」

雨宮は急に真顔になり、基子の目を覗き込んだ。

「それで君は、自分が、人を殺せる人間であることを、認識したってわけだ」

「うん……そう、いうことに、なる……かな」

「だから、警察官になった」

基子は頷いた。この男は、どこまで他人の心を見透かせば気がすむのだろう。

「そう……そうだよ。あたしはこれ以上、自分が人殺しをしないように、警察官になったんだよ。別に人助けをしたいとか、誰かの役に立ちたいなんて思ったわけじゃない。ただ、少なくとも警察組織の中にいれば、いくら馬鹿なあたしだって、そう簡単には人を殺す気になんてならないだろうって、そう思ったから入ったんだよ。悪いかい」

悪くはない、と雨宮はかぶりを振った。

「でも君は、依然として危険な目をしている。自分の中の殺意を封じようとする一方で、君は同じ殺意を、育てようともしている。違うかい？」

基子は溜め息をついてみせた。

「分かんないよ、そんなの。小難しいことといわないでよ。別にそこまで深く考えて、あたしは毎日生きてるわけじゃないんだから」

そうかなぁ、と雨宮は仰け反り、後ろの柱に背中を預けた。

「言い方を変えれば、君は罪の意識を存分に感じている。でもそれをもって、自分を否定しようとは思っていない。心のどこかで、殺意を抱く自分というものを認めている……いや、無理やり認めようとしている。自分はそういうひどい人間なんだ、そう考えることによって、君はある一つの、大切なものの存在を否定しようとしているんだ。否定してしまった方が、楽だからね」

酔っ払っているのか、雨宮のいっていることが段々分からなくなってきた。いや、酔っているのは雨宮の方だ。だからこんなわけの分からないことをいうのだ。

「大切なもの？ 何よそれ」

「簡単なことだよ」

「だから何よ。もったいぶんなっつーの」

雨宮はテーブルに両肘をつき、いきなり基子にキスをした。

「んぶ……何すんだよ」

そして満面の笑み。

「愛だよ。君は愛を否定することによって、自己の存在を正当化しようとしているんだ」

左フック。でもやっぱり、受け止められてしまう。

「……あんた、サツカン辞めて牧師にでもなったら？」

いつだったか、自分は誰かに、似たような台詞を吐いたことがあった。そのときの相手は、確か、男ではなかった。

——ああ、あいつか……。

門倉美咲。あの女は所轄に飛ばされてから、どんなふうに過ごしているのだろう。だが基子は、すぐに頭を振ってその疑問を打ち消した。そんなことを考えた自分が、無性に許せなかった。

その夜、基子は雨宮と寝た。

ホモというのは、ただの冗談だったようだ。

4

和田捜査一課長は、『利憲くん事件』と廃屋から発見された三人の遺体については、別件として捜査するとの方針を示した。

これによって、碑文谷と練馬の捜査本部が統合されるような事態は回避されたわけだが、同時にそこには、ある一定の情報交換を義務づけるという付帯条件も加味されていた。つまり、東班が挙げてきたこれまでの情報、具体的にいえば「ジウ」に関する事柄が、練馬側に開示されることになったわけだ。だがこれに対して、東は一つの交換条件を提示した。

「練馬の岡村に対する取り調べは、こちらの勾留(こうりゅう)期限切れまで遠慮していただきたい」

何か進展がない限り顔を出さない管理官、三田村(みたむら)警視と、三係長の綿貫(わたぬき)警部。三田村の方が厳しい目で東を睨んだ。

「あっちに、起訴してからの面会で聴取をしろというのか」

「こっちへの人員補充は無理なんでしょう。ならば、それくらいの便宜は図っていただきたい」

今現在、捜査一課殺人班は多数の事件を抱えており、全班フル稼働の状態なのだという。誘拐事件の追捜査にこれ以上の人員は割かないというのが、三田村管理官をはじめとする捜査一課幹部の方針であるようだった。

「東。お前のところがこれまで、少ない情報をやり繰りして捜査を進めてきたことはよく分かっている。だが向こうは三人のコロシだぞ。人質が帰ってきた誘拐事件とは、重要性が違うだろう」

「お言葉ですが管理官、あの三人は『利憲くん事件』のマル被（被疑者）です。いわば仲間割れ、内ゲバの類でしょう。こっちのマル害、指を切断された利憲くんは罪のない子供ですよ。しかも身代金まで取られている。どっちが凶悪な事件か、どっちが世間的に解決を望まれているのか、そんなことはいうまでもないでしょう」

「だがどっち道、本ボシが君らのいう〝ジウ〟だとするならば、人員の多い練馬を動かした方が効率がいいだろう。せまい了見で岡村を独占することは許されんぞ」

「ちょっと待ってください。せまい了見を押しつけているのはどっちですか」

おい、と綿貫がたしなめるが、東は聞かない。

「そんなに練馬を動かしたかったら、こっちに吸収という形で合同を張ればすむことでしょう」

「だからそれは、捜査一課長が別件との見解を示した以上……」

「もう一ついわせてもらうとですね、『利憲くん事件』に関していえば、岡村は真っ黒のマル被ですよ。自供だって裏だって問題なく取れてる。ですが向こうにとっては、任意の参考人にすぎないわけでしょう。それともなんですか、練馬は岡村が三人を殺ったと、そう主張するに足る証拠を一つでも挙げたっていうんですか」

「そんな、無茶をいうなよ……」

「こっちは起訴前のマル被、あっちじゃただの参考人。どっちの聴取を優先すべきか、そんなことは一々考えなくても分かるはずでしょう。頼みます管理官。今は岡村の身柄を動かさないと、そう約束してください」

美咲はあまりのことに声も出せなかった。あの東が直属上司の綿貫を前にして、まさか二つも階級が上の三田村管理官に食ってかかるとは思ってもみなかった。

せまい了見。算盤ずくのセクショナリズム。東にそれがないといったら嘘になるだろう。だがこれは、むしろ自分がやってきた仕事に対するプライドの表れだと、美咲は解釈したかった。

東は苦しい状況下で、実に辛抱強く捜査を続けてきた。碑文谷署刑事課からの人員は二人に削られ、さらに最近になって分かったのだが、一方で東は、日々三係の部下から、捜査員の補充を執拗に迫られていたのだった。

沼口巡査部長を筆頭とする四人のデカ長。美咲は碑文谷署配属当初、彼らに嫌われているのは自分だとばかり思っていた。だから「殺人班のデカは誰もが一匹狼」といった東の真意も、実はまったく理解できていなかった。だが今なら分かる。東と沼口たち四人は、決して上手くはいっていない。それが最も顕著に表れるのが、捜査会議終了後の、四人の態度だった。

沼口たちは、決して東を飲みには誘わない。美咲がいなければ、東はいつも一人で会議室に残ることになるのだろう。彼らの間に何があったのか、本当のところは分からない。だが美咲は、そんな東を支えたいと思い始めていた。今の彼を支えられるのは自分しかいないと、三田村といい合う東を見て確信した。

「分かった。岡村は動かさない。それでいいんだな」

「ありがとうございます」

三田村は本部に戻るといい、綿貫と共に会議室を出ていった。

岡村の取り調べは、勾留期限ギリギリまで続けられた。ジウに関することならなんでもいいから話せと、東は連日連夜、岡村を搾り続けた。

「……もういないだろうけど、目白にある廃墟マンションを、奴は一時期使ってたよ」

他にはと訊くと、八王子の病院跡、品川の食品工場跡など、ジウが住居として使用していた廃墟がいくつか挙げられた。いうまでもなく、捜査員たちは即日、それらの物件を確認しに動いた。

残念ながら、それらの廃屋にジウが潜伏していることはなかったが、有力な情報はいくつか得られた。そういった物件には、ホームレスが勝手に住みついているケースが少なからずある。そんな中に、ジウを知る人物がいたのだ。

最初に情報をつかんだのは、奇しくもあの沼口デカ長だった。

「八王子の山中総合病院跡で、ふた月ほど前にジウらしき人物が目撃されています。似顔絵で確認したところ、間違いないとの証言を得ました。そのときは連れの人物がいたそうです。もう少し年嵩の、三十歳前後の男性です。二人を見たのは二回か三回。そのホームレス、安田忠志は最初、二人を不動産業者と勘違いし、物陰から様子を窺っていたらしいんですが、どうもそれとは様子が違う。一体何をしているんだろうと思っていたら、いつのまにかこなくなった……ということでした。以上です」

品川の食品工場跡では、佐々木巡査部長が聞き込んできた。

「ここ四年ほど住みついているホームレスですが、三年くらい前に、ジウらしき人物と数週間同居したという話です。面も確認しましたが、間違いなさそうです。非常に無口で、たまに喋った日本語には、確かに妙な訛りがあったそうです。中国人ではなかったかと訊きましたが、それについては分からないといわれました。

で、ですね……ジウは、鳩を、よく食べていたそうです。いつもナイフを持っていて、それを投げて捕るんですが、それが非常に上手い。ほとんど百発百中の腕前だったらしいです。ただ、そのナイフは大型のバタフライではなく、もっと小さなものだったようです。話をしてくれた水森も、何度か分けてもらって食べたそうですが、よく焼けば美味かったと、いうことでした」

その話を岡村にすると、鳩を食べるのは見たことがないが、そういえばジウの横顔は鳩に似ていると、わけの分からない答えが返ってきた。

「ナイフは小さいのも持っていたか」

「ああ、持ってた持ってた。リンゴとか渡すと、けっこう器用に剝いてくれたよ」

美咲の頭の中で、ジウの人物像は大きく揺れた。

ヤクザの指を切り落として岡村を助けたかと思えば、その岡村にもナイフを振るう。見知らぬホームレスと同居し、鳩を分け与えたりもするのに、一方では、共に事件を起こした仲間を三人まとめて殺害したりもする。

――ジウって一体、何が目的で、行動してるんだろう……。

岡村も、そこのところはよく分からないという。

「なに考えてんのか……でも、ふとそれで、いいような気もするんだよな、奴を見てると。俺たちがさ、こうって決めたもんを、つまり奴は、一々、そうなの？　って、問いかけてくるような……そうすっと、そうじゃなくてもいいのかなって、思えてくるんだよ。もっとさ、自由でいいんじゃないかって、思ったりさ……」

いい終え、顔を上げた岡村は、照れたように笑った。

「俺、なにいってんだろうな。わけ分かんねえこと……今のは、忘れてくれ。美咲ちゃん、ちょっと今のは、書かないでね」

そんなこんなしているうちに、八月九日の勾留期限がきてしまった。岡村の身柄は東京地検に移送され、今後はしかるべき拘置所に勾留されることになる。

夕方六時過ぎ。護送車に乗り込む岡村は東と美咲の姿に気づいたようだったが、特に挨拶をするでもなく、うな垂れたままその身をドアにくぐらせた。

ディーゼルの粗いエンジン音が響き、護送車はゆっくりと碑文谷署の玄関前を通り過ぎていった。東が、あとを追うように歩道まで出ていく。美咲もなんとなく、その隣に並んだ。

「……いっちゃいましたね」

「ああ。ことによったら、また近いうちに会うことになるかもしれんがな。地検で」

「捜査不充分で呼び出し、ですか」

「ああ。そうならないことを願うが、ジウを逮捕して、主犯って線で固められなければ、岡村の被疑内容も、現状より重く見なければならなくなるだろう。だから、とにかくジウだ。とにかく奴をパクらんことには、解決も何もあったもんじゃない。これから、また大変になるぞ」

今朝の会議で、今後は八人全員で都内の廃墟物件を当たることが決まっていた。

「ですね。……あーあ、私もとうとう廃墟デビューか」

「とにかく臭くて、床だの壁だのがボロボロで危ないらしいからな。あんまり、高い服は着てくるなよ」

「はい。そうします」

すると、東は急に黙り込んだ。笑おうとして、だが何かを思ってやめた。そんな沈黙であるように、美咲には感じられた。

「主任……?」

五十メートルほど先。岡村を乗せた護送車が、柿の木坂陸橋の下を右折して遠ざかる。

それを東は、じっと目で追っている。

「……君にはずいぶんと、居心地の悪い帳場だろうな。ここは」

細い針が、ツキンと胸の真ん中を通り抜けていくようだった。

寂しげな東の横顔。見ているとつらいのに、でも、目を逸らすことができない。

「そんなこと、ないです……」

私には主任がいるから、と、素直にいえたらどんなにいいだろう。

「君には、ずっとすまないと思っていた。帳場の空気が悪いのは、すべて、俺の責任なんだ」

聞きたいような、聞きたくないような。美咲は先を促すことも、話題を他に向けることもできず、ただ黙って、東の横顔を見つめていた。

「田辺春子に、最終的に独走を許したのは、この俺だ。その責任をとったわけでもないが、俺はこの件の追捜査を、自ら買って出た。それが、今のあいつらを腐らせている。……とんだとばっちりだよな。上司が駄目だと、部下は要らぬ苦労をする。

ここ数ヶ月、高田の女房が、ひどく体調を崩していてな。ただでさえやつの家は都心から遠い。……ま、そんな諸々が重なって、この半年の間に、取り返しがつかないほど、連中との関係は冷え込んじまった。

あいつらは、ほとんど証拠もない状態で、半年も無駄に、東京中を歩き回ってきた。つらかったと思う。実際、それで挙がった情報なんて、今となってはまったくの無価値だからな。恨まれて当然だ。……だが俺も、引くに引けなくなっていた。少なくとも、西脇部長があの椅子に座っている限り、この帳場は解散できない。俺は一人になっても続けるつもりだったが……」

東の澄んだ目が、美咲のそれを正面から捉えた。

「君が、きてくれた。岡村と共に、君はこの帳場にきてくれた。つらい目に遭ったばかりだというのに、君は精一杯、俺をサポートしてくれた」

にわかに、鼓動が暴走を始めた。もうほとんど、心停止寸前の早さだった。

「……ありがとう」

泣きそうだった。美咲も、たぶん、東も。

「それだけ、いいたくてな」

踵を返し、東は署の玄関に入っていった。

立番の私服警官が妙な目でこっちを見ていたが、美咲はすぐに東を追うこともできず、しばらくは、その場に立ち尽くしていた。

岡村の口から「ジウが好んで潜伏するのは廃墟」という供述が得られた直後、東京全域、警視庁管轄下百一署の地域課すべてに、廃墟に関する情報提供を募る呼びかけがなされた。これは東が綿貫係長に打診し、三田村管理官の了承を得、和田捜査一課長の名義で発令されたものだった。

東と美咲は、溜まった報告書を地域ごとに並べ直し、さらにそれを四つの山に分けた。

「こうして見ると、ずいぶん都内にも、廃墟ってのはあるもんなんだなぁ」

「ですねぇ……」

ほんの数日で、所轄署から送られてきた廃墟情報は三百件を優に超えた。報告書の山一つは、およそ八十件ほどになっている。

「しかし、都内に限定して考えていいんですかね。確かに、岡村の供述を鵜呑みにすればそういうことになるんでしょうが、奴は実際、八王子にまで足を延ばしている。だったら、埼玉の川口辺りまでは、勘定に入れておくべきなんじゃないですかね」

異論を唱えたのは沼口デカ長だ。倉持、高田らも頷いて同意を示す。

「神奈川なら川崎、千葉なら船橋辺りまで、似たような条件を満たすんじゃないですか」

付け加えたのは佐々木デカ長だ。碑文谷の森尾と萩島は、あまり積極的に発言してこない。

「俺も、都内だけでいいとは思っていない。埼玉、千葉、神奈川は充分射程圏内だと思う。……が、都内だけでこの件数だ。最初から手を広げすぎるのもどうかと思う。まずは二十三区内、それで駄目なら都下を当たるという手順でいいと思う。『利憲くん事件』で指定された駅の分布を鑑みれば、ジウの行動範囲が二十三区内に限られているという推測も、成り立たないわけではない。そもそもジウは新宿育ちだ。都会に拘る性質があってもなんら不思議はない」

沼口は「だとよ」と呟き、森尾の肩を叩いて出口に向かった。森尾は報告書の山を一つ抱え、東に一礼して沼口のあとを追った。佐々木は萩島、倉持は高田と組み、同様に会議室を出ていった。

「……やな感じ」

美咲も残った報告書を手に取る。範囲は主に城北地区。練馬区、北区、板橋区、豊島区辺りの物件を受け持つことになっている。

「まあ、連中もやるべきことはやってる。文句はいえんさ」

苦笑いする東に、美咲も同じ笑みを返してみせた。まあ、こういう雰囲気も悪くはない。対立構造がはっきりしたお陰で、美咲は却って東に加担しやすくなった。

「門倉、その靴はまずいな」

「え、そうですか」

なるべく歩きやすいパンプスを選んできたのだが。

「できれば足首まである、バスケットシューズみたいなのがいい」

「えっ……この恰好に、バッシュはないでしょう」

夏物のパンツスーツにバスケットシューズでは、かなり恥ずかしい見てくれになってしまう。

「本当は、ヘンジョウカみたいなのが一番いいらしいけどな」

「なんですかそれ」

「知らないのか」

　東はホワイトボードに「編上靴」と書いた。

「あみあげぐつ?」

「これで〝ヘンジョウカ〟と読むんだ。機動隊員とかが履いてる、こういうやつだよ」

　ついでにイラストも描き添える。紐が足首までいっていて、さらにその上に脛当てがかぶる構造のようだが、お世辞にも東の絵は上手いとはいえなかった。それは靴というよりは、むしろカバによく似た珍獣に見えた。

「……何が可笑しい」

　いえ別に、ということもできない。いま口を開いたら、間違いなく爆笑してしまう。

「いくぞ。とりあえずどこかで靴と軍手、懐中電灯を調達する。あいつらもひと揃い用意したらしいからな」

　一応「はい」と返事をしてあとに続いたが、すぐに手で口を塞いだ。また東に睨まれたが、美咲はどうしても、その手をはずすことができなかった。

　ジウは『利憲くん事件』で、練馬区内の廃屋を利用した。周辺に土地鑑がある以上、再度同区内に潜伏する可能性もないとはいえない。が、誘拐の手口の周到さを鑑みるならば、むしろ少し離れた別の場所を優先して当たるべきだろうと東はいった。美咲にも異論はなかった。

まずは北区から。ビールケースが散乱する、もとは酒屋の倉庫という物件。確かに車を入れるのには便利そうだが、潜伏に適した部屋は見当たらなかった。

「ここじゃあ、野宿と大差ないですよねえ」

「そうだな。ここは、いくらなんでもないな」

「そもそも岡村の話じゃ、普段のジウって、車なんか乗らないんですもんね」

「ああ。住みやすい部屋があるかどうかを、重点的に見ていくとするか」

そこから一番近かったのが、同じ北区内の元アパートという物件。周辺の聞き込みから、何者かが占拠して住み着いている、などということはなさそうだった。

「しっかし、こりゃひどいな」

窓から覗き込むと、一階の部屋の畳は朽ち落ち、その隙間からは背の高い雑草が生え出ていた。

「寝れませんよ、こんなとこじゃ」

「でも、一応入ってみよう」

事前に持ち主に確認し、立ち入り許可は得ている。鍵も借りてある。

「えー、ちょっとここは、あり得なくないですか」

「練馬のアジトと比べたら多少は落ちるが、品川よりはマシだろう。あるよ充分、ここなら」

「……そうですかぁ？」

　ドアの並ぶ表に回り、一つ一つ開けて内部を確認していく。そもそもきちんと鍵が閉まっているくらいだから、内部に誰かが潜伏しているだとか、過去にそういうことがあったような形跡は認められなかった。

「ほーら、やっぱりない」

「何をいってるんだ。確認して、一つ一つ可能性を潰していくのが刑事捜査というものだ。たぶんない、は許されない。もしかしたらも考えたが、それでもやはりなかった。そういうことから積み上げていくものなんだ」

「……はい、すみませぇん」

　今度は区界をまたいで豊島区へ。とげぬき地蔵で有名な、あの〝お年寄りの原宿〟巣鴨だ。物件は元産婦人科。この手の廃墟探索で、病院は危険度の高さでトップクラスに入るのだという。

「注射針とかな、そこら中に落ちてるから気をつけろ」

　ここまではバッグに入れて持っていたトレッキングシューズの出番が、とうとうきてしまった。軍手もちゃんと、ゴムイボ付きのを用意してある。

「ほら、私はオレンジのにしたんですよ。可愛いでしょ」

「すぐ真っ茶色になるさ」

ちなみに東は渋い黒の軍手だ。

「主任、虫除けスプレーしてあげましょうか」

「ああ、頼む」

北区のアパートでは何しろ藪蚊の多さに閉口した。もう、なりふりかまっている場合ではないと美咲も悟った。靴を履き替えたら袖と裾をゴムで括る。暑いのは承知で首にタオルを巻く。空気も悪いだろうからマスクもする。

「完全防備だな」

そういう東も、まったく同じ恰好をしている。

「主任も、かなりイケてますよ」

いざ潜入。ここも不動産業者を介し、持ち主に立ち入り許可を得ている。鍵は借りていない。裏側の窓がいくつも割れてるから勝手に入ってくれ、ということだった。

「気をつけろよ」

「ちょっと、こういうの、取っちゃいましょうよ」

怪我をするのも嫌なので、邪魔なガラスはどけて万全を期した。

先に窓枠を乗り越えた東が中から手を貸してくれる。特殊班時代、それなりに訓練は受けていたのでこれくらいは平気なのだが、ちょっと嬉しかったので、ありがたく甘えることにした。

「すみません……よいしょ」

入ったそこは元診察室のようだった。白い布を張ったパーテーションはほとんど茶色に変色している。雨漏りもあるようで、天井には世界地図のような緑色の染みができている。

「ヒィッ」

美咲は診察台の下にあるものを見て、思わず東に飛びついた。

「……なんだこりゃ」

おそらく、猫の死骸だろう。完全にミイラ化しており、頭部などは半分斜めに潰れている。

――うえ、吐きそう……。

それでも、職務放棄をするわけにはいかない。

「さあ、いこう」

東が廊下に出ていけば、あとをついていかざるを得ない。

「はい……」

廊下は廊下で、また一種異様な眺めだった。

基本的に電気が通っていないため、廃墟の内部は昼間であっても非常に暗い。西側に面した部屋のドアが開いていれば外光が射し込んでくるが、それ以外の場所は本当に真っ暗だった。非常口のランプすら点いていない、社会生活から隔絶された空間。ここは産婦人科だから、元来は生命が誕生する場所だったはずだが、いま漂っているのは完全に負のエネルギー。死のイメージに他ならない。しかも暑い。ほとんど蒸し風呂。軽い火炎地獄だ。ガラス片や小石、砂や埃がリノリウムの床を覆っている。もとが平らなだけに、異物を踏むと余計にバランスを崩しやすくなる。

天井からぶら下がった蛍光灯ユニット。半分溶けたダンボール箱。ネズミの死骸。床に散乱したカルテのような書類。原因不明の異臭。倒れた書棚。割れた瓶。傾いた洗面台。便器を撤去したあとの排水口。「ガーゼ」と赤マジックで書き込まれた四角い空き缶。蜘蛛（くも）の巣。なんに使ったのか汚れた透明のチューブ。壁に残っている「入院患者の皆様へのお願い」という張り紙。出ました注射針。しかもケースごと床に散乱。犬か猫の糞。転がった消火器。砂だらけの浴室。大きな丸い無影灯の下には分娩台（ぶんべんだい）。高価な機械類は一つもないが、白や銀色のスタンドだけはやたらと残って立っている。

「上は、入院病棟だな」

二階に上がる。ゴミだらけの階段。剝がれ落ちた天井。異臭を放つ腐敗した布団、ベッド、枕。開けっ放しの冷蔵庫。なぜか部屋のど真ん中に位置しているテレビ台。

「キャッ」

ナースステーションのカウンターには、大きなカラス。しかも生きている。どこから入ってきたのだろう。

「ネズミ、食ってるぞ」

「いや……」

東の背中に隠れても聞こえる、骨を砕き、湿った肉をついばむ音。

カラスを大きく迂回(うかい)して奥へと進む。汗で服が張りつき、段々動きづらくなってくる。それでもすべてのドアを、一つ一つ開けて確認していった。雰囲気だけでいえば、いつ死体が出てきてもおかしくない感じだ。

二階の突き当たりにも階段があった。わざわざ戻らなくても、三階にはここからいけばいいな、などと考えていたら、東がすぐそこのドアを開けた。ほぼ同時に、中に人がいるのが目に入った。

「……イッ」

美咲は必死の思いで悲鳴を呑み込んだ。

浴衣に両手を通しただけの半裸の男性が、両足をこっちに投げ出し、床に座っていた。むろん、股間は丸出しである。

――イヤァァァーッ。

汚い。あまりにも汚すぎる。伸び放題の髪、髭(ひげ)だらけの顔、胸毛のはびこった肌、たるんだ腹、そして、それ。

──もう無理、絶対無理……。

見てしまった。これは出る。これは絶対、今夜の夢に出てくる。望まない光景に限って、繰り返し出てくるのが美咲の夢の特性なのだ。

──最悪！　モォーッ、最悪さいあくサイアク！

東が、足下に落ちていた毛布を拾い上げる。途端、不潔な塵が容赦なく舞い上がり、これでもかと悪臭が立ち込めた。それでも東は毛布を引きずり、男の近くまで持っていき、下半身にかぶせた。

「……ん……んもぁ……」

ここまで不快な物体ならいっそ死んでいてくれた方がマシなのだが、でもそれは、まだ存分に生きていた。不幸なことに、活動する意思すら持ち合わせているようだ。

「……なぁんじゃい、女かえ」

ちょっと、女とか認識しないでよ、といってやりたかったが、言葉を交わすのも汚らわしい。

「警視庁の者ですが、あなたはここで、何をしているんですか」

こんな状態でも、東は聞き込む気満々のようだった。彼には申し訳ないが、美咲は廊下で、二人の話が終わるのをじっと待つことにした。

結果は、見事に空振りだった。

5

だからといって、基子と雨宮の仲が急速に親密になるということはなかった。

雨宮は相変わらず淡々と訓練をこなし、基子は一々躍起になって周りを蹴落とそうとした。周囲が二人の関係に気づいた様子も特になく、基子はそれまでと同じように飲みに誘われ、同じように断り続けた。

「基ちゃん、最近なんかあった」

寮の賄いのおばさんにそう訊かれたときだけは、さすがにドキッとしたが。

「……別に。なんもないけど」

「なんもないことないでしょうが」

「なんで。なんでそんなことというの」

相変わらず、この人の作る味噌汁は旨い。

「だって、あんなに好きだったバイク盗まれたってのに、ご機嫌損ねるふうでもないし、新しいの買うわけでもないし」

「盗難届けはちゃんと出したよ。それに、あたしが機嫌損ねたって見つかるもんでもないだろ。……新しいのったって金なんかないし。年末のボーナスが入ったら考えるよ」

今日は卵焼きもなかなかだ。

「休みもいそいそとどっかに出かけていくし」

「いそいそもメソメソもしてないよ。そもそも、あたしが休みに部屋に閉じこもってたことなんてないだろ。馬鹿馬鹿しい……門倉美咲じゃあるまいし」

あ、嫌なこといっちゃったな、と気づいたときには遅かった。

「ほーらやっぱりぃ、なんだかんだ美咲ちゃんのこと意識してるんじゃないさ」

「してないよ。メソメソって自分でいったから、ひさーしぶりに思い出しただけ」

「下手な言い訳休むに似たり」

「あたしの休みはあたしのもんだよ。おばちゃんの暇潰しの相手はゴメンだから」

ご馳走さん、と席を立つと、彼女は何か思い出したように「ああ」と呟いた。

「美咲ちゃんも、なんかここんとこ綺麗になってんだよね。あの娘ははっきりしてるよ。好きな人でもできたのかいって訊いたら、ウフフって。かーわいいじゃないのさ」

「三十近くにもなって、ウフフはねえだろっつーの」

案外元気にやっていることが分かったところで、別にどうということはなかった。

待ち合わせは品川区立総合スポーツセンター前。

「バドミントン、テニス、卓球、柔剣道はないとしても、空手、ウェイトトレ、水泳、エアロビ……雨宮さん、あんたどれにする」

「ねえ、もうちょっと、普通のデートコースは考えつかないの」

「女みてーなことというなって。じゃ、とりあえずウェイトからいっとくか」

プレス各種、レッグエクステンション、エアロバイクで体を温め、それからプールで五キロほど泳ぎ、最後は卓球で締めくくった。

「負けたんだから、あとはあんたの奢りだよ」

「ずるいよ。君が勝つまで付き合ってあげたんじゃないか」

たらふく食ったらセックス。キスもゲップもお好み焼き味。

「ほんっと、色気とかって全然ないんだね」

「そういう欲求はよその女で解消してくれたまえ」

自分が女としてはかなりの変わり者に分類されるであろうことは自覚している。だが、この雨宮も相当な変人だ、と基子は思う。それをもって似合いのカップルだというつもりはないが、まああありかな、くらいの感触は得ていた。

ただ、寝物語が説教臭いのだけは正直閉口した。なんでも雨宮家は古くから続くキリスト教徒の家系で、雨宮自身も敬虔なクリスチャンなのだという。つまり、基子が「牧師にでもなったら」といったのも、あながちハズレではなかったわけだ。

「……全っ然、意味分かんないし」

「だから僕はね、君を救いたいの」

「あたしは別に溺れてもないし、宙吊りにもなってないよ」

自分の何をどう救いたいのかと訊くと、愛を思い出させたいのだという。

「君は愛した人を自らの手で殺めてしまった。事実関係はともかくとして、君自身はそう思っている。苦しんでいる。だから愛というものの存在そのものを否定して、自分を正当化しようとしているんだ。愛なんてない。自分はもともと愛情なんて持ってなかった。だから殺してしまっても悲しくなんてないんだ。そういう人間として生きていくんだ……って、自分にいい聞かせてるんだよね」

「あんた、よくそこまで絵空事を並べられるよね」

こういうとき、タバコが吸えたらどんなにいいだろう。

「絵空事じゃないよ。君はね、本当はとっても優しい娘なんだ」

「嫌いだね。あなたは本当はできる子なんだから、みたいなこという先生、大っ嫌いだった」

「いい先生じゃない。君の本質をちゃんと見抜いてる」

「本質？　あんたさぁ、ほんと分かったようなことばっかいうよね。なんなのそれ。あたしの本質って何よ」

「だから、優しい心の持ち主ってこと。だからこそ傷ついて、自分を責めてるわけでしよ」

「責めてない責めてない。全然納得してるって」

「納得、しようとしてるだけでしょう」

「いい加減にしてよ。あたしがいいっていいってんだから、それでいいでしょうが」

「その頑固さは、いつか必ず、ころりと転がるよ」

厄介な男だ、と常々思ってはいるのだが、不思議とその厄介に付き合ってしまう自分がいるのも、また確かなのだった。

――優しいとか、いってんじゃねーよ……。

基子は枕の向こうに手を伸ばし、一枚残っていたスキンをつまみ上げた。

「ぐちゃぐちゃいってないで、ほれ、もう一発がんばんな」

「はあ」

ちなみに雨宮は、婚前交渉も避妊も、特に神の教えに背く行為ではないと考えているようだった。宗教というものは、その真意さえつかんでいればいい。表層的な部分は臨機応変に、というスタンスらしい。

まあつまり、わりといい加減なクリスチャン、というわけだ。

この日、SAT第一小隊と第三小隊は合同で訓練を行うため、警視庁術科センター内の

SAT専用訓練基地に集合していた。その主な目的は、現場に複数の制圧班を投入した際の同士討ちを回避する動作の確認であった。
《こちら本部。C班、潜入開始》
状況は、拳銃を所持する五人組がビルに逃げ込んだという設定になっている。人質はいない。
《C班了解。潜入開始します》
この手の訓練は、九月に入ってから急に頻繁に行われるようになっていた。三階建てのモックアップはいったん解体され、複雑な構造の二階建てに組み直されている。
《こちらC班。二階北側通路に潜入完了。ドアがありますが、内部に気配は感じられません。どうぞ》
今日は第一小隊制圧一班をA班、基子たちの二班をB班、第三小隊制圧一班をC班、二班をD班として訓練を行っている。
《本部了解。C班はそのまま待機》
《C班了解》
《こちら本部。B班、状況を報告せよ》
基子の隣にいる青山班長が口を覆う。音声は右耳の下にある骨伝導（こつでんどう）マイクが拾う。
「こちらB班。マル対（対象者）に動きなし。どうぞ」

《本部了解。Ｄ班、通路突き当たりまで前進》

《Ｄ班了解。前進します》

建物内部に明かりはない。今回は全隊員が暗視ゴーグルを装着し、本部を介して情報交換しながらマル対を包囲していくという作戦だ。一個班六名で編成された制圧班は、サイレンサー付きのＭＰ５を四丁、同じくサイレンサー付きの八九式小銃を二丁、それぞれ装備している。

Ｂ班はまず一階に潜入し、マル対がいないことを確認しながら二階に上がってきていた。現在は雨宮を先頭にして、マル対がひそんでいるであろう部屋、そこに続く廊下の角で待機している。

二階は、その部屋の周りをぐるりと廊下が囲む構造になっていた。先の指示で、二階に直接潜入したＤ班が、ちょうど向かいの角まで前進してきていることが分かっている。Ａ班はまだ一階、階段の下にいる。Ｃ班はＢ班Ｄ班が見ているドアとは反対側に待機している。今後の状況次第で、通路を右回りにくるか左回りにくるかが決まる。

そのとき、なんの前触れもなくドアが開いた。扉がせまい廊下を塞ぐ。

――きたな。

単射の銃声と小さな閃光が五回。マル対が撃ってきたのだ。

応じるＤ班のＭＰ５。三発連射が六回、七回。

扉で視界が遮られているため、状況を直接確認することはできない。

《こちらD班、マル対と交戦中》

《こちら本部、A班は注意しながら階段を上がれ。C班はD班を後方から支援。B班は前進してD班と共にマル対をはさみ撃ちにしろ》

各班が了解と返し、班長の合図で雨宮が前進を始めた。

ドアが半分ほど閉まった。途端、そこから拳銃を構える腕がにゅっと生え出るのが見えた。

雨宮が身を伏せる。MP5と相手の銃声が交わる。隣の隊員の頭部が仰け反る。基子はヘッドスライディングしながらマル対の足を狙った。ンガッ、と声が漏れ、ドアが閉まった。向こうには銃口を天井に向けたD班隊員四人の姿があった。

《こちらD班、マル対は再び室内に……》

だが、どこからか聞こえた銃声が報告を遮った。

——ンッ。

雨宮と目が合う。どうやら、マル対が潜伏していた部屋は反対側の廊下まで抜けられる構造になっていたらしい。事前情報にそんな内容はなかったが、現場で四の五の文句をいっても始まらない。

《こちらC班。マル対と遭遇、応戦ッ》

《本部了解。B班D班は後退して応援に回れ。A班は南側通路のドア前に待機》
　銃声は続いている。
《こちらC班、二名が負傷、二名が負傷ッ》
　B班全員が廊下を逆走する。曲がり角まできていったん身をひそめ、雨宮が顔を出す。向かいには二人ほど隠れられる物陰がある。雨宮が手を振ったので、基子ともう一人の隊員は、タイミングを見計らって廊下を横切った。
　マル対はこっちに背を向けている。すでに一人が床に倒れている。基子たちは上下に重なり合い、
「撃てッ」
　青山班長の指示で一斉に引き鉄を引いた。
「ガァッ」
　マル対の一人が倒れた。一人が振り返った。それも倒れた。ドアが閉まる。
「こちらB班。狙撃した三名を確保します。どうぞ」
《本部了解。C班D班は援護しろ》
《D班了解》
《C班了解。負傷した二名を東側通路に保護します。どうぞ》
《本部了解。各班、東側通路の負傷者に注意せよ》

雨宮と基子、他三名、計五人で三名のマル対を確保しに動く。脚部、胸部に被弾したマル対役の隊員たちは、自ら重傷と判断したのだろう、身じろぎ一つ見せない。
雨宮が直接本部に報告する。
「こちらB班。マル対三名を確保。どうぞ」
基子と他の二人で武器を取り上げ、手錠をかける。
《本部了解。C班、状況を報告せよ》
《こちらC班。負傷者は重傷。二名の隊員をつけて後退させます、どうぞ》
《本部了解。残存のC班二名は確保したマル対を見張れ。D班は南側通路でA班と合流。合図で一斉に突入する》
残るマル対は二人。
《こちらD班。A班と合流しました。どうぞ》
《本部了解。五秒後に突入》
誰も待ったをかけない。準備はできているようだ。
《……ニ、イチ、突入ッ》
南北両方のドアが開けられ、三班が一斉に現場に入った。
内部は迷路さながらの様相を呈していた。むろん明かりはない。その点だけをとれば、暗視装備のないマル対側が不利のようにも思えるが、何しろこちらは内部構造を把握していない。贔屓目に見ても五分五分だ。ちなみに基子は、この邪魔臭い暗視ゴーグルという装備が大嫌いだった。

パパンッ、と聞こえた。マル対の拳銃だ。右手の角にほんの少し閃光が見えた。基子は班長にそれを手振りで伝えた。

雨宮と基子で右手に進む。他の四名は後方に注意を向けている。

角まできた。雨宮が顔を出す。先はT字路になっているとその手が告げる。それがすぐに「待て」になり、数秒を置いて「いこう」になった。

通路を曲がって進む。T字路まできたとき、通路の先に人影が覗いた。マル対か、と一瞬身構えたが、A班の隊員だった。雨宮もまったく同じタイミングで悟ったらしく、銃口を角の方に向けた。

その瞬間だ。

パスパスパスッ、とMP5が鳴り、雨宮が倒れた。

――なにッ。

撃ったのはA班の隊員だった。

――バッカヤロウッ。

基子は暗視ゴーグル越しに睨んだ。

同じ第一小隊、制圧一班の隊員、臼井巡査。

基子は直接報告した。

「こちらB班、同士討ちで一名負傷ッ」

その返事がくる前にマル対が撃ってきた。

倒れた雨宮の手が「いけ」と示している。

基子は角を曲がって疾走した。

——クソッ、死にやがれッ。

三点バーストの引き鉄を、基子は四回も五回も引いた。

マル対は一発も応戦することなく、胸部、頭部に被弾したのだろう、そのまま動きを止めた。

基子は背後に「終わった」と手で示した。青山が頷く。

「こちらB班、マル対を狙撃、確認に向かいます」

《本部了解》

青山と、倒れた二人の被弾個所を確認する。

「こちらB班。マル対の死亡を確認。制圧完了。どうぞ」

《本部了解。全員、安全装置を確認》

訓練は終了した。

雨宮は左腕と脇腹を撃たれており、直ちに医務室へと運ばれた。腕はそうでもなかったが、脇腹はかなり痛むようだった。ダミー弾でも、装備のないところに当たれば骨折する可能性がある。

「フザケんじゃねーぞテメェッ」

基子はモックアップを出て臼井を見つけるなり殴りかかった。

「どこ見てんだコノヤロウ、こっちは銃口避けてただろうがッ。殺す気かバカヤロウッ」

ヘルメットを脱いだ臼井は、基子にされるがままだった。馬乗りに組み伏され、拳で殴られても一切の抵抗をしない。

「よせッ」

「やめろ伊崎ッ」

むろん、小野小隊長をはじめとする多くの隊員が止めに入った。

「こいつァ一人殺したんだ、仲間を殺したんだ」

「訓練だ伊崎ッ」

基子は立ち上がり、今度は小野の胸座をつかんだ。

「今日が訓練だったのは結果論でしょうが。今日出動命令が出て、今日マル対に撃たれて、今日死ぬ可能性だってあったでしょうがッ」

「それをいったら訓練の意味がないだろ」

「それを考えないから訓練の意味がないんだよッ」

部隊長の橘警部も腕を組んでこちらを見ている。基子は辺りをぐるりと見回した。

「だいたい、二階室内の構造が分かってないのに突入ってのはどういうこったよ。そういう設定自体があり得ねえだろうがッ」

あくまでも答えるのは小野だ。

「事前に分からない状況にはその場で対処する。そういう力を養うのも訓練の目的の一つだ」

「できてねえじゃねえか。こいつはパニクって、仲間撃ち殺してんじゃねえかッ」

「今回は、不慣れな暗視ゴーグルで、視界も悪くなっていた」

「そんなのはこっちだって同じだよ」

「だから、それを克服するために訓練をしているんじゃないか」

「それがなってねえっていってんだよッ」

基子は改めて橘を睨みつけた。

「……今日のマル対五人がどういう素性の設定だかは知らないけど、もし同じ状況で人質がいたら、一体どうなっちまうんだろうね。あたしはこの程度でパニクる連中に、人質とマル対を冷静に見分ける力があるとは到底思えないよ。ハイジャックだったらどうする。マル対が人質の中に紛れ込んでて、隙を見て撃ってきたら、刺してきたらどうする。ええ？　部隊長さんよ、どうするんだって訊いてんだよッ」

小野が「キサマ」と漏らす。第三小隊長の望月警部補も「口の利き方に気をつけろ」と怒鳴った。そんな彼らを制して、橘は基子の前に進み出てきた。

「……伊崎。キサマこそもう少し、座学を真面目にやったらどうだ。ハイジャック犯が人質に紛れ込んで反撃に転じたという前例が、世界の一体どこにあった。そもそもハイジャック犯の目的は制圧部隊への反撃ではない。そこまでの攻撃力や、事態を想定する必要はないんだよ」

基子はハッと鼻で笑ってみせた。

「それはこれまでのマル被の話だろ。そうじゃなくて、あたしはこれからを考えろっていってんだよ。気づいてないのかもしんないけど、あんたがいまいったのはつまり、今までの連中が馬鹿だったから、警察はホシを挙げてこられたっていってんのと同じなんだからね。でも、本当にそれでいいのかい。もっと賢くて、もっと狡猾な人間が、これからは本気で犯罪に取り組んでくると、あたしは思うよ。そうなったら、過去のデータから組み上げた作戦なんて、ひとっつも通用しなくなるよ。そんときんなって慌てたって遅いんだよ部隊長」

橘は無表情のまま基子の話を聞いていた。認めるでも、否定するでもなく、まるで聞いていないかのように、ただ基子の目だけを見つめていた。

黙っていると睨めっこをしているようだった。ふいに馬鹿馬鹿しくなり、基子は溜め息と共に視線をはずした。

「……バタバタと、やかましい旗だな」

橘は、そう呟いて踵を返した。

——バタバタ……旗？

まったく意味が分からなかった。

橘は訓練室のドアに向かって歩いていく。

——なんだそりゃテメェ。

そのときの基子は、それを悔し紛れの捨て台詞だろうくらいにしか、考えられなかった。

第五章

1

岡村を移送してから、すでに一ヶ月と一週間。その間美咲たちは、ずっと廃墟を探索する日々を過ごしていた。

もう誰もスーツを着ての出勤などしなくなっていた。毎朝、八人全員が長袖シャツにGパン、あるいは作業ズボンという恰好で会議室に入ってくる。書類カバンの代わりに担いだリュックには、ふた組から三組の着替えを用意するのが当たり前になっていた。

装備品もずいぶんと増えた。手袋は軍手と厚手のゴム製のものを重ねて使うようになった。防塵（ぼうじん）マスクとヘルメットも買った。懐中電灯は携帯性より明るさと持久性を重視するようになった。それと、念のためにロープも。最近になって、持っていると重宝すると分かったのはドアストッパーだ。

一時期、二人で同じ場所に入り、だが何かの拍子でドアが閉まり、そこから出られなくなるというケースが捜査員の間で頻発した。廃墟は基本的に無人であり、助けを呼んでも誰もきてはくれない。そんな事態を避けるために、ドアストッパーは必要とされるようになった。

「あれ、もう電池のストックがないな」

高田が、部屋の端の「備品コーナー」を引っくり返している。

「あ、私ちょっといって、百円ショップで買ってきます」

ついでに、と倉持が手を上げる。

「軍手も一ダースくらい買ってきてよ。イボイボのじゃなくてさ、こう、一面にゴムが塗ってあるみたいなの、ああいう方がいいな」

「分かりました。もう、全部買い占めてきますよ」

このところ、沼口以外のデカ長三人とは、わりと普通に話をするようになってきていた。そのせいか、捜査本部内の雰囲気も若干明るくなったように感じられる。

また捜査面でも、いくつかの進展が見られた。

ジウ本人に遭遇することはまだなかったが、潜伏していたのではないかと思われる物件には二つも行き当たった。一つは練馬の現場に似た大田区の戸建て廃屋。もう一つは足立区のボーリング場跡。自分たちは、確実にジウに近づきつつある。捜査本部の誰もが、そう確信するようになっていた。

美咲が買い物から帰ると、ちょうどそれに関する論議の真っ最中だった。

「やはり共通点は、居住スペースが確保されていることと、出入りしてもあまり人目につかない奥まった場所であること、だな」

東はホワイトボードに貼りつけた現場写真を見て腕を組んだ。

「それから、ジウは相棒を得てから、やはり車を乗り入れられる場所を物色している節がありますよ」

佐々木がボーリング場や工場の写真を示す。確かにそれらは、すべて今年に入ってからジウが目撃された物件だ。東も頷く。

「だからといって、車が入れられない物件を見過ごすわけにはいかないが、逆に駐車可能な物件は、周囲への聞き込みを強化する必要があるな」

「……しかし、ジウは四千五百万もの現金を持っているのに、なぜまだ廃墟を物色してるんだろう」

倉持が誰にともなく呟いた。東は鋭くその顔を見、すぐホワイトボードに目を戻した。

「金があっても、まともに物件を借りられる身分じゃない、ってことだろう」

「でも、相棒は車を持っているんでしょう」倉持が食い下がる。

「車は盗めばいくらでも手に入る。そんなことを躊躇する輩（やから）でもないだろう。……まあ、現状はとにかく、挙がっている現場を虱潰しに当たることだ。居住性、駐車スペースの有無、目立たない立地、以上の点を特に注意して、今日もよろしく頼む」

全員が「了解」と返し、勢いよく席を立っても、

「……さて、と」

沼口だけは依然、ダルそうな態度を貫いていた。

特定のペアが特定の地域を受け持つ、という段階ではすでになくなっていた。最初の呼びかけで得られた三百数十件はすべて当たり終わり、今は追加で寄せられた情報を順次手が空いたペアが当たるという方法に切り替わっている。

今日美咲たちが受け持つのは、江東区新木場一丁目の建材卸し問屋跡地、江戸川区臨海町の廃校、同じく江戸川区南葛西の元旅館ホテルの三件だ。

まずは新木場、建材問屋の跡地。

「なんにもないですね」

「ああ。ここまで何もないのも、ある意味見事だな」

敷地の大部分を占めるのは倉庫で、その一角にプレハブの事務所が併設されているという恰好だった。

広い倉庫の内部には、中心線を描くように鉄骨の柱が立っているだけだった。隠れる場

所や、居住スペースとして使用できるものは何もない。唯一目を引くものといえば、アスファルトに残った黒い巨大な升目だろうか。無数のタイヤ痕。おそらくそこが通路だったのだ。そんなところにだけ、フォークリフトが忙しなく行き来していた当時の様子が窺える。

「事務所、見てみよう」

「はい」

こちらもＯＡ機器から机から、一切合財が運び出されていた。不動産業者の話では、この物件を使用していた会社は別に倒産したわけではなく、単に営業所を違う場所に移しただけらしかった。

「綺麗なもんですね」

「ホームレスも逆に居づらいか」

周辺の聞き込みでも目ぼしい情報は得られなかった。

次は江戸川区に渡って臨海町。生徒数が減少して閉鎖された小学校の跡だが、こちらはなかなかひどい物件だった。

辺りには暴走族が多いのだろうか、何々参上とか、何々上等とかの落書きがとにかく目についた。窓ガラスは残さず割られ、使用されていた当時を偲ばせるわずかな設備、黒板やスピーカーもすべて破壊し尽くされていた。男性トイレの小便器も、壁に残っているのは全校合わせても二つか三つだ。

「ここまでされると、却って清々しいですね」

「そうか？　単に風通しがよくて、臭くないってだけだろう」

なるほど。確かにここには、悪臭というものがほとんどない。廃墟物件で何が嫌かといったら、まず第一にその臭いだと、誰もが口を揃えるものだ。

むろん放置された年数にもよるが、基本的に廃墟ではすべてのものがカビており、すべてのものが腐っていると思っていい。壁も床も天井も、あらゆるものが滅びの魔力から逃れられずに朽ちていく。特にこの辺り、東京湾に近いエリアは潮風の影響が強いらしく、鉄筋や鉄骨までもが激しく腐食している。これは、都心部にはあまり見られない傾向だった。

「この学校、非常階段が一番危険ですね」

「門倉。君は、たまに面白いことをいうな」

内部の階段も半壊しており、残念ながら最上階まで上ることはできそうになかった。だが、美咲たちが上れない場所にジウが好んで上るとも思えない。周辺の聞き込みでも、暴走族以外に怪しい人物が出入りしているなどという話は聞かなかった。

この物件もシロ。だが美咲も、もうそんなことで一々落胆することはなくなっていた。沼口や佐々木たちはこういった地道な捜査で、実際にジウが利用したであろう物件を二つも探し当てた。大田区の戸建て住宅と、足立区のボーリング場跡。それが今、捜査員全員の大きな励みになっている。

　少し歩いた辺りにファミリーレストランがあったので、そこで遅い昼食を兼ねた休憩をとることにした。席に座るとまず交代でトイレにいき、着替えてからメニューを見るというのが習慣になっている。

「あー、ランチ終わっちゃってる」

「俺は、そうだな……この、サバ味噌煮御膳にする。ライス大盛り、ドリンクはコーヒー」

「私は、これ。ズワイガニのトマトクリームスパゲティ、とアイスミルクティー」

　東はにわかに顔をしかめた。

「すまんが、もうちょっと和風のにできないか。また夜のメニューで揉めるのは嫌だろう」

「そんな、だったら主任が譲ってくださいよ。私は、今はこれがいいです」

　とはいいながらも、食に意外なこだわりを持つ東が譲るはずがないことは分かっていた。

　結局、美咲が折れて刺身御膳を頼むことになった。

　時間帯が半端なせいか、料理は比較的早く運ばれてきた。

「……まったく。ジウって奴は、今どこで、何をして、何を考えてるんだろうな」

東は、サバの切り身を割り箸で崩しながら呟いた。確か佐々木デカ長も今朝、会議の前に似たようなことをいっていた。

「ですね……お金、なんに使ったんでしょうね」

「うーん、岡村の五百万とは桁が違うからな。ジウのような人間が、数千万単位の表立った取引をすることは、まず考えられない。金融機関に口座を持つことも、あり得ないだろう。だとすると、アンダーグラウンドな用途に使用されたか、それともまだ手元に残しているのか。あるいは日々、チビチビ使っているのか」

よほど腹が減っていたのだろう。東は珍しく、ガバッとご飯を頬張った。それはそれで、けっこう男らしくていい。

「岡村は、動機が分からないっていってました……けど……」

「ああ、いってたな。……けど、なんだ」

東に聞き返され、美咲はやっぱりいわなきゃよかったと後悔した。

「けど、なんだよ。はっきりいえよ」

「ああ、はい……」

日々ジウについて考えるうちに、美咲の中には、ある一つのイメージが形作られるようになっていた。それを抱いたまま捜査に当たることが果たしていいことなのか悪いことなのか、今の美咲には判断がつかない。

「あの……主任はジウって、どんな少年だと思いますか？」

「少年？　ああ、そういえば、十代って可能性もあるんだったな。すっかり忘れてたよ」

ちなみにそれがあるため、現状は似顔絵の公開が控えられている。

「どんな子だと、思います？」

「どんなって、わりと美少年の、ひょろっとした、背丈が百七十くらいの、金髪の、なまっちろい、嫌な目つきの……」

「そうじゃなくて、もっと、内面的なことで」

東は眉をひそめて考え込んだ。箸も浮いたまま止まっている。

「私は岡村がいった、ジウの犯行動機が分からないっていうの、なんとなく、分かる気がするんですよ。犯罪は、何かの欲求を満たすために犯すものなのに、彼にはたぶん、その欲求がない。でもそれ、なんか分かる気がするんです」

「つまり、ジウの動機が、君には分かったってことか」

「あ、いえ、その分かるじゃなくて、岡村が分からないっていった気持ちが、分かるってことです」

「ああ、そっちか……」

箸が動き出し、東は再び切り身を口に放り込んだ。

「でもね、主任。それって確かに、不思議なことなんですよ。ジウはおそらく、日本の社会とはほとんど関わりを持たないまま成長してしまった。そりゃ、食べ物を買ったりはするんでしょうけど、教育だとか経済取引なんかとは無縁の存在ですよね。そんな彼が、四千五百万もの大金を手にしたところで、したいことなんてあるのかなって、思いませんか。変な話、四千五百万あれば都内でも土地付きの家が買えますよね。でも、そんなことをするはずがないし、できるはずもない。車を買うのだって、名義とかで色々、彼にはないものを示さなきゃいけない事態に遭遇するでしょう。大金の使い道って、あとなんですか？　株式投資？　あり得ないでしょう」

がぶりとお茶で流し込み、東は口を開いた。

「……だから、アンダーグラウンドな使い道って可能性を挙げてるんじゃないか」

「たとえば？」

「一番簡単なのは、違法薬物の購入だろう」

「それ、買ってどうするんですか？」

「売るに決まってるだろう」

「そしたら、またお金増えちゃうじゃないですか」

「いいじゃないか。けっこうな話だろう。むろん、奴にとってはという意味だが」

「そうですかね。私やっぱり、それ、分かんないんですよ。私はなんだか、ジウが欲しいのはお金じゃないんじゃないかって、そんな気がしてしょうがないんです」

「ハァ?」

珍しく東は顔を歪ませ、美咲に不快な表情をしてみせた。

「営利誘拐をやらかした奴に何をいってる。だいたい、金が欲しくない人間なんているはずがないだろう。それに違法薬物の取引をすれば、奴にとってはマネーロンダリングにもなる。増える上に使い道が広がる。万々歳じゃないか」

「それは、普通の人間の発想でしょう。でも、ジウは普通の人間じゃないんです。親の愛も、他人との触れ合いも知らず、性的にも……おそらく、女性に対しては不能に近くて、社会性なんて皆無の人間なんです。そんな人間が、社会との最もノーマルな関わり方、経済取引の根幹であるお金というものに、そんなに執着しますかね。ジウみたいな人間が心から欲しいと思うものって、本当にお金なんですかね」

東の困惑した顔が、なんだか悲しかった。自分のいっていることは、そんなに理解不能なことなのだろうか。自分の考え方は、そんなに警察官としては異端なのだろうか。

「……君はつまり、何がいいたいんだ」

冷たい水をひと口飲むと、少し、落ち着きを取り戻せた気がした。刺身とご飯、茶碗蒸(ちゃわんむ)しもまだ残っているが、なんだか食べる気がしなくなった。

美咲は息を整え、東の目を見つめた。

「ジウが本当に欲しいものって、お金では、買えないものだと、私は思うんです」

具体的にいうまでもなく、東はその意味を悟ったようだった。

「……それが『利憲くん事件』や練馬の三人殺しと、どう関係しているというんだ」

美咲はかぶりを振った。

「それは、まだ分かりません。でもジウが、彼が欲しいものって、本当は……愛だと、思うんです。だからこそジウは、岡村との関係を長きにわたって維持し、『利憲くん事件』にも関与させた」

東は鼻で笑った。

「ジウが岡村に？　愛情を感じていたっていうのか」

「いえ、同性愛とか、そんなんじゃないですよ。むしろ親戚のオジさんに対する、一種の親しみみたいな。でもなんか、そんなものは感じていたんじゃないかと思うんです。ジウが例の怪我をしたとき、岡村は自腹を切って助けようとしてくれたわけでしょう。そういうの、実はすごく、嬉しかったんじゃないかと思うんですよ。そういうふうに関わってくれる人間が、ジウには岡村しかいなかった……なんか、そんな気がして仕方ないんです」

馬鹿な、と東は吐き捨てる。

「ジウは岡村の気を引きたくて営利誘拐を目論んだというのか。だったら五千万、そっくり岡村にくれてやったらよかったじゃないか。そもそも、愛の探求がジウの行動原理だったとして、だったら君は、それをどう捜査に役立てようというんだ。岡村の身柄はすでに奴の手の届かないところにある。もはや囮（おとり）にもならない。仮に、別の誰かがジウにいたとして、だったらそれを、どう捜査に組み込む」

東の言葉は、どれも美咲には悲しいものだった。そんなセンチメンタリズムを捜査に持ち込むな。頭はもっとマシなことに使え。そんな、言外に込められた意味が、刃（やいば）となって美咲の胸を突く——。

これは男女の違いなのか。あるいは経験の差か。性格の不一致か。それとも単に、自分が馬鹿なだけなのか。

美咲は東と組むようになってから、初めて、少し落ち込んだ。

葛西臨海公園駅前でタクシーを降りると、時刻はすでに夕方の四時を回っていた。

まずは不動産屋を探して話を聞いた。廃業してからすでに七年ほど経つという、元花沢旅館ホテルについてだ。

「ああ、あれね。あれはそもそも、ディズニーランドと葛西臨海公園の、両方から宿泊客が見込めると思って造られたホテルなんだよ。でもさ、そんなことあるはずないじゃない。ディズニーランドの周りにはいくつも洒落た高級ホテルがあるんだし、臨海公園の方は泊りがけで遊ぶほどの施設じゃあない。結局、どっちからも客なんてきやしない。だいたい名前からして駄目だろう。花沢旅館ホテルだよ？　旅館ってつけちゃうかな普通、って感じでしょう。

でもって、中身もすごいんだ。アナクロ丸出しっていうかさ。宴会場とかやたらと作っちゃって、カラオケ、ゲームセンター、海鮮中心の料理……もう完全に、熱海（あたみ）辺りの温泉旅館のセンスだよね。温泉なんて出ないのにさ。でも、プールだけはやたらと今風なの。あとフロント。半端に、プーケット辺りの雰囲気とか取り入れたりしちゃってさ。……まあ、一見の価値はあるよね。上手くいかなかった商売には、それなりに、ちゃんと駄目になった理由があるっていう、いい見本だから」

現場まではかなり距離があるので、不法占拠や侵入者の噂についてはよく分からないということだった。

持ち主に立ち入り許可を得たいというと、大概の業者は快く協力してくれる。今回話を聞いた彼も仲間に電話をし、すぐに持ち主を割り出すと約束してくれた。不動産業者のネットワークというものは、なかなか侮れないのである。

現在の所有者は、臨海信用金庫という地元の金融機関だった。担当窓口に問い合わせると、警察関係者というのが間違いなければかまわないという回答を得られたようだった。

「というわけですから、いってみてください。表のゲートは針金を引っかけてあるだけだから、引っ張って取っちゃっていいですって」

すぐに南葛西五丁目まで足を運んでみた。辺りには小学校や中学校があり、広い敷地に余裕を持って建てられた高級そうなマンションもいくつか見受けられた。そんな市街地の一角に、廃墟となった花沢旅館ホテルはそびえていた。

周囲には工事現場で用いられるような金属製の、背の高い万能塀が張り巡らされている。外からは三階部分の窓しか見えない。北西の角には蛇腹（じゃばら）式のカーテンゲートがある。

「ん……」

東はそのゲートを開けようとした。が、できなかった。

「どうしました？」

「おかしいな。針金を引っかけてるだけじゃないのかよ」

二人がかりで引っ張ってみたが、ゲートはぴくりとも動かない。針金どころか、しっかりとロックされているような手応えがある。ひょっとすると、錆（さび）で留め金が癒着しているのかもしれない。

「……とりあえず、他の入り口を探しましょうよ」

「そうだな」

二人で、万能塀に沿って歩いてみる。

西側から南側に回ると、小さなくぐり戸を発見した。

「ここは開くぞ」

「よかった。でも、裏口が開いてるなら、そういってくれたっていいですよね」

蝶番(ちょうつがい)に砂埃と錆の詰まった扉は、ざりざりと嫌な音を立てて開いた。途端、戸口の向こうにこれまで嫌というほど見てきた、廃墟特有の荒(すさ)んだ風景が広がる。

錆に朽ちかけた褐色の非常階段。ひび割れて黒くカビた外壁。三つあるドアの真ん中、プールサイドに出るそれの上には、アーチ型テントの骨組みだけが残っている。

雨水の溜まったプールは、泥や苔(こけ)で完全に底が見えなくなっていた。おそらく、生息しているボウフラの数は天文学的数字になるに違いない。

「洒落たプール、か……」

向こうの角には、ミッキーマウスによく似た石像が残っている。たぶん、その口が給水口になっているのだ。

「ディズニーが知ったら、まず間違いなく撤去されますね」

ここからだと建物はL字型をしているように見えるが、向こう側もまったく同じ形になっているので、実際はT字型をしているはずである。不動産屋で見た地図ではそうなっていた。

プールサイドを進み、建物西側を迂回してさっきのカーテンゲートの方に抜ける。

「なんだ、鍵、かけてるじゃないか」

「ほんとだ」

真新しい、大振りの錠前がカーテンの取っ手と柱とをがっちり結びつけている。まるであつらえたように遊びのないぴったりサイズ。なるほど、これではびくともしないはずだ。

おそらく、信用金庫から管理を委託された業者が取りつけたのだろう。美咲たちは苦笑と溜め息を交わし、建物の方に足を向けた。

玄関のある北西の角は最上階、三階までのガラス張りになっている。営業していた当時はそれなりに洒落た雰囲気だったのだろうが、もう七年も掃除をしていないそれは白く曇り、枠にはところどころ錆が浮き、どうにもみすぼらしい感が否めない。

入り口の自動ドアは、どういうわけか開けっ放しになっていた。

「半端にプーケット……なるほどな」

入り口の正面にあるのが噂のフロントだ。カウンターと上の壁にはプルメリアやハイビスカス、ゴールデンシャワーなどの絵が所せましとペイントされている。その左はクローク、右はトイレとエレベーター。ロビーは三階までの吹き抜けになっており、見下ろしながら上り下りする位置に階段がある。見れば、エレベーターにも窓がある。

――そこまでして、見たいロビーでもないんだけど……。

美咲は、左手の通路に進んでいく東のあとに続いた。

左側に土産物屋、レストラン、右側にプール利用者用の更衣室、ゲームセンター。突き当たると、廊下は建物の骨格を成すかの如くT字に交わっていた。向こう側は端から端まで襖（ふすま）で仕切られている。これが大宴会場というやつか。

東は右に進み、そのまま続く厨房に入っていった。

「あそこから出ると、さっきのくぐり戸の辺りだな」

「そう、ですね。はい」

ステンレスのシンクやガス器具は残っているが、鍋やフライパンといった調理器具は一つもない。茶碗や皿も見当たらない。ある意味、綺麗なものだった。

美咲は厨房を出てすぐ近くの襖を開けてみた。何十畳あるのかは分からないが、とにかく大きな宴会場だった。今はひと続きの間になっているが、天井を見れば三つに区切ることができるのだと分かる。なるほど、この立地でこの宴会場は、ちょっとやりすぎな感じである。

二人で宴会場の向かいをチェックしながら戻った。配電盤などを納めた設備室、パーティションだけが残っている物置、左の奥には宴会客用であろうトイレもあった。

「確かに。完全なる温泉旅館のセンスだな」

「……ですね」

おおむね一階は探索し終えたが、特に気になる部分はなかった。

ロビーまで戻ると、東は階段で二階に上ろうとする。

「主任、フロントは」

「ああ、そうか。一応、見ておくか」

手前のトイレをざっと覗いてから、二人はカウンターをくぐった。

それにしても、この物件はどこもかしこも綺麗に片づいている。カウンターの中に書類が散乱しているわけでもないし、事務所に引き倒された書棚があるわけでもない。残っているのは、壁にかかった鍵の束くらいだ。

一円でも金になるものはすべて処分し、次に使う人のために丹念に掃除をして出ていった。そんなふうに、美咲には見えた。だが、ここを引き取ってどうにかしようという人は、少なくともこの七年の間には現われなかった。そしてその可能性は、今後ますます少なくなっていくだろうと思われる。

東は窓際に立ち、プールのある南側を見渡した。

「いくらで売りに出てるんだろうな、ここは」

「さあ。主任、一億円持ってたら買います？　ここ」

「遠慮しておくよ。……まあ、三千万くらいだったら、自宅にするって考えも、なくはないんだろうが」

「それじゃ、ジウだって買えちゃうじゃないですか」

フッと東は鼻で笑った。

「ちゃんと、固定資産税払うんならな」

「いやぁ、たぶん消費税も払わないと思いま……」

そこまでいいかけて、美咲は妙なものを視界の端に捉えた。東は美咲の顔と、その視線の先を見比べた。

「……どうかしたか」

「あの、あれって」

美咲は右手、プールの角に立っている、あのミッキーマウスによく似た石像を指差した。

「ミッキーが、どうかしたか」

「下、その後ろの、下……」

プールサイドから出た辺り、ミッキーのちょうど真後ろ。緑色に塗られたコンクリートの一部が、黒く汚れているように見えるのだ。大きさは、両手で囲んで一杯一杯というくらい。その中心には何か異物があるのか、少し盛り上がって見える。

これまでこの物件には、廃墟と呼ぶにはあまりにも片づいているという印象があった。だから、余計にそんなものが目につく。

「なんだろうな。さっき通ったときは、気づかなかったが」

「いってみましょう」

ロビー、玄関を抜け、きたときとは逆周りに、建物西側を迂回してプールサイドに出た。

間近に見たそれは、何かを焼いた跡のようだった。

「焚き火？」

「……にしては、小さいな」

東はしゃがみ込み、黒い灰を手袋の指先ですくった。中には固まりもあるが、力をこめれば容易(たやす)く砕けるようだった。

「最近、雨が降ったのは、いつだったたっけな」

美咲はここ数日の記憶を辿った。

「えっと……おととい、です」

「この灰、濡れてないな。つい最近のものだ」

確かに、周囲に灰が溶けて流れ出たような跡はない。

「昨日か今日、誰かがここにきた、ってことでしょうか」

東は答えず、灰を乱暴に掻き始めた。やがて何かをつまみ出し、左の掌に置く。右の手袋をはずし、丁寧に汚れを取り除く。

その焼け残りの、もとの色が次第に明らかになっていく。東は仕上げに、フッと強く息を吹きかけた。

「骨だ。それもたぶん……鳩だ」

美咲は思わず息を呑んだ。

——ジウ！

堪らず建物を振り返る。誰かに見られているような気がしたが、どの窓にも、人影はなかった。

「奴はここにきた。そして、ここを気に入った。おそらくゲートを施錠したのは管理業者じゃない。ジウだ」

「つまり、ジウは、ここに……」

「ああ。しばらく潜伏する気なんだろう」

腕時計を見る。午後六時七分。

赤い太陽は、夢の島方面に向かう首都高速湾岸線にかかり、今まさに、沈もうとしていた。

2

もう暗いので、二階、三階の探索は明日にしようと東はいった。

だが、このまま現場を離れるわけにはいかない。ジウが戻ってくる可能性はもとより、実は現在も階上に潜伏していて、機を見て出てくるという可能性も考えられなくはないからだ。

東は倉持デカ長に連絡をとり、碑文谷署から捜査用パトカーを二台借り出してくるようい渡した。

倉持らは、夜八時を過ぎた頃、現場に到着した。

「主任、鳩の食べカスがあったってのは本当ですか」

濃いグレーのセダンから降りてきたデカ長たちは、口々に廃墟内部の様子を訊いた。碑文谷署刑事課の森尾と萩島も、興奮を隠せない様子で話の輪に加わった。

「絶対に鳩か、と訊かれたら、専門的なことは分からんが、少なくとも廃墟に立ち入って、鳥を捕まえて焼いて食う元気なホームレスが、日本人にいるとは考えづらい。そもそも普通のホームレスは、こういう場所は好まない。もっと暮らしやすい繁華街を選ぶものだ。

さらに疑いを濃くしているのは錠前だ。管理している不動産業者も、所有者である信用金庫も鍵を掛けた覚えはないという。ここに侵入した何者かが、自分たちが占拠しようとして掛けたというのは、さほどはずれた読みではないはずだ。それに、俺たちが入ったときには、玄関の自動ドアが開いていた。あれは逆に出入りに不便だから、あえて開けっ放しにしてあったんだろう。……ジウは、再びここにくる。俺は、そう思う」

今夜は表のゲートを沼口、佐々木、森尾が、裏のくぐり戸を東、倉持、美咲が見張ることになった。何も全員で見張る必要もないだろうと沼口がいい、高田と萩島の二人は帰宅することになった。

「お待たせしました」

美咲は六人分の食事を買い込み、半分をゲート班の方に届けた。後部座席の森尾がまとめて受け取る。

「重たいのに、悪かったね」

もう九月も半ば。今年は比較的早く暑気が引いたとはいえ、男三人が乗り込んだ車内の空気はかなり蒸していた。エンジンを切っているため冷房もない。

「なあ門倉、ホテルの中がわりと綺麗だってのは、本当なのか」

ハウスダストアレルギーの気がある佐々木は、廃墟探索で誰よりもつらい思いをしていた。

「ええ。客室は見てないですけど、一階は見事に空っぽで、綺麗なもんでしたよ」

そうか、と彼は、納得したように顔を伏せた。

「なんですか？」

「ああ、いや……だったら、あっちに泊り込んで張り込みってのも、ありじゃないかと、思ってな」

助手席で弁当の蓋を開けた沼口が、「僕とコンビで、ひと晩どうだい、ってか」と茶々を入れた。

「沼口さん。そういうの、セクハラですよ」

怒った顔をしてみせても、沼口はフンと鼻息を吹くだけだった。

「じゃ私、戻ります」

まあ、冗談はさて置くとしても、佐々木のいうホテルでの張り込みというのも、悪くないかもしれない。そんなことを、美咲は裏口の方に歩きながら考えた。

結局、その夜は誰もこの廃墟を訪れてはこなかった。

明けて翌朝の八時半。沼口・森尾組、倉持・高田組を見張りに残し、東、佐々木、萩島、美咲の四人は、ホテル内を探索しに入った。

「ほんとだ、綺麗なもんだわ」

そういいながらも佐々木は、二階に着いた頃にはくしゃみを連発し始めた。

「やっぱダメだ……」

早速防塵マスクを装着。そこまではしなかったが、美咲も手袋をはめ、ガーゼのマスクをつけた。

二階は階段の正面に大浴場、東側に向かう廊下の左右に客室が並ぶ造りになっていた。一階の事務所にあった鍵で一つ一つ開けていく。どの部屋にもベッド、テレビ、金庫、カーテンの類はなく、残っているのはせいぜい便器とシャワー、洗面台と化粧鏡、そんな程度だった。一応クローゼットの中も見てみたが、ハンガー一本残ってはいなかった。

「確かに、見事に空っぽだ」

佐々木のくぐもった声に、若い萩島は黙って頷いていた。

三階に上る。大浴場の場所も客室になっているという点以外は、二階とまったく同じ造りになっていた。T字廊下を折れた先が、クランク状に曲がっているのまで同じだった。

ちなみに北側突き当たりの左手は、タオルやシーツなどのリネン類を収納する部屋になっていた。現物はないが、作りつけの棚に「タオル」「まくらカバー」などと書いてあるので間違いない。奥の壁にはダストシュートであろう金属製の小さな扉もある。壁にはとっくに期限の切れた小型消火器が一つかかっている。

「しかしまぁ、暑いは暑いな」

「マスクのせいだろ」

東の答えに、佐々木は「ちぇ」という顔をしてみせた。

——んもぉ、二人とも、大人気ないなぁ……。

確かに、東の普段の言葉には遊びが少ない。特に男性捜査員に対するそれは、美咲ですら硬いと感じることが多い。これまでの経緯がそうさせているのか、あるいはそういう性格だから関係がこじれてしまったのか。そこのところは定かでない。が、彼らが東を煙たがる気持ちも、多少は最近、分かるようになってきた。だからといって、彼らの側に立つ気は毛頭ないが。

最後は屋上に上がった。当たり前だが、そこは地図で見た通りの、見事なT字型をしていた。階段室の他には、巨大なテレビアンテナと高架水槽があるだけの、実にシンプルな屋上だ。

——ああ、風が気持ちいい……。

東はぐるりと周囲を見回していた。

「上手く見張れるポイントがあると、いいんだがな」

美咲は自分の不謹慎を心の内で恥じた。

佐々木が小学校を指差す。

「あそこの屋上はどうですか」

「ちょっと、遠いな」

「じゃそっち……も、遠いか」

それについてなら、美咲も考えたことがある。

このホテルの一階部分を見張れる建物は、実は、この近隣には一つも存在しないのだ。周囲を覆っている金属製の万能塀が、上手いこと視界を遮る役割を果たしている。美咲が一番いいと思ったのは首都高湾岸線の路肩(ろかた)だが、それだとジウが現われたときに現場に駆けつけられないという欠点がある。

美咲は、ふいに昨夜のことを思い出した。

「佐々木さん。昨日いってた、あれは？」

東が怪訝な顔をする。

「なんだ、あれって」

佐々木は気まずそうに頭を掻いた。

「ああ、どうせだったら直接ここで張り込むって手もあるな、っていったんですよ。ま、冗談ですがね」

冗談というよりは、入ってみたら意外と埃がつらかったので、無理だと判断したのだろう。だが、

「そうだな……」

意外にも東は腕を組み、真剣に考え始めた。

「確保の段取りまで考慮に入れたら、あらかじめ内部に潜入しておくというのも、あながち悪い手ではないな。どう思う、元特殊班」

そんな重大な選択を、急にこっちに振らないでほしい。

「えっ……あ、はぁ」

黙っていると、東は「よし、それでいってみよう」と勝手に決めてしまった。

東は車に戻り、探索の結果を綿貫係長に報告した。

「……いいましたよ、昨日電話でいったじゃないですか……書けませんよ報告書なんて。誰も碑文谷には帰ってないんですから。……ですから、その件は申し訳ありませんと謝っ

たじゃないですか。……無理ですよ。張り込んでるんですよ、現場を。……ええ、そうです。……分かりませんよそんなことは」

三日に一度しか顔を出さない係長。東の、何かと気苦労の絶えない日々は続いている。

「そんなに会議がしたかったら、現場に顔出してください」

乱暴にボタンを押し、携帯を閉じる。

「まったく、なに考えてんだ」

美咲も思わず、倣うように溜め息をついた。

すると、ふいに沼口が、労うように東の肩を叩いた。

「……ここまで、孤軍奮闘してきたんです。もう上は放っといて、私らで挙げちまいましょう。なんかあったらそんときは、一緒に首括りますよ。……東主任」

風が、八人の刑事の間を、さらさらと吹き抜けていった。

長らく刺さっていた棘が、ふいに抜けたような。そんな安堵を、美咲は深く息を吸いながら感じていた。

東は、何かに耐えるように、唇を固く結んだ。それから全員の顔を、確かめるように見回した。

「……よし。それじゃ、ふた組は表と裏、ひと組は現場内、ひと組は周辺の聞き込み、ということでやってみよう。沼口が表、倉持が裏、佐々木が中、俺が聞き込みに出る。……

三時間で交代。よろしく頼む」

　はい、と声が揃うのを、美咲は初めて聞いた気がした。

　男っていいな、と、ちょっと思った。

　たった三時間の聞き込みでは、特に有益な情報を得ることはできなかった。交代で昼食をとり、午後はそれぞれ配置を替えてまた張り込みと聞き込みに当たった。東と美咲は裏口担当になった。

「しかし、こう暑いと、さすがに堪えるな……」

　薄い緑色の扇子を広げ、東は襟元を扇ぎ始めた。汗の臭いが、蒸れた風に紛れて漂う。だが、それを不快に思わない自分がいる。そんな意識が、余計に美咲の顔を熱くする。

「ですね……」

　美咲も自前の扇子を取り出す。そういえば、もうリュックにも着替えのストックがなくなっている。できれば今夜辺り美咲も帰宅したいのだが、順番からいったらまだだろう。意地っ張りな東のことだ。自分たちの帰宅は後回しにするに決まっている。

「こないな……」

　東はハンドルに胸を預けた。幸いこの時間、日光は後方から当たっている。ダッシュボードが焼けつくようなことはない。

「ジウ、昨日の夜は、どうしてたんでしょうね」

美咲はペットボトルのミネラルウォーターをひと口含んだ。

「さあな……まあ、国籍はなくとも金だけはたっぷり持ってるんだ。ホテルに泊まるくらいは苦にならんだろう。下手をしたら、身なりは今の俺たちよりいいかもしれんし」

そこまでいって東は、ふいに体を起こし、自分の胸の辺りを見た。

「……すまん、臭うだろう」

気まずそうな顔が、どうしようもなく愛しい。

「いえ。そんなこと、ないです」

この返事を、東はどう解釈するだろう。だが、そんなことを思ったのもほんの一瞬だった。

「っていうか、私も……」

風呂に入っていないのも、決して綺麗ではない仕事をしていたのも同じなのだ。もし臭かったら、臭いと思われたら、恰好悪いのは、女の自分の方だ――。

「君はそんなこと……ないよ。うん」

微かな笑み。上司や部下には、決して見せない表情。東弘樹という男の、四十五歳の素顔。

「すみません」

「いや、だから、君は大丈夫だって」

慌てたように、視線をくぐり戸の方に向ける。

「……そういえば君は、付き合っている男性は、いないのか」

替わったような、替わっていないような話題。

「いえ、いません」

「本部とかにも、いなかったのか」

「ええ。デカい女ってのは、何かとつらいものなんですよ」

自嘲気味に笑ってみせると、東は「そんなことはないだろう」と、似たような笑みを返してきた。だったら、こっちもお返しだ。

「主任は？」

一瞬、表情が固まった。あまり訊かれたくないことだったのだろうか。

「俺は……」

いわせたい気持ちと、聞きたくない気持ちが、胸の辺りで絡まり合った。それでも美咲は、結局黙って続きを待った。

「五年前に、離婚した。娘が一人いるんだが、もう、三年も会ってない……今年で、十歳になるんだが」

その頰の強張りを見て、美咲はひどく悲しい気持ちになった。

この人は、新しい相手を求めることを、自分自身に禁じている。そんなふうに、見えてしまったのだ。

「すみません、なんか……」

「いや、別に君が謝ることじゃないさ」

以後、二人の会話はめっきり少なくなってしまった。


夕方四時の交代で、美咲たちはホテル内の配置になった。

さっきまで中にいた倉持が、汗だくで手書きの内部見取り図を見せて説明する。

「……この、三一八号と三一三号の窓を、ほんの少し開けてあります。それで多少は風が抜けますから。それから、水だけはたっぷり持ってった方がいいです。ほんと、三階の暑さは洒落にならんですから。もう、交代で上と下と、もう、そういうふうにした方が、絶対にいいですよ。ほんとに」

東は「分かった分かった」と笑って手を振った。

二人でくぐり戸の近くまでいき、しばらく車がこないであろうタイミングを見計らってもぐり込む。だが、いったん入ってしまえばあとは気楽なものだ。誰もいないことは分かっているのだから、ほとんど気分は別荘持ちのセレブだ。

「いっそ、ざっとひと雨きてくれたらいいんだがな」

悲しいかな、見上げる空は雲一つない快晴だ。

「おとといの週間予報では、週明けまで晴天が続くっていってましたよ」

今日はまだ金曜日。東はうんざりという顔をし、北側の玄関をくぐった。

階段で三階まで上る。大げさでなく、一段上るたびに気温が上がるのを肌で感じた。なるほど、三階までくるとかなりの暑さになる。

倉持らが見張り場所にしたという三一八号室と、向かいの三一三号のドアにはストッパーが嚙ませてあり、確かに、多少は風が抜けるようになっていた。

「いっそ、屋上の方が涼しいんじゃないですかね」

あり得ない、と東はかぶりを振った。

「上はコンクリート剝き出しだぞ。さっきは朝っぱらだったから、涼しかっただけだ」

そういわれれば、そうかもしれない。

しばらくは美咲が一階、東が三階から見張ることになった。

「一階は電波が入りづらいらしいから、どっかに腰を据えるなら、入りのいい場所を選んでくれ」

美咲は了解し、階段を下りた。

携帯を取り出し、探知機のようにディスプレイを見ながら廊下を歩いてみる。なるほど、ロビーではかろうじてアンテナが二本立つが、廊下に入ると圏外になってしまう。レストランの辺りでまた一本立ったが、東端の宴会場までくるとまた圏外になってしまった。もともと電波の入りが悪い地域である上、鉄筋コンクリートと金属製の万能塀がさらに状況を悪くしている、とか、まあそんな感じなのだろう。

電波状況の調査が終わると、特にすることもなくなってしまった。プールの方に出て昨日の焼け跡を見たり、水の流れないトイレにいってみたりしても、潰れる時間はせいぜい十分かそんなものだ。

どこかに腰を下ろすと、眠気が襲ってくるような気がしてならなかった。こんな状態なら暑くても三階にいた方がいい。美咲は階段を上り、東の姿を探した。

「主任……」

「ああ、こっちだ」

三一三号室の窓際に立っていた東は、なんだか少し目つきがおかしかった。

「……ちょうどいいところにきた。ちょっと、交代で、仮眠を取らないか。なんか、急に……」

いうそばから、東の腰はずるずるとその場に落ちていく。

「ああ、はい」

返事をしたときには、もうすっかりその目は閉じられていた。

徐々に日は傾き、壁に当たる西日も、すでにその面積を残り少なにしていた。午後六時十二分。次の交代時には、また夕飯を買いにいかなければな、などと考えていたら、ふいに東が目を覚ました。

「あ、ああ、すまない……すっかり、寝入っちまった」

眩しそうに目を瞬き、顔をこする。薄っすらと生えたヒゲに手が当たると、ざらざらと男らしい音がした。

ついでのように腕時計を見る。

「あ……なんだ、三十分で起こしてくれって、いっただろう」

「うそ、いいませんでしたよ、そんなこと。ちょっと、っていったまま、寝ちゃったんじゃないですか」

「ああ、そうだったか……それは、すまなかったな。じゃあ君、寝てくれ」

「そんな、さあ寝ろっていわれたって」

東はばつの悪そうな笑みを浮かべた。

「それも、そうだな……」

そのとき、微かにバイブレーターの音がした。東が内ポケットに手を入れる。

「もしもし」

相手は裏口を見張っている沼口だ。漏れ聞こえる声で分かる。

『主任、ちょうど今、ワゴン車から降りた男が裏口の前に立っています。……あ、開けようとしてます』

　東は慌てて窓枠に身を寄せ、裏口辺りを見下ろした。美咲も反対側から状況を確認する。

「ああ、開いた……入ってくる」

　音をさせないよう、美咲は注意して窓を閉めた。すぐに向かいの三一八号室も同様にする。犯罪者というのは、信じられないくらい勘が働く生き物なのだ。こちらも細心の注意で、ことに当たらなければならない。そのことは、特殊班時代に嫌というほど叩き込まれている。

　美咲たちが最初にしたのと同じように、侵入者は建物の西側を迂回して玄関に回ってきた。黒いシャツに濃いグレーのパンツを穿いたその男は、カーテンゲートの前に立ってポケットに手を入れた。鍵を取り出し、錠前をはずそうとしているのは明らかだった。

　東もこっちにきた。まだ沼口と話している。

「ジウ、ではないようだな……」

『ええ。こっちでも、違うんじゃないかといってたところです。ワゴン車はそっちに回りましたか』

「……黒いやつか、ああ、きたきた。ナンバーは確認できたか」

『いえ、こちらでは無理でした』

「分かった。このままにして、少し様子を見よう」

男がゲートを開けると、すべり込むように黒い大きなワンボックスが入ってきた。『利憲くん事件』で使用された車種とは違う。にわかに、ジウとの関わりが薄れていくようにも感じられた。

車は万能塀の際、レストランの正面辺りに停まった。ゲートを閉めた男が運転席に駆け寄る。運転手が降りてくる。やはり黒っぽいシャツに、紫がかったパンツを穿いている。

「二人、確認した。両方とも男だ」

最初の男が車両左側のスライドドアを開ける。

「もう一人」

金髪の、紺のTシャツを着た小柄な男。ジウか?

「四人……いや」

だが、四人めに降りてきたのは男ではなかった。

——そんな……。

美咲は己の目を疑った。

3

麻井は本部庁舎の特殊班執務室で、特殊班二係の捜査員たちと通常待機に入っていた。

門倉美咲、伊崎基子の両名が特二を去ってから、早いものでもう二ヶ月が経つ。半月ほどして補充された捜査員は、寺西典子（てらにしのりこ）という二十八歳の巡査だった。やはり指定捜査員を集めての訓練で、川俣が優秀と見込んだ元池上署交通課の警官だ。だが、もう一人はなかなか入ってこなかった。いや、候補は何人か挙がっているのだが、麻井がこれと思う者がいないというのが実情だった。

門倉と伊崎の後釜を、と考えるのがよいことでないのは麻井自身も分かっている。あの二人も最初から優秀だったわけではない。何度も現場を経験し、磨かれて一人前になったのだ。その点では寺西もこれから。次に入る捜査員にも過度の期待をすべきではない。そう思っている。

だが、それでも、と麻井は考える。あの二人は特別だったと。

ありふれた言い方になるが、門倉美咲の持っていた優しさ、あれはやはり特筆に値する個性だった。彼女は現場で対峙（たいじ）したマル被から、怒りや興奮といった感情を何度も見事に抜き取ってみせた。両手を広げ、敵意がないことを示し、対話を求め、最終的にはマル被に武器を捨てさせた。

怖くなかったはずがない。いや、彼女は人一倍、恐怖を感じていたに違いない。だがそれを克服するだけの優しさを彼女は持っていた。それをマル被に対して示す勇気を持っていた。それが彼女の、かけがえのない個性となっていた。

そして伊崎基子。彼女もまた類稀なる才能の持ち主だった。門倉とは見事なまでに正反対。恐怖など微塵も感じず、敵意を剝き出しにし、相手を呑んでかかった。期待した役割を彼女が果たせなかったことは一度としてなかった。常にそれ以上、ときには三人に割り当てた役を一人でこなすことすらあった。

彼女がなぜあそこまで貪欲に危険な任務に挑んでいったのか。麻井はその理由を知らない。それについて何度か尋ねたこともあったが、彼女は「別に」と返すだけで、決してそれを語ろうとはしなかった。

現場に挑む伊崎基子。その果敢な姿勢は、ときとして死に急いでいるようにすら見えた。にも拘らず、麻井は彼女に危険な配置を任せ続けた。今になって、そのことを後悔している。彼女の能力に甘えたこと以上に、彼女に危険な任務の味を覚えさせたことに、忸怩たるものがある。それが彼女に、より危険な任務を求めさせ、ＳＡＴへの異動という結果に結びついた。麻井には、そんなふうに思えてならない。

そのときの状況にもよるだろうが、門倉なら、またこの特二に戻ってきてくれることもあるだろうと思う。だが、伊崎は違う。彼女は二度とここには戻ってこない。さらにいうならば、いつまでもＳＡＴにはいないだろうとも思う。彼女はどこか別の場所を目指している。それがどこなのかは知る由もないが、麻井の手の届かない、途方もなく遠い場所であることは確かだろう。

ふいに目の前、二つある電話の、左の一台に赤いランプが灯った。ボタンがいくつも並んだビジネスフォンタイプではない。数字ボタンさえない、シンプルなインターフォンタイプの方だ。一瞬遅れて電子音が鳴る。

捜査員全員が緊張した面持ちでこちらを見た。ドアの近くにいた藤田が、それとなく顔を覗かせて外の様子を探る。誰もいなかったのだろう、彼はそのままドアを閉めた。

「……はい。特殊班二係です」

俗に「誘拐専用電話」と呼ばれる、通信指令本部と特殊班執務室を直接繋ぐ回線――。通常、通報を受けた通信指令本部は関係各所に無線で事件の発生を知らせる。だが誘拐事案だけはマスコミなどに知られぬよう、現場を所管する所轄署と特殊班執務室に直接電話で知らせるのだ。

『赤坂署管内で誘拐容疑のある所在不明事案が発生しました。不明者は港区赤坂七丁目〇の△、マーヴェラス赤坂八一五号室在住のモトキヨシノブ氏の長女、サヤカちゃん九歳。マル被から身代金を要求する内容の電話があり、それを受けたヨシノブ氏本人が通報してきました』

「了解しました。詳細をもう一度お願いします」

住所、被害者とその父親の名前などを書き取り、麻井は電話を切った。

すぐに地図を広げる。捜査員全員が係長デスクを囲みにくる。

「誘拐だ。マル害宅はここ、マーヴェラス赤坂、八一五号室。マル害は本木沙耶華、九歳。父親は本木芳信」

川俣が「あっ」と漏らす。

「それはあの、前都知事の息子で、経営コンサルティング会社を経営しているという……」

本木芳信という男がテレビに出ているのは、麻井も見たことがある。

「私もそう思ったが、同一人物かどうかはまだ分からない。ええと赤坂署は……ああ、それほど遠くないな。よし。捜査本部は赤坂署に集約、前線本部はなしとして、指揮車両を二台配備しよう。川俣、園田、藤田、前島、寺西は無線班とマル害宅に。マンションだから、バラけて入ればさほど問題はないだろう。佐藤、新藤、大森、堀川、茂木は赤坂署に。嶋田は私と一緒にこい」

「了解」

「慌てるな。くれぐれも、マスコミに感づかれないようにな」

捜査員はそれぞれ、時間差を作りながらデカ部屋を出ていった。

麻井はそれを見送りながら、内線で和田捜査一課長に誘拐事案の発生を報告した。

赤坂警察署の講堂に設置された捜査本部には、例によって西脇部長をはじめとする刑事部幕僚が顔を揃えることになった。

「頼むからよォ、たまにゃあ俺にいい思いさせてくれよ。なァ、和田カチョウッ」

和田は肩を叩かれ「はい」と低くいった。

「現況を報告いたします」

佐藤が一礼して輪に加わる。その背後から、横歩きをするように嶋田が近づいてきた。

麻井の背後に立ち、それとなく耳打ちする。

「……係長。川俣主任から」

彼は少し離れた机にある電話を示した。促されるまま輪を離れ、麻井はその受話器を取った。

「麻井だ。どうした」

『係長。どうも、マズいことになりそうです。マル被は電話で、自分たちを例の「利憲くん事件」の犯人だといったらしいんですよ』

心臓を、ギュッと鷲づかみにされたような気がした。それは、警視庁刑事部幹部が最も恐れていた事態だった。

「本当か……」

『ええ。でその、まず、私が係長に、一つ確認をしたいのですが……例のマル害、利憲くんが、左手の小指を切断されたというのは、事実なんでしょうか』

田辺利憲の指の件は、警部以上の秘匿事項になっていた。マスコミはもちろん、警部未満の捜査員は誰一人知らされていない。これまでに、この件が外部に漏れたという話も聞いていない。それを本件のマル被が知っているということは、即ち本件は『利憲くん事件』と同一犯によるものであると、そう認めざるを得ない。

麻井は息を整えてから答えた。

「事実だ」

川俣が深く溜め息をつく。

『……犯人は、五千万持ってくれれば必ず娘は生きて返すと約束する、自分たちが嘘をつく犯人かどうかは、警察に訊けば分かるとまでいったらしいです。母親は、小指を切ったっていうのは本当なのか、金さえ払えば帰ってくるって本当なのかって、もうほとんど半狂乱ですよ。指を切断されたのが本当だなんて知ったら、あの調子じゃ、こっちと歩調を合わせようなんて絶対にしませんよ。しょっぱなから独走しますよ、あの母親は。どうします、係長』

腕時計を見る。午後六時十八分。

「やはり、犯人からの架電はないか」

『ええ。明日の朝、改めて架けるといったきりです』

前回も確かそうだった。同一犯であるというのが事実なら、おそらく今回も、宣言した以外のときに架けてくることはないのだろう。

そのとき、窓際にいた無線担当員が幕僚の輪に走るのが見えた。彼は和田課長に何やら耳打ちし、自分の席を示した。和田が西脇に一礼してその場を離れる。なんだろう。表情がやけに険しい。

「……川俣、その件についてはこちらで方針を協議する。とりあえず、母親をなだめておいてくれ。頼む」

電話を切り、麻井も和田のあとを追った。浜田管理官も何かあると察知したのだろう。ほぼ同時に駆けつけてきた。

和田はイヤホンを耳に入れ、マイクで話し始めた。

「……確かかそれは。……分かった。いま殺人班の待機は。……なら両方出せ。出し惜しみはするな。それで、管理官や係長はどうしてる。……捜査員たちは。……そうか。マズいな。……よし、今すぐいくから状況を整理しておけと伝えろ。……いや、特一は、半分だ。一個班だけすぐに出せ。それからA1と、可能な限り無線技師を掻き集めて送り出せ」

和田は難しそうに眉根を寄せてイヤホンをはずした。

「どうしました」と浜田。

「見ろ」

和田がメモを向ける。

【18：15　碑文谷　柿の木坂・男児誘拐事件特捜本部　沼口巡査部長　南葛西五―△　花

沢旅館ホテル跡にて拉致監禁事案を認知　マル害は女児　十歳前後　本部並びに関係各所への応援を要請】

麻井の胸の中で、小さく爆ぜるものがあった。

――碑文谷……門倉か。

柿の木坂の誘拐事件といえば、つまり『利憲くん事件』のことだ。沼口は東班のデカ長だ。間違いない。『利憲くん事件』のホシを追っていた門倉美咲たちが、おそらく先回りして今回の誘拐事案にぶち当たったのだ。

「どういうことですか」

浜田はチンプンカンプンという顔をしている。

和田も首をひねった。

「俺にもよく分からん。つまりなんだ、この十歳前後の女児というのは……」

麻井は「はい」と割って入った。

「実は、いまマル害宅から報告がありまして、本件のマル被はどうやら、自分たちは『利憲くん事件』の犯人であると宣言してきたようです。つまり、沼口デカ長が認知した拉致監禁事案のマル害は、十中八九、本木沙耶華で間違いないのではと思われます。

これはおそらく、偶然の一致などではないでしょう。碑文谷の帳場は『利憲くん事件』のホシを追っていた。どういう経緯かは分かりませんが、彼らはすでにホシをマークしていた。そうしたらまんまと、ホシは二つめのヤマを踏んだ。それが本件だったと、そういうことでしょう」

滅多に表情を崩さない和田が、驚愕の色を浮かべて再びメモに見入った。

「だとすれば、この、南葛西の事案を挙げれば……」

「はい。本件も自動的に、解決するものと思われます」

浜田は、興奮したように荒い鼻息を吹いた。

和田は、唸るようにしながらメモを胸にしまった。

「とりあえず、特一を半分出せといっておいた。本部を空にするわけにはいかんが、だからといって、ここもいつマル被から架電があるか分からん。とりあえず浜田、ここは君に任せる。麻井は、二、三人見繕って私と一緒にこい」

浜田が心配そうに背後を見る。

「……あの、西脇部長には、なんと報告したら」

和田は微かに鼻で笑った。

「心配するな。一緒に連れていくさ。君に、アレのお守りをしろとはいわんよ」

浜田は恐縮したように頭を下げた。

葛西署の講堂には、捜査一課殺人班五係と八係、近隣の小岩署や小松川署からも応援の捜査員が集まってきていた。

「ご苦労さまです」

『利憲くん事件』捜査本部の沼口と高田が、敬礼で西脇を迎える。葛西署、碑文谷署の両署長が腰を折りながら近づいてくる。

「いいから、お前らはどうでもいいから。まず一人出せ。キッチリ状況を把握してる奴が出てきて、ビシッと簡潔に説明してみせろ。なんで赤坂で認知された事案のホシが、こっちじゃ立てこもり犯になってるんだ。俺がきたからには、勘違いでしたじゃあすまされんからな。覚悟して喋れよ」

碑文谷の帳場を代表して、三田村管理官が進み出た。

「ええ、ご説明いたします……」

彼の報告は、麻井の推測からそう大きくはずれたものではなかった。

碑文谷の帳場は〝ジウ〟なる、『利憲くん事件』の主犯と思しき中国人少年を追っていた。先に逮捕された岡村から、彼が好んで潜伏するのは廃墟であるとの供述を得、ここ一ヶ月半ほど、それに沿った捜査を進めていた。二十三区内の廃墟を虱潰し(しらみつぶし)に当たっていたところ、昨日になって花沢旅館ホテル跡に行き着いた。ジウの潜伏を疑うに足る物証を発見し、張り込みをしていると、そこに十歳前後の女児が連れ込まれるのを目撃した。この通報を重く見た通信指令本部が一課長に無線連絡を入れ、赤坂の事案と同一犯である疑いが浮上した、というわけだった。

しかし、そのあとには麻井がまったく予期していなかった事態も報告された。

「東警部補と門倉巡査は現在、廃墟内に潜伏してマル害とマル被の様子を見張っておりますが、先ほどからどういうわけか、携帯電話の呼び出しができなくなっております。電波が届かない場所にいるのか、電源を切ったのか、あるいはマル被と接触して通話できない状態に陥ったのか、原因は今のところ判明しておりません」

門倉？　と西脇は呟き、小首を傾げた。あれだけ騒いでおいて覚えていないというのもどうかと思うが、彼女がなぜ『利憲くん事件』に関わっているのかなどと、いま騒がれるのは困る。覚えていないのは却って好都合といっていい。

「犯人グループは五人。現在、逃走されないよう葛西署員と機捜が周辺を固めておりますが、これといった動きはありません」

西脇がンンッと咳払いをする。

「……むろん、潜入している二人は、丸腰なんだよなぁ」

「はい。拳銃は、携帯しておりません」

「ホシが道具（銃器）を持ってるとか持ってないとか、そういう報告はなかったのか」

「いえ。そういったことは、一切明らかにはなっておりません」

にわかに騒がしさを感じ、麻井は背後を振り返った。捜査員の何人かが出入り口を見て

何かいっている。その視線の先を見やると、

――まさか……。

そこにはあの、太田警視監をはじめとする警備部幹部がずらりと顔を揃えていた。

「……西脇部長。また、人質立てこもり事案の発生だそうじゃないですか」

太田は声高にいい、ゆっくりと講堂に入ってくる。

「なんだ、キサマァ」

西脇は唸るように漏らした。

「そんなに怖い顔をなさらなくてもよろしいでしょう。七月の岡村事件のように、中途半端な黒星にならないよう、助力を申し出ようと思い、馳せ参じたのですから」

異様な緊張感が講堂に満ちていく。

「キサマのようなもんが、わざわざこんなケチなヤマを拾いにこなくたっていいだろう」

「何を仰います。七月はこの松田がお伺いしましたが、取り合っていただけなかったではありませんか。今回は役に不足がないよう、私が直にお願いに上がりました。どうか作戦への参加を、前向きにご検討ください」

西脇は「役不足って言葉はな」と呟いたが、それ以上はいわなかった。

「……何も、配置をすべてうちに譲ってほしいと申し上げているのではありません。それぞれが得意分野を活かして、総合的にベストと思われるオペレーションで、ことに当たる

のがよろしかろうと申し上げているのです」

太田は慇懃にいいながらも、目では鋭く西脇を睨み返していた。

真剣の鍔迫り合いのような視殺戦だった。十秒が一分にも、十分にも感じられる沈黙だった。不幸にも二人の間に立ってしまった二人の署長は、しばらく何がなんだか分からないという顔をし、やがて揃って、下を向いてしまった。

西脇は視線をはずさぬまま、太田に体を向け直した。

「……そこまでいうなら、聞いてやろうじゃねえか」

太田は微かに笑みを浮かべた。

「はい。まずＳＡＴの狙撃班を周囲に配置します。これに関しては特に、議論の余地はないでしょう。次に、マル被に関する情報ですが、これは捜査の専門家であるそちらにお譲りしましょう。そちらの情報収集活動に関して、こちらは一切の干渉をいたしません。むろん時間の制約もいたしません。また必要とあらば、こちらから援軍を出すことも吝かではありません。なんなりと仰っていただいてけっこうです。ただし、機材のみの切り売りというのはご遠慮願います。

……その代わりといってはなんですが、集められた情報は即座にここでオープンにしていただきます。それをもとに、我々が突入オペレーションの段取りを組みます。これに関しては捜査活動と逆の展開ですから、必要な場合はそちらに援軍をお願いすることになるかもしれません。まあ、考えづらいケースではありますが……」

「バカいってんじゃねえぞコノヤロウ」

西脇は手にしていた報告書を床に叩きつけた。

「何が得意分野だ。何がベストのオペレーションだ。テメェのところにゃ捜査能力がねえからそこんとこだけ便利に使って、あとはやるから邪魔すんなって、要はそういう話だろうが。フザケんな太田。下働きだけやらされて、目の前でテメェらがワッパかけんのを指銜(くわ)えて見てろってか。……呑めねえな。とてもじゃねえが呑めねえ話だ。帰れ帰れ。出てけ、このクソバカヤロウがッ」

それでも太田は、余裕の笑みを崩さない。

「ああ、一つご提案をし忘れていました。刑事部のプロセスからすると、説得というのが欠けていましたね。つまり先手はそちらのSIT。説得工作で挙げていただけるなら、こちらの出る幕はないというわけです。

私も、何がなんでも強行突入させようだなどと、そんな野蛮なことを考えているわけではありませんよ。ましてや、あなたが仰るように、ケチなヤマを拾いにきたわけでもない。平和的解決が望めるなら、それに越したことはないわけです。

それができないとなったとき、初めてSATは必要とされる。そこで取りこぼしがあるようならば、それは我々、警備部の黒星です。このスタンスなら、そちらに黒がつくような事態は考えられない。……いかがですか、西脇部長。ＳＩＴとＳＡＴ、共同でのオペレーションを、ぜひご一考いただけませんか」

西脇は唸るだけで、なかなか答えを口にしなかった。

4

東は沼口に状況を報告し、関係各所に応援要請をするよう命じた。

「サイレンも赤灯も消すようにな。それから、パンダもやめてくれ。こっちには人質がいるんだからな」

三一三号の窓際。東は口を囲って耳を覆って喋っている。細かく角度を調整しているところを見ると、決してここも電波の入りはよくなさそうだ。

「分からん。顔までは確認できなかった」

美咲はドアを開けて階下の様子を見張っていた。

女の子は目も口もガムテープのようなもので塞がれている。それを二人の男が両脇から抱え、さらに三人の男があとからついてくる。ここまで上がってこられては困るので、美咲は彼らが二階に着いた時点で部屋に戻った。

「主任、すぐそこまできてます」

「切るぞ」

東は携帯を睨み、意を決したように電源を切った。

「君のは、音だけ消しておけ」

「あ、はい」

美咲の携帯はずっとマナーモードになっている。その点は心配ない。

東はドアの前に立ち、外の様子を窺った。美咲も足音を忍ばせて隣に立った。

「……いま一人、屋上に上がっていった」

ちょうどこの部屋の前は階段だ。誰か通れば見える。

「ジウは、五人の中にいたか」

「いえ。全員が二階に上がってくるまで見てたんですが、確認はできませんでした」

しばらくは、そのままドアの覗き窓から様子を窺った。以後、誰かが三階に上がってくることはなかった。

「このままじゃ埒が明かんな。ちょっと、様子を見てくる」

東がノブに手をかける。

「主任」美咲はその手を握った。「私が、いきます」

「何をいってる」

「私は元特殊班です」

強がったつもりはなかった。現状では、そうするのがいいと思ったのだ。

東は奥歯を噛んで黙り込んだ。それでも、出た答えに変わりはなかった。

「性差別ととってもらってかまわん。俺にはやはり、君を先にいかせるような真似はできん」

美咲の手を、そっと引き剝がす。そのまま窓際にいき、東は自分のバッグから懐中電灯やドアストッパーを取り出し始めた。

「主任」

「二十分経って戻ってこなかったら、沼口に連絡を入れろ。周囲の状況と測って、あとは外の指示に従え」

彼は、静かにドアを開けた。

美咲はその隙間の薄闇に声を奪われ、東の背中を見守ることしか、できなくなった。

＊

ドアを閉めると、急に、締めつけるような痛みが東の胸を襲った。

――十歳くらいの、女の子だった……。

自分の娘と同じ年頃、だから助けにいきたいのかと自らに問う。

——違う。俺は、そこまで青くはない。

小さく頭を振り、はみ出た私情を追い払う。

——デカだろう。だから助けるんだろう。

誰に訊いているのか。誰に答えているのか。

——何をやってるんだ、俺はッ。

東は拳を握り、人差し指の節を思いきり噛んだ。

ゆっくりと息を吐き、階段際の壁に身を寄せる。少し顔を出して覗くと、吹き抜け部分から玄関ロビーが見下ろせた。フロントの近くは分からないが、少なくとも、待合ホールになっているところに人影はなかった。五人のホシは、今どことどこに、何人ずついるのだろう。

腹這いになって上を見上げる。上がっていった一人は、もう階段にはいない。注意深く下を覗くと、ちょうど真下に二人いることが分かった。夕闇も手伝って顔まではよく見えない。が、二人ともジウではない。そう直感的に思った。

つまり今、この真下に見張りが二人、屋上に一人、その他に人質と一緒にいるのが二人、ということになる。門倉が見た状況と重ね合わせると、人質を連れた二人は、二階の客室の方にいったものと考えられる。

東は二階の構造をもう一度頭に描いた。

この真下に二人いては、普通に階段を下りて客室の方に進むことはできない。このまま三階を奥に進んで、外の非常階段から下りるという手もなくはないが、非常扉が施錠されていたら、二階に入るのは不可能だ。

こんなことになるなら、すべての扉を開けておけばよかった。だが、そんなことをいま悔やんでも仕方がない。

ふと、いいアイデアが浮かんだ。

――ダストシュート……。

二階、三階のリネン室の奥には、使用ずみのシーツやまくらカバーを投げ落とすための縦穴があった。あそこを上手く通れば見張り役に気づかれず、客室の方にいけるかも知れない。

門倉が見ていると想定して、東はジェスチャーで行き先を示した。

――俺、真っ直ぐいって、左、の左、で下りる。

二回繰り返し、ドアに頷いてみせる。だいぶ暗くなってきているので見えたかどうかは分からないが、今は、分かってくれたものと信じて先を急ごう。

廊下を進み、T字の交差点までやってきた。左に折れ、クランク状の通路の奥、リネン室のドアを開ける。床がカーペットになっているので、さほど足音を殺さずにすむのは助かる。

正面。棚と棚の間に、銀色の四角い扉がある。取っ手を引くと、カチンと留め具がはずれ、扉は手前に倒れた。

東でも充分に通れる縦穴だった。幸い、靴もトレッキングシューズを履いている。四肢を突っ張れば、落ちずになんとか二階に着けるだろう。

リネン室のドアを閉め、懐中電灯で四角い穴を照らす。そのまま口に銜え、最終的に扉の方を向くように、体を捻りながら足を入れる。内壁にはステンレスのような金属板が張り巡らされており、体を支えるのにはかなりの力が要った。音をさせないよう扉を閉めると、それだけで両腕が攣りそうになった。

四肢を前に突っ張り、少しずつ背中を下にずらしていく。音を立てない注意は依然必要だが、この作業自体はさほど難しくはなかった。

まもなく同じ形の扉に辿りついた。そこで初めて気がついた。このまま押し開けたら、もしかしたらすごい音がするかもしれない。

東は慎重に体の向きを替え、右足を扉の枠に引っかけた。それでだいぶ、体勢が楽になった。

ゆっくり扉を押し、留め具がはずれたところで力を抜く。もう少し押して、扉が倒れた瞬間に素早く手を出し、

――ふう……。

扉をつかんだ。なんとか、音を立てずに開けることができた。

体を小さく屈め、右肩から枠にくぐらせる。上半身が出て、両足で床に立ったときには、思わず大きく息をついた。かなり強く噛んでいたので、懐中電灯のグリップには歯形がついていた。

――さて……。

時計を確認する。午後六時二十八分。沼口に連絡してから十分ほど経っている。所轄署の応援もそろそろ駆けつけている頃か。

今後、どういう形で救出作戦が行われるのかは分からない。だが、それがどういったものであろうと、人質の居場所だけは、こちら側で確認しておく必要がある。

懐中電灯をポケットにしまい、ゆっくりとドアを開ける。向かいの二〇三号のドアは閉まっていた。

――ん……。

何か聞こえた。声だ。少し距離がある。

東はリネン室から出て、隣の二〇八号の様子を窺った。が、中からは何も聞こえなかった。ここではない。

すぐ先で廊下は右曲がりのクランクになっている。向こうの様子は、ここからでは知ることができない。

少し進む。角から顔を覗かせる。

——そこか……。

ちょうど廊下がT字に交わったところのドアが開いていた。二〇三号の隣だから、二〇二号ということになるか。このホテルでは、比較的大きなタイプの部屋だったと記憶している。

息を殺して近づく。やはり、声は開いた戸口から聞こえる。

——やはり、中国人か……。

言葉は明確に聞き取れるのに、まったく意味が分からない。韓国語や他の言語という可能性もなくはないが、どうせ英語以外の外国語は分からないのだから何語でも同じだ。

ただその語気に、にやけた雰囲気があるのは気になった。

——何を話していやがる……。

ここからでは、中の様子がまったく見えない。見えるのはルーバーになっている黒っぽいクローゼット扉だけだ。

——どうする……。

中央通路を見渡す。見張りの二人は階段の近くから動いていない。

突如、どこかで電子音が鳴り、胆を冷やしたが、鳴ったのは見張り役の携帯のようだった。一人が大きな声で「——ハァ」とか「——ヤァ」とか喋り始める。

――チャンスだ。

東は思いきって二〇二号の前を横切った。見張りに気づかれた様子はない。

再び二〇二号の中を覗く。クローゼットの向かいには鏡があった。が、何も映っていない。部屋は少し奥まった辺りで広がっている。相当踏み込まないと中の様子は分からない。

そのとき、くぐもった悲鳴が聞こえた。間違いない。人質の少女の声だ。すぐに下卑た笑い声も続いた。囃し立てるような、冷やかすような雰囲気だった。

――クソ、何をしているんだッ。

中のホシは二人。このまま踏み込んだら、二人なら、なんとか取り押さえることもできるかもしれない。やってみる価値はある。だが、見張りの二人が応援に駆けつけてきたら、どうする。まず自分一人では敵わなくなる。

――ドア……そうだ。

このドアを、静かに閉めてしまったらどうだろう。鍵がこの室内にあれば、外の連中はそう簡単には入ってこられなくなる。人質とホシを引き離し、二人をぶちのめすことにだけ専念すればいい。

「ンンーッ」

また少女の呻き声がした。

――クソッ、一か八かだ。

東はノブをそっと手前に引いた。だがすぐに、ギイッと嫌な音が鳴ってしまった。

「――アァ？」

誰かと問うような声がし、二人の話し声が途絶えた。

ごそりと、立ち上がるような気配。

――マズい。

とっさに奥へと走った。一人が姿を見せ、驚いたように目を見開いた。かまわず腰に組みついて突進する。

「ウオォーッ」

そのまま、窓から落とすつもりで押し込む。途中でホシの足がもつれた。一緒に倒れる前に手を放した。尻餅をつくホシの顔面に、

――食らえッ。

蹴りを見舞う。かなりいい角度で入った。

――人質ッ。

室内、薄暗いカーペットの床に、スカートを捲られ、足を広げさせられた少女が、まだ少年の面影が残る男に、組み伏せられている。

――詩織ッ。

自分の娘の名が頭に浮かんだ。冷静なつもりだったが、目はある一点に釘付(くぎづ)けになった。

遅かったのか、まだなのか、もうすんでしまったのか、これからなのか――。

「やめろォーッ」

東は、膝立ちの男に殴りかかった。怒張した陰茎を丸出しにした中国人を、その頭が砕けてなくなるほど殴りつけたい衝動に駆られた。が、自分は刑事だ、ここは誘拐事件の現場だ、人命救助が優先だ、そう自分にいい聞かせ、ちゃんと後ろも見ろと自らに命じた。

振り返った刹那、にわかに、脇腹が熱くなった。

背後から、何者かが伸し掛かってくる――。

5

第一小隊のメンバーを乗せたＳＡＴの移動用バスは、警視庁術科センターから第六機動隊本部に向かう途中だった。

「小隊長、松田一課長からです」

助手席の後ろにいた無線担当員がヘッドセットを差し出す。向かいの席にいた小野は受け取りにいき、立ったままそれをかぶった。

「はい。第一小隊長、小野警部補であります」

見る見るうちに、その顔つきは険しくなっていった。

「……しかし、今日の待機当番は第三が……いえ、そういうことではありませんが……はい……了解いたしました。すぐに向かいます」

ヘッドセットを無線担当に突っ返し、運転席を覗き込む。

「行き先変更だ。南葛西に向かってくれ」

運転担当は一瞬だけ、ぎょっとしたように小野を振り返った。

「小隊長、葛西は、方向がまるきり反対でありますが」

「いいから引き返せ」

そんな無茶な、と彼は漏らした。無理もない。ここは首都高速湾岸線だ。一般道をUターンするようなわけにはいかない。

「次はどこだ」

「もう大井南です。隊本部に着いてしまいます」

「だったらいったん降りて乗り直せ。出動命令だ」

車内がにわかにどよめく。

これにはさすがの基子も、少なからず驚きを覚えた。

待機当番である第三小隊ではなく、第一小隊に出動を命じたのは、どうやら、あの太田部長であるようだった。

「なんでも、誘拐事件のホシのアジトがいきなり割れたらしい。人質は九歳の女児一名。氏名、本木沙耶華。ホシは五人。未確認だが、中国人である可能性があるらしい。武器携行の有無は不明。現場建物はホテルの廃墟だそうだ」

現場到着前に得られた情報はそんな程度だった。

「……とうとう、きたか。このときが……」

同じ制圧二班の石野巡査長は、膝の上で拳を握り締めていた。

——まさか、ビビってんじゃないだろうね……。

そもそも、誰かを当てにする気持ちなど基子には微塵もないのだが、現場で腰の引けた誰かに足首をつかまれる可能性までは如何(いかん)ともしがたい。そしてどんな人間がそうなるのかというと、まさにこの石野や、誤射で雨宮に怪我を負わせた臼井のようなのがそれに当たると思うのだ。

——勘弁してくださいよ、みなさん……。

バスは湾岸線に乗り直し、今度は葛西出口で降りた。左に曲がってしばらくいくと、学校のような建物の塀際に、警察車両が数珠繋ぎになっていた。

「現在、刑事部のＳＩＴが現場敷地内の調査に当たっているらしい。資機材一式はすでに本部から到着している。制圧班はＣ装備で待機しろ」

Ｃ装備。基子は雨宮他二名と共に、暗視スコープ付きのサブマシンガンＭＰ５Ａ５と、オートマチックピストルP9Sを持つことになる。後方にはサイレンサー付きの八九式を持つ二人がつく。閃光弾は二発ずつ。全員に防弾ヘルメットと防弾ベスト。インカム型双方向無線に手錠。これらが制圧班のC装備だ。むろん制圧一班も同じものを携行する。

バスを降り、狙撃班の四人と共にパネルバン型の機材車に向かう。指示通りの銃器を基子が選り出し、担当隊員にそれぞれ渡す。狙撃手にはノーマルの八九式小銃、監視担当には暗視望遠鏡だ。

装備がすんだらバスに戻る。十分ほど待っていると、小野がスーツ姿の男を一人伴って戻ってきた。

それは特殊班二係主任の、佐藤警部補だった。特殊班が現場の調査に当たるとなった時点で、特一か特二、五十パーセントの確率で古巣と当たる可能性があったわけだが、実際にこうやって出くわしてみると、ある種の因縁を感じなくもない。

小野が室内灯のスイッチを入れた。荒く蛍光灯が瞬く。

「ええ、それでは、現場内部の状況を説明させていただきます」

青白く浮かんだ佐藤の顔は、ひどく緊張しているように見えた。小野にあまり顔を見るなとでもいわれたのか、伏し目がちに手元の資料に見入っている。

「現場は、このような形になっています。ちょうどこっち、東側に頭を向けたT字型の三階建てです。周囲には四メートルほどの高さで仮設の万能塀が設置されており、出入りできるのは、この北西の角の正面ゲートと、南側のくぐり戸だけになっています。

ただ、ゲートを抜けると正面が玄関になっておりまして、ここには人影があるため、潜入するのは無理だと思われます。裏口も、このプールを見下ろすようにたくさんの窓がありまして、発見される危険性が高いです。

ですがこの、北東の角、ここから万能塀を乗り越えて入っていけるならば、どの窓からも死角になりますし、発見されないのではと思われます。それから、この南側の非常階段は、かなり錆が進行していまして、一人二人ならともかく、それ以上の人間がいっぺんに上るとなると、危険ではないかと思われます。ですから……」

「もうけっこうです。誰か質問はないか」

質問は、誰からもなかった。佐藤は呆気にとられ、小野の顔を見上げた。小野は即座に、佐藤が持っていた図面に指をかけた。

「これはいただいておいて、よろしいですね」

「あ……ええ、どうぞ」

「ありがとうございました。お引き取りください」

佐藤は一瞬、厳しい目つきで小野の手を見たが、悶着を起こすべきではないと思ったのだろう、失礼しますと頭を下げて出ていった。

「……当てになるのかねぇ、あんなの」

隣の石野が溜め息交じりに漏らす。

ふいにぼこりと、自分の中に黒い感情が湧き上がるのを、基子は感じた。

「それ、どういう意味だい」

「え？」

石野が中途半端な苦笑いを浮かべる。

「当てにってそれ、あんた何についていってんの」

よせ、と雨宮が基子の肩をつかんだ。ほとんど同時に、向こうの方で臼井がいった。

「伊崎巡査は元ＳＩＴですからな。彼らの優秀さは、よくご存じなわけですよ」

馬乗りになって殴った一件以来、臼井は何かにつけて基子にちょっかいを出してくる。

しかも、いつも誰かの陰に隠れて。

「あんたらはよく知らないかもしれないけど、少なくともあの連中は、自分の仲間を撃ち殺すようなヘマはしないよ」

臼井の目が吊り上がる。

「なんだキサマッ」

「よさないか伊崎ッ」

基子は小野に突き飛ばされた。

「あれは訓練だった。そしていま我々が直面しているのは、実際の事件現場だ。少しは頭を冷やせ」

　支えてくれた誰かの腕を、基子は振り払った。

「その重要性を体で分かってる人間が、あんたの部下に一体何人いるってのさ、小隊長さんよ」

　制圧二班の青山班長が割って入る。

「伊崎、口を慎まんかッ」

　確かに、いまさらこいつらの無能をなじったところで、何が変わるわけでもない。それは分かっている。こいつらはこいつら。自分は自分。いつだってそうしてきた。今日だって、同じはずではないか。

　――頭を冷やせ、か……。

　基子はMP5を担ぎ直し、小野に頭を下げた。

「失礼しました」

　小野は怒りを鎮めようとするように口を結び、小さく頷いた。

「……では、作戦を説明する。いま報告があった通り、玄関に人影があるからには、正面突破というわけにはいかない。他に出入り口はここ、非常階段下の勝手口、それからプールの正面と、フロント裏口ということになるが、この三ヶ所は施錠されている可能性が高い。死角に入ることを考えると、やはりこの非常階段下の勝手口が適切だろう。あるいはこの、東側の部屋だ。ここはひと続きの宴会場になっているらしい。人影がなければ、この窓を割って入ることも可能だろう。この二点のどちらかから、制圧一班は潜入する。今井と恩田で、状況を確認して報告しろ」

今井と恩田は技術支援班員だ。

「それからここ、北東の角だ。中に入れば、ロープをかけて屋上まで上れる。制圧二班は、屋上から階段で内部に入る」

ホシの武器は、と青山が訊く。

「まだ判明していない。実は、内部にはホシ五人と、人質の九歳女児の他に、刑事が二人潜入している。捜査一課の東警部補と、碑文谷署の門倉という、女性巡査だそうだ」

基子は驚くより、笑い出したい気分になった。

――よりによって、あいつかよ……。

今頃どこで何をしているのかと思ったら、こんなところで現場に潜入していたとは。

「残念ながら、二人とは現在連絡がとれない状態になっている。まあ、ホシは全員濃い色のシャツ、東警部補は薄いブルー、門倉巡査も白っぽいブラウスを着ているというから、間違えることはないと思うが、くれぐれも注意してくれ。

敷地内に潜入したら、建物東側を抜けて、今井と恩田で勝手口の施錠の確認。制圧一班も共に待機。次にロープをかけ、制圧二班はすぐ屋上に上がって待機だ」

「ＳＩＴは、突入には参加しないのですか」

　訊いたのは臼井だ。

「今回はこっちでやる。何しろホシは五人だからな。通常の立てこもり犯とは勝手が違う。事前調査はＳＩＴ、突入はこっちでということになっているが、問題はそのタイミングだ」

　小野は意味ありげに車内を見回した。

「実はまだ、結論が出ていない。ＳＩＴがまず説得に当たるというのが最初の案だったが、じゃあ誰がいくのか、どういう段取りで入るのかというと、そこら辺はまったく決まっていない。それどころか、ホシがこっちに気づいているのかどうかも分からない。ホシが包囲を察知していないのなら、このままうちが突入して確保するのもいいだろうが、察知しているのなら、まず説得という段取りははずせないだろう。

　今、内部に潜入している東警部補と門倉巡査に連絡をとっている最中だそうだが、もうかなり長い時間、携帯が繋がらなくなっているらしい。それで折衷案として出たのが、とりあえずうちが配置に着いて待機する、中の二人と連絡がとれるまで突入はしないと、この線が、今のところ決まっている作戦のすべて……だそうだ」

　小野は真面目腐った顔でいい終えた。その言外に込められた意味は、基子も充分に共感できるものだった。要するに、警備部と刑事部のヤマの取り合い、というやつなのだろう。

現場周辺は、すでに一般人の立ち入りを制限する態勢になっていた。マスコミの姿もちらほら見受けられたが、報道を制限されているのだろう、派手に動き回る様子は見られなかった。

基子らは指示通り、現場の北東に当たる道路に集合した。まず、技術支援班が仮設の万能塀を乗り越えるためのハシゴを設置する。SATの特殊ハシゴはジャンボ機のドアに届くように設計されている。四メートルの塀など、まったく問題にはならない。

「……よし、いいぞ」

まずは制圧一班の六人が入り、内部の様子を探る。問題ないとの報告を受け、技術支援班、制圧二班があとに続く。

基子が入ったときには、すでに一班と技術支援班の二人は建物東側を抜け、裏手に達していた。

「B班、配置につきました」

青山班長が無線にいい、しばらく基子たちは待機状態になった。今回も作戦中は、制圧一班をA班、二班をB班と呼称する。

当然だが、ホテルの敷地内に明かりはまったくなかった。周辺道路の街灯がわずかに二階部分を照らしてはいるが、内部の様子を窺えるほどではない。

しばらくして、正面ゲートの方に車が停まる様子があった。警察の囮車両だ。いったんエンジンを止め、一分間をおいてまたかける。その始動音に合わせ、

「撃て」

技術支援班員が救命索発射銃の引き鉄を引く。バシュッ、という音と共に、灰色のガイドロープが夜空を飛んでいく。数秒後、向こう側にいる隊員からロープを受け取った旨の連絡が入った。向こうと繫がったガイドロープに、今度は実際に使用する十八ミリのロープを括りつける。

「こちらB班。本ロープを固定しました」

『本部了解。A班、ロープを引け』

『A班了解』

本番のロープが、建物を越えて向こう側に送られていく。一分ほどでそれは止まり、無線に「固定完了」との連絡が入った。

「よし、いけ」

班長の指示で、まず雨宮が上り始めた。ストッパーをロープにかけ、凹凸のない壁に足をかけ、腕の力だけで自分の体を引き上げていく。制圧班の隊員は全員、ロープ一本で七階まで上れるように訓練されている。

雨宮はほんの十数秒で屋上に達した。

「よし、次」

基子は頷き、同じように壁に足をかけて上り始めた。

もともとこの手の作業には自信がある。腕力に対する、比率としての体重が軽いというのも有利に働いている。三階の床辺りまで順調に達し、あと少しで屋上の柵に手が届くところまできた、そのとき、

——あっ……。

ズルッとロープが抜けるような感覚があり、同時に硬い衝撃が伝わってきた。見上げると、雨宮が柵から乗り出している。

——どうしたッ。

すぐに基子は叫んだ。

「後ろッ」

黒い人影。柵から乗り出した雨宮は両手でロープを握っている。

切られたのか。このロープは、もう切れているのか。

——クソッ。

基子は宙吊りのままMP5を構えた。人影はすぐ奥の方に消えた。

ロープが激しく揺れる。カカカッという銃声が頭上で鳴った。雨宮だ。応える別の鋭い

銃声。ホシか。このホシは、拳銃を所持しているのか。

――どうする。

基子は、雨宮を信じてロープを手繰り寄せた。目一杯手を伸ばすと、すぐに錆びた柵に指が届いた。

「もういい、放せ」

雨宮が手を放し、ロープがするりと下に落ちる。またMP5の銃声がしたが、もうホシが撃ち返してくることはなかった。

「大丈夫か」

よじ登り、柵を越えると、雨宮は左腕を押さえて片膝をついていた。

「……ああ、大したことない。かすり傷だ。油断したつもりはないんだが、いつのまにか、後ろに回られてた」

首の後ろが、不快にささくれていくのを感じた。

――雨宮が、後ろをとられるなんて……。

基子は無線のボタンを押した。

「こちら伊崎、雨宮巡査が負傷した。ホシの一人は拳銃を所持している。階段から階下に……」

応えを待つまもなく西側、玄関の方で銃声が響いた。

第六章

1

二十分。二十分だけは、いわれた通り大人しく待とう。

美咲は秒針を見つめながら、東がドアを開けて入ってくる姿を、念ずるように思い描き続けた。

彼が出ていって五、六分した頃だろうか。外に怒声が響き、美咲はひやりとしてドアの外を窺った。むろん、交わされた言葉の意味など分からない。ただ互いを罵(ののし)り合うような、やり場のない怒りをぶちまけるような、そんな口調だった。

その中には、呻き声も混じっていたように聞こえた。

——まさか、主任……。

東が見つかって、犯人グループに暴行を受けているのかもしれないと思った。

お前は誰だ。なぜここにいる。一人か。他にも仲間がいるんじゃないのか。誰かに知らせたか。まさか警察に知らせたんじゃないだろうな。もしかしてお前、刑事なんじゃないのか。

そんなことを中国語で罵られ、殴られ、蹴られ、束は答えることもできず、ただされるがままに暴力を受けているのではないか。

助けにいこう。そう決心して、ドアノブを握った、そのときだ。

階段を、男が一人上がってくるのが見えた。手に拳銃を持っていた。いつでも撃てるように構えながら三階の、廊下の様子を窺っていた。手には鍵の束。それを見た瞬間、美咲の論理的思考のすべては停止した。

男はここに入ってくる。自分はあの銃で撃たれて死ぬ。この暗い、せまい部屋が、自分の最期の時を迎える場所になる。手は動かず、足は震え、心臓は背中から飛び出すほど大きく脈打った。

ズズッ、と鍵を、ドアノブに挿す音がした。

だがそれが、美咲の思考回路を、にわかに作動させた。

さっとドアから身を引いた。ドアはすぐには動かなかった。そう、音は少しだけ遠かった。男はここより、向かいの三一八号を先に開けることを選択したのだ。

——まだ間に合う。

美咲は床に放置してあった束と自分の荷物を抱え、急いでクローゼットの中に隠れた。折り畳み式の扉は、半分開けたままにしておいた。

ほどなくして、この部屋のドアも開けられた。目は閉じなかった。自分がどうなるのか、それだけは最後まで見ていよう。そんな、無駄な覚悟だけは決まっていた。

男はまず奥までいき、部屋に誰もいないのを確かめて戻ってきた。次いでトイレのドアを開け、すぐに閉めた。このクローゼットは最後だった。

――ああ、もう駄目……。

ぬっ、と男の頭が入ってくる。暗くてよく見えないが、目が合ったような、そんな気がした。

撃たれる。本気でそう覚悟した。だが意外にも、男はそれだけで身を引き、そのままドアを開けて出ていった。

――うそ……助かった？

暗闇が、美咲の味方をしてくれたようだった。ペンライトで照らされでもしたら、間違いなく発見されていたのだろうが、彼は、照明器具は何も持っていなかった。美咲にとっては不幸中の幸いだったといっていい。

男は同じように、各部屋を点検していっているようだった。ドアの開閉音と微かな足音が、徐々に遠ざかっていく。

T字路の先、右にある客室も左にあるそれも調べ終えたのだろう。かなり時間が経ってから、彼はここの前を通り過ぎて階段を下りていった。よほど侵入者がいないことに確信が持てたのか、帰りは銃を構えもせず、ポケットかどこかにしまって歩いていた。

美咲は安堵の息をつき、しばらくその場にへたり込んだ。

——主任……。

東が囚われの身になっているのは、もはや決定的だった。彼が見つかったから、犯人グループはホテル内にいる第三者の存在を疑い、三階に偵察の男を遣わしたのだ。おそらく二階の客室も同様に調べたことだろう。だが今、彼らはその存在を否定するに至った。チャンスかもしれない。でも、何をどうしたらいい。

時計を見る。東との約束の時間は、とっくの昔に過ぎていた。

——そうだ、連絡するんだった……。

携帯を開くと、なんと電波は圏外になっていた。

美咲は窓際までいき、入りのいい場所をミリ単位で移動して探した。東はこの部屋で通話していた。基本的に、通じないということはないはずだった。だがディスプレイの中でアンテナが一本立ち、沼口の番号に架け、耳に当てると、非通話になってしまう。そんなことを何度となく繰り返した。

そもそも電波の入りの悪い建物ではあるが、ここまで入らないとなると、この機種自体に問題があるようにも思えてくる。だとしたら、ここから連絡をとるのは、根本的に不可能ということになる。

――どうしよう……。

諦めかけ、携帯をパンチカーペットの床に置いた、その瞬間、突如ピンクのそれは震え出し、引っくり返った虫のように、あらぬ方に動き出した。

――待ってッ。

美咲はそのままの位置で携帯を開き、這いつくばるようにして耳に当てた。

「……はい、もしもし」

すると聞こえたのは、なんとも懐かしい声だった。

『門倉、私だ、麻井だ』

「……係長……」

ふいに、涙があふれそうになった。

『……で……がよくない。聞くだけ、聞いてくれ。今……がげ……位置についている。そちらの状況が分かり……い突入するつもりでいる。できればそっちで説得……とか……いが』

どうやら、特二がこの現場に出向いてきているらしいことは分かった。突入も視野に入れて配置についてる、ということだろう。しかし――。

「そんな、説得なんて、無理です」

何か物音がしたような気がし、美咲は背後を窺った。

「……相手は、中国人です。言葉が通じないんですよ」

聞き取れなかったのか、不自然な沈黙がはさまる。

「もしもし」

『……ゴク人というのは、たし……のか』

「はい、相手は中国人です。少なくとも二人はそうです」

『分かった。いま人じ……こにいる』

「人質の居場所は、すみません、分かりません。東主任が偵察にいったのですが、まだ、戻っていないんです」

『東主任とは、こっちも連絡がとれなくて困っている』

なんの悪戯（いたずら）か。そこだけは、妙にはっきりと聞こえた。ぞくりと、寒いものが背中を這い上がっていく。

「もしかしたら東主任は、犯人グループに捕まっているのかもしれません。連中は拳銃を所持しています。係長、私はどうしたら」

『そ……が……た。だがまず、人質の居場所だ……特定でき……い、ＳＡＴが突入して確保する』

SAT？　SATが、この現場に入っているのか。

「私が、人質の居場所を、特定すればいいんですか」

『……聞こえ……』

「私が、人質の居場所を、特定すれば、いいんですね」

『できるか』

「分かりました、やってみます」

返事の途中で電波は途切れた。だが、やるべきことは決まった。

――人質の居場所を、特定……。

美咲は、暗いドアの向こうを睨んだ。

二の足を踏んでいる暇はなかった。

懐中電灯の電池を入れ替え、軍手をはめ、念のためロープを担いだ。誰もいないことを覗き窓から確かめ、ドアを開ける。見上げると階段の上、屋上に通じるドアは閉まっていた。

――下は……。

しゃがみ込んで目だけ覗かせる。暗くてよく分からないが、ロビーに人影はないように見えた。

真下、二階の踊り場部分には、吹き抜けのガラス窓から街灯の明かりが射し込んでいる。黒っぽいパンツの膝下が見えた。歩いている。別のジーンズの足が見え、吹き抜け側に出てきたので、美咲は慌てて頭を引っ込めた。

——そこに連中がいるから、主任は階段を使えなかったのか。

人質が、二階の客室のどこかにいるのはまず間違いない。美咲は人質が階段を上らされているのを見ているし、それを東に報告もした。彼も当然、なんらかの方法で二階に下りようとしたに違いない。

東はこの三階を奥に向かって、それから、どうしたのだろう。非常階段を使ったのだろうか。だが、二階の非常扉は閉まっていたはず。鍵がなければ二階には入れない。他に二階に下りる手段はない。窓から下りたとしても、下の窓を割らなければ室内には入れない。静かにガラスを切る器具など、ここにはないのだ。

どうしたら、二階の客室部分に辿りつけるのだろう。

——なんか、なんかないの……。

アイデアでも、何か使えそうなアイテムでも、なんでもいいから欲しかった。鍵はない。銃も、棒も、火も。

——あ、そういえば……消火器。

この現場に入ってから、どこかで消火器を見たのを思い出した。どこだったか。厨房か。

フロントか。レストランか。

——そうだ、リネン室だ。

美咲は立ち上がり、廊下を奥の方に向かった。消火器をどう使うかは、手に入れてから考えればいい。

T字路を左に折れ、突き当たり左のドアを開けた。だがそうしてみて初めて、美咲はあの、東のジェスチャーの意味を悟った。

——なんだ、そうだったのか。

懐中電灯で室内を照らす。真正面に、ダストシュートの扉が銀色に光って見えた。大人が通るのにも充分な間口だ。間違いない。東はここから二階に下りたのだ。

美咲は壁から小型の消火器を取りはずし、ロープを棚の柱に括りつけた。下りるにせよあとで上ってくるにせよ、ロープがあるに越したことはない。懐中電灯は、バンダナを使って腰に括りつけた。

ロープを下方に送り、消火器を抱えて足から入る。軍手をはめているため、片手でも充分に体重を支えるだけの握力が得られた。ずるずると体を下ろしていく。すぐに二階の扉に辿りついた。

そっと押し開け、まず消火器を外に出した。せっかく手に入れた武器だ。ここで取り落とすわけにはいかない。それから慎重に体を外に出す。室内を照らすと、なんとここにも消火器はあった。

——せっかく……。

一瞬落胆し、それでもすぐに、二本になったのだからと自らを慰めたが、よく考えたら二本も抱えていたら動くに動けない。結局、ここのは残していくことにした。

少しだけドアを開け、廊下の様子を窺う。事件現場であることが、まるで嘘のように静まり返っている。むろん、見える範囲に人影はない。バンダナで覆った明かりで辺りを照らしてみたが、やはり注意すべき点は見当たらない。

廊下は少し先でクランク状に曲がっている。そこまで歩を進め、顔を覗かせた。一つだけ、T字の交差点にあるドアが開いている。そこにだけ、外から射し込む光が漏れてきている。

突如、パパンッとどこかで銃声が鳴った。

階段の方で騒ぎが起こり、すぐに、二〇二号の戸口から男が飛び出していった。そのまま真っ直ぐ走っていく。今度はホテル内に銃声が響き渡った。

——なに、なんでいきなり……。

急に、どうしていいのか分からなくなった。人質の居場所を確認するまでは、強行突入はないと思っていた。

——そう、人質、人質は、どこ……。

どのみち、銃撃戦の始まった玄関方面にはいきたくてもいかれない。美咲は一か八かで、二〇二号に飛び込んだ。短い通路を走り抜けると、そこに、

——いたッ。

犯人グループに連れ込まれた、人質の少女が横たわっていた。幸い、玄関の騒ぎで部屋に見張りはいなくなっていた。

少女の傍らにひざまずく。両手を頭の上で括られている。

「助けにきたわ、もう大丈夫よ」

まず、目と口を塞いでいたガムテープをはがす。すると少女は、しゃくり上げながらも何か伝えようとした。

「いいの。静かにしてていいのよ」

「……誰か……」

ひやりとし、背後を振り返った。が、誰もいない。

「……誰か、なに？」

「誰かが、私を、助けに、きてくれたの……でもすぐに、ウウッてなって、それで……」

東だ。やはり東は、ここまできていたのだ。そして少女を助けようとし、犯人グループに——。

「それで、どうなったの」

少女はかぶりを振った。無理もない。今の今まで目隠しをされていたのだ。

——主任……。

だが今は、人質の救出が先だ。美咲はまずドアを閉め、三ついているロックをすべてかけた。

少女のそばに戻ると、階下でガラスの割れる音がした。一度や二度ではない。ガラスをすべて打ち払い、そこから入ろうとするかのような乱暴な割り方だった。

少女が美咲にしがみつく。

「大丈夫よ……」

たぶんSATだ。玄関の方の銃撃戦も、おそらくそうなのだ。

「大丈夫。警察が、いっぱいきてるから……」

美咲は携帯を取り出し、眩く光るディスプレイに目を凝らした。よかった。ここは充分に電波が入る。

さっきの番号に架け直す。

「もしもし、門倉です」

『麻井だ、どうした』

「人質を保護しました。いま二階の二〇二号です」

『東側、T字廊下の突き当たりだな』

「そうです」

『ホシは』

「ここにはいません」

『よし。ＳＡＴがトラブってホシに気づかれた。いま玄関ホールは銃撃戦になっている。そのまま非常口の方に出られないか』

「でも、階段が」

あの非常階段は、腐っていて使い物にならない。

『他に出口はないんだ。玄関方面は危険すぎる。かといって、銃撃戦が落ち着くまで待ってはいられない。連中は再び人質を盾にしようとするだろう。急げ。非常階段で下りて、裏口を目指せ。こっちからも援軍を出す』

「分かりました」

美咲は携帯をしまい、少女の手をとった。

「大丈夫よ」

笑みを見せると、少女は真剣な目で頷いた。キュッと強く美咲の手を握る。この娘にとっていま自分は、世界でたった一人の、頼れる存在なのだ。

「いこう」

ドアの前まで移動する。覗き窓から見える範囲に人影はない。

ロックをはずし、ほんの少しドアを開ける。誰もこない。

「大丈夫」

手を引いたが、少女の動きは緩慢だった。見るとくじいたのか、右足をひきずっている。

——急がなきゃ。

美咲は消火器を捨て、少女を抱き上げて走り始めた。クランクを抜けると真っ直ぐ正面、街灯の明かりが射す非常扉が見えた。

鍵を開けようと思い、少女を床に下ろした。すると急に、辺りが暗くなった。

見上げると、非常扉の窓を、黒く人影が覆っていた。

2

犯人の一人にロープを切られ、制圧二班の四名は屋上に上がる手立てを失った。さらに雨宮とその男が撃ち合いをしたため、玄関の方で騒ぎが起こった。

《雨宮の傷の程度はどうだ》

伊崎基子は、左肩に弾が残っていると報告した。

《動けるのか》

「駄目です。足手まといになります」

「おいッ」

小突いても、基子は雨宮を見もしない。

《仕方ない。雨宮は屋上に残せ》

「だ、大丈夫です小隊長」

しかし、その声は届かない。

《伊崎は予定通り階段から二階に接近しろ。下の者は玄関に向かわせる》

基子は「了解」と無線を切った。

「ま、大人しくしてなよ」

立ち上がり、苦笑いを浮かべて踵を返す。

「待て、伊崎……」

だがもう、基子は振り返らなかった。早く銃撃戦に参加したくて堪らない。そんな思いが、彼女の背中にはくっきりと浮かび上がっていた。

――バカ野郎……。

階段室の外壁に背中を預け、中を窺い、すぐに階段を下りていく。

――いっちまった……。

溜め息をつくと、訓練で傷めた脇腹が痛んだ。さっきも切れたロープをとっさにつかみ、基子の落下を食い止めるため、胸から柵にぶち当たった。その衝撃で、またさらに傷めてしまった。確実に、ヒビくらいは入っているだろう。だが、これで基子を落とさずにすんだのだから、まあ、よしとしておくべきか。

——無茶するなよ、伊崎……。

目を閉じ、どれくらいまで呼吸ができるかを確かめる。半分も吸わないうちに、激しい痛みが走った。基子に足手まといといわれたのには腹が立ったが、実際そうなのだろうと、納得せざるを得ない状態だった。

——ん……？

ふいに体毛の何本かが逆立つような、そんな不快感を覚えた。何が不快なのか。直前の記憶にその原因を探る。

飛び交う銃声。怒号。その中に混じった、か細い、声。悲鳴？

——女か。どっちだ。

聞き分けられたということは、玄関の方ではない。すると、非常階段の方か。

雨宮は歯を食い縛り、ＭＰ５を構えて立ち上がった。

非常階段の下り口までいき、錆びきった柵の上から顔を覗かせる。すると、ところどころ踏み板が朽ち落ちたその下方、三階、いや二階の踊り場に、激しく揉み合う人影が見えた。

——あいつだッ。

雨宮と撃ち合ったあの男は、銃撃戦をかわして三階に下り、非常階段から逃げようとしたのだ。だがそこで誰かと出くわし、格闘になった。すると、さっきの女性の悲鳴はなんだ。隊に報告している余裕はない。自分でいくしかない。

——待ってろッ。

階段が崩れないよう、錆びていそうにない部分を選んで足をかけた。手摺りにつかまって何段か飛び下り、二度折り返し、ようやく格闘の場を見下ろせる踊り場まできた。

「やめろッ」

雨宮が叫ぶと、男は格闘していた相手、背の高い女を肘で殴り倒し、そのまま非常口に蹴り入れた。扉を閉め、こっちを見上げる。その足下にはもう一つ、小さな背中があった。

「……くるな」

間違いない。人質の女児だ。男は怯える本木沙耶華を羽交い絞めにし、あろうことかそのつぶらな瞳に、ナイフの切っ先を向けた。

「一つ下りたら、一つ目玉を刳り抜く」

犯人グループは中国人らしいと聞かされていたが、この男の日本語は実に流暢だった。顔立ちや髪型にも、特に中国人的な特徴は見当たらない。

「よせ。もう、逃げられないぞ」

だが実際は、飛びかかって確保できる間合いではなかった。段にして五つ。足場も悪い。

「最後まで、あがいてみるさ。人質に、命がある限りはな」

雨宮はさっと階下を見た。辺りにも視線を巡らせた。裏口に私服刑事と思しき人影が現われたが、あまりにも距離がありすぎた。彼らをこちらの有利に使う手は、残念ながらなさそうだ。

数秒、探り合うように視線を交わす。

「……その銃を、こっちに落とせ」

男が腕に力を込める。沙耶華が苦しげに呻く。

雨宮はストラップから肩を抜き、ＭＰ５を膝まで下ろした。手を放す瞬間、安全スイッチを入れた。そこに一縷（いちる）の望みを託す。

カタカタと踊りながら、ＭＰ５は男の足下に辿りついた。

「ヘルメットと、ベストも脱げ」

今は、いわれた通りにするしかあるまい。

雨宮は防弾装備のすべてを脱ぎ、

「……転がせ」

階段に落とした。

男は雨宮を睨んだまま、まずＭＰ５に手を伸ばした。手が届きそうにないと分かると、沙耶華にもしゃがむよう命じた。

「下手な小細工だな」

安全装置については見破られた。銃器に関する知識はかなりあるようだった。男は片手でスイッチをいじり、自動連射に切り替えた。

「……このガキを、助けたいか」

口元には、不敵な笑みが浮かんでいる。

「ああ、頼む。その娘を傷つけるのだけは、やめてくれ」

「ずいぶんと弱気じゃないか。さっきの威勢はどこにいった」

そのとき、非常扉のノブがカチャリと鳴った。

——チャンスか。

だが、弾帯のＰ９Ｓを抜くより早く、男は雨宮に向かって、沙耶華を突き飛ばした。

「守ってみろ」

ＭＰ５の銃口が向けられる。

雨宮は沙耶華を、拾い上げるように受け止め、そのまま男に背を向けた。

「じっとして」

沙耶華を懐に抱きしめる。

聞き慣れた銃声が、背後に響いた。

背中が、抗(あらが)いようのない衝撃に波打つ。

「ングァッ」

焼け爛れた、巨大な鉄板を押しつけられているかのようだった。

長い長い階段を、背中で滑り落ちているようだった。

後ろから体が砕け、少しずつ、自分が、小さくなっていくようだった。

――沙耶華ちゃん……。

一杯に涙を浮かべた目が、雨宮を見上げている。

――大丈夫。君だけは、助けるから……。

沙耶華はアサルトスーツの襟をつかみ、何か、叫んだ。

さっきまで、遠くに並んでいた街灯が、今は、一つも、見えない。

堪えきれず、吐き出した血が、沙耶華のおでこを、汚したのではないかと、思い、それを拭おうと、したけれど、どうしても、目が、開けられず、手も――。

3

なぜか鍵は開いていた。いきなり扉が開き、しゃがんでいた美咲は見上げるまもなく首筋に蹴りを喰らった。

呻き声も出なかった。眼球が飛び出すほど喉に何かが詰まり、むせることも、息を吸うこともできなくなった。

思わず床にひざまずいた。美咲を蹴った足が、奥に逃げようとする少女を追うのが見えた。瞬きすると、ぼやけた視界に今度は、引きずられる少女の足が映った。

「イヤァァアーッ」

二人が非常口を出ていく。

——止めなきゃ……。

だが消火器は手元にない。代わりになる物もここにはない。悔しいくらい、この廃墟はよく片づいている。

——でも、素手でもなんでも、いくしか……。

立ち上がり、閉まりかけた扉を押し開け、美咲はラグビータックルの要領で男に体当たりした。左手が固い物に触った。拳銃か。抜き取れるか。そう思うや否や、右のこめかみに重たい肘打ちを喰らった。間髪を入れず膝が襲ってくる。とっさに腕でガードすると、手首が、妙な角度に折れ曲がった。

「いい度胸だ。褒めてやる」

髪をつかまれ、顔を上げさせられた。

再び肘が、左目に——。

気づいたときには、廊下の床に寝そべっていた。

く見えない。

頭を振り、方向感覚を取り戻す。右腕がとにかく痛んだ。左目は、塞がっているのかよ

扉の向こうに声がした。

「……このガキを、助けたいか」さっきの男だ。

「ああ、頼む。その娘を傷つけるのだけは、やめてくれ」

相手は誰だろう。でもきっと警察官、たぶんSATだ。

「ずいぶんと弱気じゃないか。さっきの威勢はどこにいった」

いかなきゃ。そう思い、左手でノブをひねったが、押し開けるだけの力が出ない。

「守ってみろ」

金属的な銃声、気が遠くなるほどの連射、悲鳴、悲鳴、悲鳴——。

「あうっ」

いきなり扉が開き、支えを失った美咲は前にのめった。

「入れ」

男は美咲を中に押し込み、扉に鍵をかけた。

髪を引っ張られ、されるがままに顔を上げる。熱く荒い息が頬にかかる。

「下手な抵抗はするな」

筋肉質な腕が首に絡みつく。釣り上げられるようにして立つと、男は美咲の背後に回り、

「うぐっ」

脇腹に、刃物を数センチ刺し込んだ。

「いう通りにしていれば、いずれ解放する。逆らえば殺す。脅しではない」

ぷつりと聞こえ、今度は右耳の後ろに尖った痛みが走った。続いて引っ張られる感覚があり、直後にブリッと、キュウリの折れるような音がした。

「アァァァーッ」

耳を切られた。顎の下にある男の腕が、見る見る黒い血に染まっていく。

「分かったら歩け」

押し出されると、嫌でも歩かざるを得なくなった。足がもつれると、途端に首吊り状態になった。

「自分で歩け」

何度も小突かれ、首を絞められ、それでもなんとかクランクを曲がり、二〇二号の前、T字の交差点まで戻ってきた。男はそこで足を止め、玄関の方を窺った。

美咲も、朦朧とする意識の中で、辺りの状況を探ろうと試みた。

やけに、静かな気がした。そう。人の声はするのに、銃声が、どこからも聞こえてこないのだ。

ムゥ、と男が唸る。何かあったのか。

男が一歩踏み出したので、美咲も懸命に右目を見開き、前方に意識を集中した。

何か、黒い影のようなものが、ぼんやりと、浮かんでいるように見えた。

「くるな。近づけば、この女を殺す」

あれは、人なのか。近づいてくるのか。

男は腰を落とし、美咲のこめかみに、いつのまに持ち替えたのか拳銃を突きつけた。

「聞こえないのか。殺すぞ、この女を」

それでも止まる様子は一向にない。

次に「くるな」と男がいいかけたとき、その影はくにゃりと形を変え、フラッシュのような明滅と同時に、

「アガッ」

カカカッ、と銃声が響いた。

男が全身を強張らせるのが分かる。どこかに当たったのか。

「く、狂ってやがる……」

男はリネン室の方に移動しようと体を傾けた。つられて美咲も足を出すと、つま先に、何か固い物が当たったった。

――あっ……。

そう思った刹那、青白い火花が――。

4

基子は屋上から、真っ暗な階段室を見下ろした。

三階までは壁で覆われているため、ロビーや階下を見渡すことはできない。とにかく、下りてみないことには始まらない。

一段つま先を下ろしてみる。段の高さを確かめ、あとは感覚を頼りに駆け下りる。三階の開口部に至ると、とりあえず吹き抜け部分からロビーが見渡せた。制圧二班の四人が、入り口の柱の陰に身をひそめている。

「この、このデカが、死んでもいいのかァーッ」

下の方で声がし、青白い光と共に銃声が響いた。

基子はそっと、三階の廊下に顔を出して様子を窺った。念のため、ＭＰ５の暗視スコープでも確認する。誰もいなかった。

「ぶ、ぶっ殺すぞ、ほほ、ほ、本気だぞッ」

また銃声。どこかのガラスが割れた。

基子は背中を壁につけながら、一段一段、階段を下りていった。五段下りたところで顔を出し、二階の状況を探った。

刑事と思しき男が立ち膝で座らされている。後ろ手に縛られているような姿勢だ。犯人側は、刑事のこめかみに銃口を突きつけているのが一人。その右に、怒鳴りながら撃っているのが一人。さらに構えているだけのが一人。もう一人は、彼らの後ろで携帯電話で喋っている。内容は聞き取れないが、どうも電波の入りが悪くて困っている様子だ。全部で四人。彼らの前には手摺りがあり、その下はガラスかアクリル板のようなもので覆われている。

「さがれッ、失せろォーッ」

また一発。入り口の枠に火花が散る。

チッ、と無線が入る音がした。

《本部より各員。特殊班捜査員が人質女児を保護。東警部補、門倉巡査は依然現場内にいる模様。繰り返す……》

とりあえず、人質が助かったのはいいことだ。少し、やりやすくなった。

基子は再び暗視スコープを目に押しつけ、スイッチを入れた。すぐに、刑事を拘束している男の右肩に照準を合わせる。まずは単射で一発。

「ウガッ」

後ろに吹っ飛ぶ。刑事は前に倒れた。

「どうしたッ」

がなっていた男が辺りを見回す。基子を見つけ、銃口を向けるが、下の連中も気になるらしく狙いが定まらない。

基子は三点バーストに切り替え、その男と隣の奴の腿をまとめて狙った。アクリル板に穴が並ぶ。

「アアッ」

「ギャッ」

二人の体がその場に崩れ落ちる。

見通しがよくなったところで、最後は携帯男だ。

「うッ」

携帯が砕け散る。一発は手を貫通しただろうか。単射に戻し、床や、まだホシの手にある銃を一つずつ撃っていく。四丁すべてが犯人の手が届かないところに転がったのを確認して、スコープをオフにする。

階段を駆け下りる。右目の視界がやけにチカチカする。これさえなければ、暗視スコープほど便利なものはないのだが。

左目で見ながら接近すると、こっちに気づき、銃を拾おうとしている命知らずがいた。携帯男だ。

——いいね。ゾクゾクするよ。

早足で駆けつけ、手首にサッカーボールキックを見舞った。あり得ない角度に曲がった手首を、編上靴の踵で踏みつける。

「ヒギャァァーッ」

黙れ、という意味で頬に膝を落とす。顎関節がひしゃげる音がし、一拍遅れて、ガクンと基子の右膝が口の中に落ちる。獲物を丸呑みする蛇。ちょうどあんな感じの顔になった。

下にいた隊員たちがぞろぞろ上がってくる。ロビーのどこかに潜んでいたのか、一班の連中も二班に続いてくる。

仕方なく、基子は遊びを中断して立ち上がった。

「動くなッ」

拳銃を構えた二班の四人が、それぞれ犯人を確保していく。抵抗する者は一人もいない。一班の連中は周囲に銃口を向けて警戒態勢をとっている。ちらりと携帯男を見下ろした隊員は、一瞬ギョッとした顔をしたが、特に何もいいはしなかった。

「伊崎、よくやった」

「はあ」

青山班長は頷きながら、倒れている刑事を抱き起こした。

「大丈夫ですか、東警部補」

彼は、まるで十二ラウンド戦いきったボクサーのような顔になっていた。

「伊崎、報告しろ」

「いや、班長から頼みます。自分はちょっと、あっち見てきますんで」

基子は、暗く長い廊下を指し示した。ちょうど突き当たりにある客室のドアが開いているように見えるのだ。

「待て、一人でいくな」

「いまさら何いってんすか」

「援護するから待て」

「せまいからいいですって」

肩越しに手を振り、基子は歩き始めた。

左右に並ぶ客室のドアはすべて閉まっていた。明かりはまったくない。あるのは、突き当たりのドアから漏れてくる、微かな街灯の明かりだけだ。

何か聞こえた気がしたが、後ろの連中がうるさくて、なんだかよく分からなかった。

中ほどまで進んだ頃、ちょうどT字路の右角が、丸く膨らんだように見えた。錯覚ではない。誰かいる。

——あいつだ。

屋上でロープを切った男。雨宮の背後に回った男。だがおかしい。気配に妙な乱れがある。殺気が濁っている。

原因はすぐに分かった。

「くるな。近づけば、この女を殺す」

飛び出してきた男は、前に誰かを抱えていた。状況から察するに、まあ、あれが門倉美咲ということになるのだろう。拳銃を突きつけられている。

――そういうの、なしだよ。がっかりさせんなって。

基子はかまわず歩き続けた。

「聞こえないのか。殺すぞ、この女を」

使い古された常套句。お前も、結局はその程度の男か。

基子はMP5を構え、暗視スコープ越しに標的を睨んだ。そこそこの面構えはしている。できない男ではないはずだ。なのに、これは一体どうしたことか。その人質はなんのつもりだ。

――あたしを、舐めてんのかい。

思わず歯軋り（はぎし）りした。

――本気出せよ、おい。

自分の体から、冷たい炎が吹き上がるのを感じた。

いつのまにか引き鉄を引いていた。

火花が散り、スコープの中で男の右肩がささくれ立った。

門倉美咲は、意識朦朧という顔つきをしていた。

——邪魔だよ、お前。消えちまいな。

ちょうどそこに消火器が転がっている。

——死にたくなけりゃ、勝手に逃げな。

三点バーストで撃ち込むと、鉄の筒はいったん立ち上がり、あとは濃い煙を噴き出しながら辺りを転げ回った。

——お前は逃げるなッ。

基子は全力で煙る薄闇に走った。

男が非常口の方に戻るとは思えない。向かってくることもないだろう。つまり左に曲がれば、奴は必ずそこにいる。そう信じてT字路を駆け抜けた。

煙が晴れた辺りで、廊下はクランク状に曲がっていた。白煙の乱反射か、まだ微かに明かりが届いてくる。

——そこだな。

だが曲がった向こうは、完全なる闇の世界だった。真正直に飛び込んでいけば、恰好の標的にされるだろう。

——だったら、これでどうよ。

基子は邪魔なMP5をクランクの向こうに投げ入れた。同時に自分は、地を這うほど低く滑り込む。

パンッ、と聞こえ、弾は頭上のMP5に命中した。射撃の腕はいいようだ。だがそれが、ここでは命取りになる。基子は男にわざと撃たせたのだ。わざと撃たせて、その火花で、男の位置と、体勢を確認したかったのだ。

男は左足を前に出し、両手で銃を構えていた。距離は二歩半。

——もらったッ。

ローシングル、低空での片足タックル。基子は男の左足首を両手でつかみ、そのまま膝に、自分の全体重をぶつけた。空中で膝関節が逆に極まる。パチッと、靭帯（じんたい）の切れる音がした。

「ウゴッ」

ステップバックして、体勢を保とうとする右足を左手で払った。そのままつかんで高くすくい上げる。男の上半身が、支えを失って倒れていく。見えはしないが、体でそう感じる。だが敵も然る者（さるもの）。空中で振り向くようにして体を返し、頭を打つのだけは回避した。

この状態なら右肩が下。ワンアクションで拳銃を取り上げることはできない。

基子は横たわる男の背後に回り、顔の辺りを手で押さえ、

「ブホォッ」

後頭部に膝蹴りを見舞った。二発、三発。男が集中力を失ってから、馬乗りになって右

手をつかむ。まだ拳銃を握っている。だがこんなものは、銃口を上げる方にひねってやればすぐに離れる。

それでも男は、まだ闘志を失っていないようだった。左手で何かしようとしている。

——楽しませてくれるね。

取り上げた拳銃で顔面を殴る。鼻骨がひしゃげる。とっさに守ろうと左手が上がってくる。そこをつかまえると、案の定ナイフを握っていた。ナイフは、拳銃ほど簡単には取り上げられない。仕方なく、手首を背中に回すようにして締め上げる。腕絡み。プロレスでいうところの、チキンウィング・アームロックだ。

「アガァァァーッ」

肘が、メシッといい音をたてる。

さて。あと残っている関節は、どことどこだったか。そんなことを考えていたら邪魔が入った。

「伊崎、どこだァーッ」

青山班長だ。まあ、これ以上やるとあとが面倒になる。潮時というやつだろう。基子はポケットから懐中電灯を出し、

「こっちでーす」

クランクの向こうに振って見せた。

ついでにホシの顔も照らしてみる。さっきの刑事より、少しひどい感じになっている。

「確保したのかッ」

青山の後ろには、やはり拳銃を構えた隊員がぞろぞろ続いてくる。

「ああ、手錠はまだです」

「よし、かけろ」

「いいっすよ。誰かやってくださいよ」

チッ、とまた無線の入る音がした。

《本部より各員。東警部補、門倉巡査の両名を無事保護。マル被四名も確保。残る一名はまだ現場内に潜伏している模様》

制圧一班の班長が無線で返す。

「こちら制圧一班、細木。二班の伊崎巡査が、二階の……二〇三号室前でマル被を確保しました。以上で全員と思われます。どうぞ」

そこから先のやり取りは聞こえなかった。ただ細木班長が、妙に深刻そうにその顔を歪めたのだけは分かった。

「……了解しました。直ちに向かいます」

「どうかしたのか」

青山が訊くと、細木は二班の隊員の顔を見回し、生唾を飲むように、いったん口を結んだ。

「……雨宮巡査が、殉職したらしい」

殉職とはまた、あまり聞かない台詞だなと、そのときの基子は、思っただけだった。

プールのある南側に出ると、すでに救急隊や多くの警察官が敷地内に入ってきていた。雨宮の遺体を載せた担架は、半壊した非常階段の下にあった。流れ出たおびただしい量の血液が、辺りの地面を真っ黒く濡らしている。

「……雨宮巡査は、女児を人質にとったホシに、一人で対峙し、装備を取れ、銃をよこせと、命じられていたようでした。ホシは、女児を彼の方に突き飛ばし、彼がそれを、かばうように抱き止めると、至近距離から、マシンガンで……弾が尽きるまで、撃ち続けました……」

報告しているのは特二の大森巡査部長だ。

「ホシはその後、再び非常口に入り、我々が駆けつけたときには、雨宮巡査は、もう……。人質の、本木沙耶華ちゃんは、くじいたのか、右足を引きずっており、銃撃のショックで、錯乱状態ではありましたが、か……かすり傷一つ、ない状態で、保護されましたッ」

大森の敬礼に、小野小隊長も倣って返した。

「ご報告、ありがとうございます」

青山が、それとなくこっちを向く。

「なぜ雨宮は、単独で……」

基子は小さくかぶりを振った。屋上で別れたあとのことは、基子にも分からない。ただ、同じホシに対峙し、雨宮は人質の命を守ろうとその身を投げ出した。基子はかまわず引き鉄を引いた。それが生死の明暗を分けた。それだけは、いえると思う。

全員で雨宮の遺体に敬礼し、特殊班は特殊班、ＳＡＴはＳＡＴの持ち場に散っていった。救急隊は表に回り、門倉やもう一人の刑事を収容して病院に向かうようだった。だが基子と青山だけは、大学病院の車が到着するまで、雨宮のそばについていてやることになった。

仰向けに横たえられた雨宮は、撃たれて死んだとは思えないほど穏やかな、綺麗な顔をしていた。傷は、屋上で撃たれた左肩のみのように見える。

殉教者。ふと、そんな言葉が思い浮かんだ。

同時に「犬死」とも。

死んだら負けだろ。なにしくじってんだよ。だらしない。そんなふうになじってやりたい気持ちと、あんたらしいねと、笑って頷いてやりたい気持ちとが、胸の内で複雑に入り混じる。

雨宮崇史、殉職——。

むろん、何かを失ったという感覚は、基子にもある。だがそれが、自分にとってなんだったのかとなると、途端にわけが分からなくなる。

愛、命、自己犠牲――。

今はそれを、まったくの他人事と笑えない自分がいる。

そしてそんな自分を、基子は少し、居心地悪く感じていた。

終章

葛西の人質籠城事件の三日後、九月十九日、月曜日。

美咲はようやくもらえた療養休暇を利用して、東の入院している江戸川区内の救急病院を訪れた。

「よかった。顔色も、ずいぶんいいみたいですね」

本当は、両目の周りは黒ずみ、唇も紫に腫れ上がっていて、とても見られた顔ではなかった。だがそうでもいわないと、美咲自身がどうにも悲しくてやりきれなかった。裂傷で十針縫った頭には白いネットがかぶせられている。一番の重傷はナイフで刺された左脇腹らしいが、幸い内臓には達しておらず、大事には至らなかったと聞いている。

——ほんと、よかった……。

あの夜、美咲は救急車に乗せられる東に、目を開けてくださいと泣いて叫んですがりついた。意識不明だった彼は、たぶんそのことを知らない。今後、誰かが「実はね」と耳に入れることがあるのかもしれないが、でも、そのときはそのときだと思っている。

——好きだって、いっちゃえばいいんだし……。

だから、それまではとぼけておこうと思っている。今は知らん振りで、買ってきた切り花を花瓶に挿している。

「君の方は、どうだ。相当ひどい怪我をしたと、聞いたんだが」

「いえ、私は……大丈夫です。動けますから」

実際、顔の傷はメイクで誤魔化せる程度の軽傷だし、元来丈夫なのか、蹴られた喉も気管を損傷するほどではなかった。脇腹の刺し傷も大したことないし、手首はただの捻挫だった。

「でも、声が嗄れてる」

「埃でやられたんですよ。大したことないです」

美咲の一番の怪我は真ん中から二つに切り裂かれた右耳だが、幸い今は、髪に隠れて見えなくなっている。

「すまなかった。君を、危険な目に遭わせることだけは、すまいと思っていたが、結果的には……」

「そんな、主任のせいじゃないですって」

東がこれだけの怪我を負ったのだ。自分だけピンピンしていたら、却ってその方が居心地が悪い。自分の方が軽傷で、東を見舞うだけの気力も体力もある。これはこれでいいバランスだと、美咲自身は納得している。

「で、捜査の方は、どうだ」

「はあ……」

美咲はしばしいい淀んだ。

そう。捜査の方は、実はあまり芳しくない。驚いたことに、なんと逮捕した五人の中に、ジウはいなかったのだ。

ＳＡＴの隊員を射殺し、美咲を人質にとった男は、竹内亮一（たけうちりょういち）という二十九歳の元自衛官だった。しかも第一空挺団に所属した経験もある、空挺レンジャー有資格者だという。さすがにそれを聞いたときは、美咲も背筋が凍りつく思いがした。下手な抵抗をしなくてよかった、殺されなくてよかったと、心から思う。

今回のメンバーにはもう一人日本人がいた。笹本英明（ささもとひであき）、三十二歳。某衣料メーカーの元社員で、グループ内では主に通訳をしていたようだ。ジウと共に廃墟物件を当たっていたのはこの男だった。

三人の中国人については現在、名前と年齢を聞き出すに留まっている。林冲及（リンチョンジ）、二十二歳。崔克敏（スイケミン）、二十歳。陳若飛（チンルオヘイ）、十九歳。

五人はいずれも、ジウに一人ずつ誘われて今回の犯行に加わったようだが、詳細はまだ明らかになっていない。

「そうだな……五人の写真は、岡村に見せたのか」

「はい、昨日の午後に。やはり、ジウはいないといわれました。一人も見たことないそうです」

また東は、人質になった本木沙耶華の様子が、とにかく気になるようだった。

「具体的に、外傷は」

「奇跡的にも、右足をくじいただけでした。ほんと、よかったです」

「本当に、それだけか」

その真剣な目つきを、美咲はいささか怪訝に思った。

「はい、本当に……それだけ、ですけど」

「医者が、そういったんだな」

「……ええ。精神面では、何せ自分をかばった警官が、目の前で二十一発の銃弾を浴びて亡くなったんですから、そういった意味でのショックは、相当なものだと思いますけど……でも外傷は、本当に、右足をくじいただけです。間違いありません」

東は「そうか」と深く息を吐き、笑みを漏らした。

——あっ……。

そこで初めて、美咲は思い至った。

東は本木沙耶華に、同じ年頃の、自分の娘の姿を重ね見ていたのかもしれない。だから、危険を承知で二〇二号室に飛び込み、単独でも救出しようとしたのか。東にしては、やや判断力に欠けた行動だとは思っていたが。

――そっか、そういうことか……。

そんなときに限って、見なくてもいいものが目に入ってしまう。

ベッドの向こう、濃いグレーの、大きな、ナイロンのボストンバッグ。よせばいいのに、鈍感な振りをして訊いてしまう。

「それ……」

東は照れ笑いするように唇を歪めた。

「ああ。まったく、情けない話だ。こんなふうになって初めて、自分には、頼れる人間が一人もいないんだってことに気づく。結局、デカの女房なんてうんざりだって出ていった女に、下着から何から、持ってきてもらう破目になる……ほとほと嫌になったよ。不甲斐(ふがい)ないにもほどがある」

美咲は、返す言葉を選びあぐねた。

いいたいことなら山ほどある。私にいってくれたら、なんだって喜んでやります。着替えだって持ってくるし、洗濯だってお部屋の掃除だってしておきます。足りないものがあれば買ってくるし、お花だって、毎日綺麗に飾ります。捜査の経過報告だってするし、意見があれば、代わりに会議で発言もします——。

だが、そんなことは一ったりとていえるはずがなく、実際に口をついて出てきたのは、
自分でも嫌になるようなお愛想の言葉だった。

「よかったじゃないですか。じゃあ……お嬢さんにも、お会いになれたんですね」

そういったら、東は痛みを堪えてでも笑みを浮かべるだろう。それを分かっていながら、
いってしまう自分に腹が立った。そして、本当は傷つく資格すらないのに、予想通りの結
果を見て落ち込む自分を、美咲は心底、馬鹿だと思った。

「泣かれたよ。違う、こんなのパパじゃない……ってさ」

「はは……可愛いじゃないですか」

そこまでいうと、もう自分で自分にうんざりだった。

直後の沈黙をつかまえるように、美咲は窓辺に置いてあったバッグに手を伸ばした。

「……じゃあ、また明日、きます」

「無理するな。君だって、忙しいんだろう」

きたいんです、といえたら、どんなに楽だろう。

「無理しない程度に、きます。何か欲しいものとかあったら、いってください。差し入れ
ますから」

そう。自分には、これくらいの奉仕が相応なのだ。

美咲は会釈をし、出口の方に足を向けた。

「門倉……」

だがふいに呼び止められると、また嬉々として振り返ってしまう。そんな自分が、どうにも情けなくてやりきれない。

「はい、なんでしょう」

「君は、その……やはり、特二に戻るのか」

「え？」

なぜそんなことを東が訊くのか、そのときの美咲には、まるで分からなかった。

＊

基子は警視庁本部庁舎の高層エレベーターに乗っていた。

右手に丸めて持っているのは、今日発売になったばかりの写真週刊誌だ。賄いのおばさんが「基ちゃんのことが書いてあるよ」と差し出してきたものだ。

表紙右側には、黄色地に赤い文字で『ＳＡＴ初の女性隊員、立てこもり事件で八面六臂（はちめんろっぴ）の大活躍！』と書いてある。白黒ページには、さらに信じ難い内容の記事が載っている。

【……我々取材班は今回の事件解決において、その中心的役割を果たしたのが、実は、ある一人の女性警官であるという情報をキャッチした。

彼女の名は伊崎基子（25）。高校時代、レスリングと柔道の両方で全国大会出場の経歴を持つ彼女は、今年になって警視庁対テロ特殊部隊〝ＳＡＴ〟に鳴り物入りで入隊。初の女性隊員としてその活躍が期待されていた。

そんな折に発生したのが、先日の女児人質立てこもり事件である。多くの男性隊員が銃弾の飛び交う現場に尻込みする中、彼女はなんと、たった一人で五人の犯人を撃ち倒し、見事人質を救出してみせたというのだ。

さらに注目すべきはその美貌だ。取材班が独自のルートで入手した写真を見ていただければお分かりになると思うが、どうだろう、このクールな眼差し（右上写真）、この見事なスタイル（左下写真、右から三番目）。我々もこれを見るまでは〝女ランボー〟みたいな方を想像していたのだが、どうしてどうして……】

十六階でドアが開くのと同時に飛び出し、警備部長室に向かう。相も変わらず清潔な廊下を通り、秘書室に入る。

「あ……ちょっとあなた」

あの日と同じ秘書が慌てた様子で立ち上がる。だが立っただけで、彼女はそれ以上、何もしようとはしなかった。おそらく、基子の放つ殺気を感じとって動きを止めたのだろう。利口な女だ。さすがは警備部長秘書だ。

黙ってドアを押し開けると、太田は奥、窓際の執務机に座ってこっちを見ていた。

「……意外に、早かったですね。伊崎巡査」

彼は薄笑いを浮かべ、椅子に座るよう勧めた。

＊　＊

黒焦げの壁。四角い穴。海が見える。空が青い。雲は白い。

集めてきた廃材。灰色の木材。買ったオイル。拾ったライター。火を熾す。よく燃える。よく燃える。

まだ生きている。首を捻る。胸を裂く。血を絞る。血を絞る。羽を毟る。バラバラにする。内臓を掻き出す。自転車のスポーク。いっぱい刺す。形を整える。火にくべる。音がする。じゅうと鳴る。湯気が立つ。匂いがする。肉の色が変わる。煙が出る。

ネズミが寄ってくる。二匹寄ってくる。両方捕まえる。鼻と鼻をこすり合わせる。こすり合わせる。鼻が潰れる。血が出る。頭が潰れる。血が出る。痙攣している。強く握り込む。痙攣が止まる。皮を剝がす。血を絞る。血を絞る。スポークに刺す。火にくべる。

焼けたのから食べる。まだ生でも食べる。熱くても食べる。味がなくても食べる。次を食べる。全部食べる。焦げてても食べる。硬くても食べる。

骨をしゃぶる。飽きたら出す。火にくべる。焦げていく。

じっと火を見る。熱くても見る。消えるまで見ている。風が吹き抜ける。灰が散らばる。

火が消える。

尻のポケット。拾ってきた週刊誌。開いて見る。読める字を読む。ＳＡＴ。警察。五人。

基子。

ナイフをつかむ。刃を出す。丁寧に切り取る。写真を切り取る。

よく見る。じっと見る。覚えるまで見る。

小さく畳む。ポケットに入れる。

次は、こいつを殺す。


（『ジウⅡ　警視庁特殊急襲部隊』へつづく）

新装版　巻末付録

「ジウ」誉田哲也著　パンチのきいた警察小説

作家・逢坂　剛

横山秀夫の登場で、警察小説もようやく市民権を得た感があるが、この作品はそうしたベテランのものとは、だいぶ趣を異にする。

物語は、幼児誘拐事件から始まる。捜査陣は幼児を取りもどしたものの、身の代金を奪った犯人グループに、逃げられてしまう。責任者の主任警部補は、小人数の部下とともに一警察署で、こつこつと捜査を続けることになる。

それからしばらくして、今度は人質を取った立てこもり事件が、発生する。捜査一課特殊班の二人の女性刑事、門倉美咲と伊崎基子の活躍で一件は落着するが、犯人の岡村は幼児誘拐犯の一人だったことが、明らかになる。

美咲と基子は、それぞれ柔と剛の性格を与えられ、対照的な存在に描かれる。ステレオタイプといえばそれまでだが、キャラクターを作ろうとする意欲が伝わり、好感が持てる。

立てこもり事件で傷つき、誘拐事件の捜査本部へ配転になった美咲は、岡村から貴重な証言を引き出し、上司とともに主犯のジウの行方を探して、都内を東奔西走する。一方、特殊急襲部隊（ＳＡＴ）に異動した基子は、厳しい訓練をくぐり抜けて、一人前の隊員に育っていく。

二人が、それぞれ気を引かれる男と出会う展開は、いわばＴＶドラマの乗りである。現に、ドラマにしやすいキャラクター、構成の小説になっており、シリーズ化も視野にはいっているようだ。典型的な、映像世代の作家の小説、といってよい。ただこの作者は、〈視点〉の問題を強く意識しているらしく、ほとんど叙述にぶれがない。これは、近ごろの作家には珍しい美点、といえる。美咲、基子をはじめ、主な登場人物の書き分けにも、意を用いた様子がうかがわれる。今風の会話にはパンチがあり、文章も読みやすく気取りがない。

このままの路線でいくのもいいが、基礎体力のある新人なので、もう一段上を目指す欲を出してほしい、と思う

（おうさか・ごう）

（「読売新聞」二〇〇六年一月二十九日付朝刊・書評欄）

『ジウ』ヒロインたちの意外な展開

評論家・北上次郎

今月のトリは、誉田哲也の『ジウ』（中央公論新社）。「警視庁特殊犯捜査係」という副題が付いているが、これが読ませる。

二人の女性巡査の物語である。一人は門倉美咲、一人は伊崎基子。生き方、考え方がまったく異なる二人のヒロインの対比が効いている。たとえば、人質を取って立てこもる現場に向かう途中、人質の命は何としても守らなければならないと美咲は考えるが、基子は犯人に対して「そこそこ骨のある奴なら面白いのだが」と考える。こちらは根っからの武闘派である。この基子の造形が本書を際立たせている。

だから、この二人のヒロインが警察組織の中で対立しながらも成長していく小説かと思っていると、途中から意外な展開を示していく。ジウという謎の男（少年？）の存在が徐々にクローズアップされてくるのだ。ヒロインたちが追う誘拐事件の背後にいるその謎の人物との戦いという様相を呈してくるのである。

二人のヒロインが組織の中でもまれていく過程はもちろんあり、さらにちょっとしたロマンスもある。盛り沢山の内容だが、そのジウの影が緊張感をもたらしている。これはシリーズの第一巻。早く次作が読みたい。

（きたがみ・じろう）

（「産経新聞」二〇〇六年一月八日付東京版朝刊・書評欄「ミステリー三昧」より抜粋）

この作品はフィクションであり、作中に登場する人物、団体名、場所等は、実在するものと一切関係ありません。

この本は、『ジウ　警視庁特殊犯捜査係』（二〇〇五年十二月　C★NOVELS）として刊行され、改題した『ジウI　警視庁特殊犯捜査係』（二〇〇八年十二月　中公文庫）を新装・改版したものです。

中公文庫

新装版
ジウⅠ
——警視庁特殊犯捜査係

2008年12月20日　初版発行
2021年1月25日　改版発行
2023年7月25日　改版3刷発行

著　者　誉田哲也

発行者　安部順一

発行所　中央公論新社
〒100-8152　東京都千代田区大手町1-7-1
電話　販売 03-5299-1730　編集 03-5299-1890
URL https://www.chuko.co.jp/

DTP　ハンズ・ミケ
印　刷　三晃印刷
製　本　小泉製本

Published by CHUOKORON-SHINSHA, INC.
Printed in Japan　ISBN978-4-12-207022-6 C1193

中公文庫既刊より

各書目の下段の数字はISBNコードです。978−4−12が省略してあります。

ほ-17-15
新装版　ジウⅡ　警視庁特殊急襲部隊　誉田　哲也
誘拐事件は解決したかに見えたが、依然として黒幕・ジウの正体は摑めない。事件を追う東と美咲。一方、特進をはたした基子の前には不気味な影が。〈解説〉宇田川拓也
207033-2

ほ-17-16
新装版　ジウⅢ　新世界秩序　誉田　哲也
新宿駅前で街頭演説中の総理大臣を標的としたテロが発生。歌舞伎町を封鎖占拠し、〈新世界秩序〉を唱えるミヤジとジウの目的は何なのか!?〈解説〉友清　哲
207049-3

ほ-17-4
国境事変　誉田　哲也
在日朝鮮人殺人事件の捜査で対立する公安部と捜査一課の男たち。警察官の矜持と信念を胸に、銃声轟く国境の島・対馬へ向かう。〈解説〉香山二三郎
205326-7

ほ-17-5
ハング　誉田　哲也
捜査一課「堀田班」は殺人事件の再捜査で容疑者を逮捕。だが公判で自白強要の証言があり、班員が首を吊った姿で見つかる。そしてさらに死の連鎖が……誉田史上、最もハードな警察小説。
205693-0

ほ-17-7
歌舞伎町セブン　誉田　哲也
『ジウ』の歌舞伎町封鎖事件から六年。再び迫る脅威から街を守るため、密かに立ち上がる者たちがいた。戦慄のダークヒーロー小説！〈解説〉安東能明
205838-5

ほ-17-11
歌舞伎町ダムド　誉田　哲也
今夜も新宿のどこかで、伝説的犯罪者〈ジウ〉の後継者が血まみれのダンスを踊る。殺戮のカリスマvs.新宿署刑事vs.殺し屋集団、三つ巴の死闘が始まる！
206357-0

ほ-17-17
歌舞伎町ゲノム　誉田　哲也
大人気シリーズ、〈ジウ〉サーガ第九弾！　伝説の暗殺者集団「歌舞伎町セブン」に、新メンバー加入！　彼らの活躍と日々を描いた傑作。〈解説〉宇田川拓也
207129-2

ほ-17-12
ノワール　硝子の太陽
誉田哲也
沖縄の活動家死亡事故を機に反米軍基地デモが全国で激化。その最中、この国を深い闇へと誘う動きを、東警部補は察知する……。〈解説〉友清　哲
206676-2

ほ-17-6
月光
誉田哲也
同級生の運転するバイクに轢かれ、姉が死んだ。殺人を疑う妹の結花は同じ高校に入学し調査を始めるが、やがて残酷な真実に直面する。衝撃のR18ミステリー。
205778-4

ほ-17-13
アクセス
誉田哲也
高校生たちに襲いかかる殺人の連鎖。仮想現実を支配する「極限の悪意」を相手に、壮絶な戦いが始まる！著者のダークサイドの原点！〈解説〉大矢博子
206938-1

ほ-17-18
あなたの本　新装版
誉田哲也
これは神の悪戯か、一冊の本が狂わす人間の運命――表題作をはじめ、万華鏡の如く広がる七つの小説世界。新たに五つの掌篇を収録。〈解説〉瀬木広哉
207250-3

ほ-17-19
主よ、永遠の休息を　新装版
誉田哲也
暴力団事務所との接触で、若き通信社記者は、ある誘拐殺人事件の犯行映像がネット配信されている事実を知るが……。慟哭のミステリー。〈解説〉瀬木広哉
207309-8

ほ-17-20
幸せの条件　新装版
誉田哲也
恋も仕事も中途半端な若手社員・瀬野梢恵に、突如下ったとんでも社命。それは、日本の未来を変えるかもしれないものだった⁉〈解説〉田中昌義
207368-5

い-132-1
走狗
伊東潤
西郷隆盛と大久保利通に見いだされ、幕末の表舞台に躍り出た川路利良。警察組織を作り上げ、大警視まで上り詰めた男が見た維新の光と闇。〈解説〉榎木孝明
206830-8

お-87-1
アリゾナ無宿
逢坂剛
時は一八七五年。合衆国アリゾナ。身寄りのない一六歳の少女は、凄腕の賞金稼ぎ、謎のサムライと賞金稼ぎのチームを組むことに⁉〈解説〉堂場瞬一
206329-7

各書目の下段の数字はISBNコードです。978-4-12が省略してあります。

お-87-2 **逆襲の地平線** 逢坂剛

"賞金稼ぎ"の三人組に舞い込んだ依頼。それは十年前にコマンチ族にさらわれた娘を奪還してほしいというものだった……。〈解説〉川本三郎

206330-3

お-87-3 **果てしなき追跡（上）** 逢坂剛

土方歳三は箱館で銃弾に斃れた――はずだった。一命を取り留めた土方は密航船で米国へ。友を、そして記憶を失ったサムライは果たしてどこへ向かうのか？

206779-0

お-87-4 **果てしなき追跡（下）** 逢坂剛

西部の大地で離別した土方とゆら。人の命が銃弾一発より軽いこの地で、二人は生きて巡り会うことができるのか？ 巻末に逢坂剛×月村了衛対談を掲載。

206780-6

か-74-1 **ゆりかごで眠れ（上）** 垣根涼介

南米コロンビアから来た男、リキ・コバヤシ――マフィアのボス。目的は日本警察に囚われた仲間の奪還と復讐。そして、少女の未来のため。待望の文庫化。

205130-0

か-74-2 **ゆりかごで眠れ（下）** 垣根涼介

安らぎを夢見つつも、憎しみと悲しみの中でもがき彷徨う男女。血と喧噪の旅路の果てに彼らを待つものは、一体何なのか？ 人の心の在処を描く傑作巨篇。

205131-7

こ-40-24 **新装版 触発** 警視庁捜査一課・碓氷弘一1 今野敏

朝八時、霞ヶ関駅で爆弾テロが発生、死傷者三百名を超える大惨事に！ 内閣危機管理対策室は、捜査本部に一人の男を送り込んだ。「碓氷弘一」シリーズ第一弾、新装改版。

206254-2

こ-40-25 **新装版 アキハバラ** 警視庁捜査一課・碓氷弘一2 今野敏

秋葉原を舞台にオタク、警視庁、マフィア、中近東のスパイまでが入り乱れるアクション&パニック小説。「碓氷弘一」シリーズ第二弾、待望の新装改版！

206255-9

こ-40-26 **新装版 パラレル** 警視庁捜査一課・碓氷弘一3 今野敏

首都圏内で非行少年が次々に殺された。いずれの犯行も瞬時に行われ、被害者は三人組で、外傷は全くないという共通項が。「碓氷弘一」シリーズ第三弾、待望の新装改版。

206256-6